GROOM

FRANÇOIS VALLEJO

GROOM

VIVIANE HAMY

Il a été tiré de cet ouvrage vingt exemplaires sur vélin pur chiffon ivoire, dont quinze exemplaires numérotés de 1 à 15 et cinq exemplaires hors commerce réservés à l'auteur et à l'éditeur marqués HC 1 *à* HC 5.

Aucune femme, la plus hypothétique des femmes, ne devrait pénétrer dans un musée, l'un des plus renommés de la planète, pour apprendre que son mari, un mari supposé, y est mort quelques minutes plus tôt, et, à plus forte raison, qu'il vient de ressusciter. Cela ne se produirait en aucun cas, ne nous arriverait pas. Nous ne pourrions pas, nous ne voudrions pas y croire.

C'est juste, ce n'est pas nous qui nous engagerions à la manière précipitée de Véra Carmi dans les escaliers mécaniques du Centre Pompidou, accrochés à flanc de façade, non, non, nous ondulerions, si impatients que nous soyons d'admirer, pour la première ou la dixième fois, les œuvres de l'Art moderne, à la vitesse de l'escalator ; tout en haut, la destination du lieu nous imposerait un pas mesuré, notre regard louvoierait, avide d'impressions rétiniennes nouvelles. Nous serions un visiteur parmi les milliers de visiteurs habituels qui déambulent dans les musées.

Véra Carmi, elle, nous accroche sur le troisième palier, pardon, pardon, à peine pardon, elle nous bouscule, la tête rentrée dans les épaules, elle demande le passage. Même dans les marches, elle ne voit rien, elle ne verra rien, elle se presse, convoquée d'urgence par des agents de surveillance du musée, niveau 5, l'Art moderne, de 1905 à 1960. Elle fonce vers l'Art moderne et elle s'en moque. Pour elle, aujourd'hui, le musée restera un endroit sans couleur, sans œuvre, sans art.

Elle n'a pas pris le temps, comme nous à notre arrivée, d'étudier la disposition des flèches en tubes de néon rouges, pendues au plafond du rez-de-chaussée, destinées à nous orienter (et à exciter notre cortex), en long, en large, surtout vers les hauteurs : élevons-nous vers l'Art, nous, nous ne sommes là pour rien d'autre. Mais ces signaux lumineux auxquels nous nous sommes soumis sont restés sans effet sur le cristallin de Véra Carmi. Le personnel a été prévenu de son arrivée, la voie lui est ouverte, elle s'est présentée, elle a passé les bornes de contrôle sans encombre. Vite, vite, elle sera bientôt en haut. Mais, dans ses souvenirs futurs, elle ne trouvera aucune trace du Paris qui émerge de palier en palier. Vite, vite, la voilà, elle se fraye un passage et, malgré cela, elle sera incapable de dire, demain, ni jamais, si les visiteurs étaient nombreux, à quatre heures de l'après-midi, ce vendredi de mai.

Les agents l'ont inquiétée au téléphone, tout à l'heure, son mari, un malaise prolongé, il refuse le secours de la médecine, nous ne savons plus quoi faire, venez vite. Elle accourt, mécanique, elle ne perçoit presque plus ce qui l'entoure, elle vit un moment intense, mais un moment coupé du monde, un moment incolore, alors que la couleur, ici, occupe tous les murs. Elle ne pouvait pas manquer la masse rouge bonbon du rhinocéros verni, cette œuvre de Xavier Veilhan installée au niveau 4, au pied des dernières marches, juste avant les salles d'Art moderne, sa corne pointée sur les arrivants. Il a forcément occupé son champ visuel, au moins un instant, le temps de le contourner. Elle ne s'en souviendra même pas : le pachyderme cramoisi est déjà englouti dans son ombre. Véra Carmi a gravi l'escalier menant au niveau 5 tête baissée ; une longue mèche claire traverse son visage en diagonale et le masque. Des agents de surveillance, tout là-haut, la guettaient, l'ont accueillie devant deux toiles, bleues et invisibles, de Miró :

– C'est vous la dame ?

Les agents de surveillance, dans ce musée, seraient eux-mêmes invisibles s'ils n'allaient par paires, un discret rectangle Centre Pompidou épinglé sur la poitrine, plus ou moins masqué par un gilet ou un revers ; pas de ces uniformes rassurants qui faisaient des musées, autrefois et dans quelques endroits encore, des prisons artistiques. Ici, le gardien a presque l'allure d'un visiteur comme les autres, nonchalant et bavard.

Ces deux-là, pourtant, ne se conduisent pas, devant Véra Carmi, comme des agents ou des visiteurs placides : ils sont plus essoufflés qu'elle, comme s'ils venaient, à sa place, de courir ou de monter de longs escaliers. Ils l'attendaient et ils sont essoufflés, on aura tout vu. Ils s'emberlificotent dans leurs présentations, leurs voix se répondent ou plutôt se chevauchent, le caquet de deux aras colorés sur leur perchoir. Véra parvient à saisir, de proche en proche, les mêmes mots interloqués :

– C'est vous la dame… Enfin, vous voilà…

Ils se sont repris assez vite, le barbu en veste de coutil bleu pétrole et une Haïtienne en chignon et en châle moiré, pour conduire Véra Carmi dans un petit salon, à l'abri du monde, nous pourrons parler plus posément.

Ce qui s'est produit au cinquième niveau du Centre Pompidou n'est pas facile à exposer. Ils sont bien ennuyés, les deux agents de surveillance, chargés d'une haute mission, comme l'affirme M. Alazard, en frottant, à rebours, sa barbe courte autour de son bec. Il a pris le dessus sur Mme Achille : elle ne criaille presque plus, elle agite un peu ses ailes, par à-coups, pour remonter sur ses épaules la soie fuyante. Oui, c'est lourd, une grave responsabilité, non celle d'annoncer que le mari de Véra Carmi a été victime d'un malaise (voilà plus d'une demi-heure qu'elle le sait), mais qu'il y a succombé, ou plutôt, et c'est là qu'il est difficile d'expliquer la situation où nous nous trouvons à présent, et c'est là que Mme Achille prend à son tour le dessus sur M. Alazard, a semblé y succomber, puisque le cadavre, laissé quelques minutes sans surveillance dans un couloir contigu aux salles consacrées l'une au design, l'autre à Kandinsky et à Klee, s'est tout

9

simplement évaporé. Et il est bien ennuyeux d'avoir à justifier un tel événement, beaucoup plus pénible que d'annoncer un décès franc. C'est s'exposer à passer pour des plaisantins, mais les agents de surveillance d'un grand musée ont des obligations (M. Alazard domine de nouveau Mme Achille de sa voix profonde) qui ne leur autorisent pas la moindre plaisanterie.

Il n'en reste pas moins que l'homme a bel et bien disparu et Mme Achille, en lissant son plumage, assure, avec des aigus hystériques contre lesquels la basse de M. Alazard reste impuissante, que cela ne porte pas d'autre nom qu'une résurrection, qu'elle a connu des cas semblables, dans son enfance, chez elle, près de Port-au-Prince, en Haïti.

M. Alazard n'irait pas jusque-là, les miracles, la magie, le vaudou n'ont rien à faire dans un musée de notoriété internationale, même si les masques religieux africains y tiennent une place non négligeable, soyons sérieux.

Véra Carmi se sent comme apaisée : deux agités lui parlent de la mort d'Antoine et leur affolement la rend sereine. Dans un musée, vie et mort ne se distinguent pas si facilement : artistes morts, œuvres vives, ou l'inverse. Les œuvres d'art semblent classées, des conservateurs y veillent, c'est pourtant la confusion complète : qui est vivant, qui est mort, qui est ressuscité ? Des foules de visiteurs se promènent jour après jour, nonchalantes et bavardes comme des agents de surveillance, pour contempler des valeurs établies, en réalité les plus instables des valeurs.

Véra Carmi aurait presque envie de rire, sa seule défense devant l'instabilité soudaine du monde que lui proposent ces deux gardiens, elle jette la tête en arrière, ajuste sa mèche derrière l'oreille : que cette robuste métisse d'Haïti continue à hurler, résurrection, résurrection, en bougeant son corps de tous côtés, comme dans une cérémonie secrète ; que ce barbu déplumé se contorsionne dans sa veste trop serrée et brasse sous ses yeux la vie et la mort d'un homme ; elle s'en moque et c'est la

10

sensation la plus inattendue. Le malaise annoncé l'avait retournée, la mort possible la calme, la résurrection hypothétique l'amuse et, comme sur une toile de fond, les deux oiseaux de malheur battent des ailes, claquent du bec et ne se remettent pas de leur mauvaise nouvelle.

La froideur de Véra Carmi, son silence les étonnent : il faut pourtant qu'une émotion s'exprime, une réaction à la mesure de l'événement, il faut que quelqu'un prenne en charge la désolation et l'inexplicable. Deux étrangers dépossèdent Véra Carmi des sentiments qu'ils attendent d'elle. La douleur qui devrait être la sienne, ils la vivent à sa place. À croire qu'elle est étrangère à la victime et que les étrangers sont les seuls proches. Elle les déçoit, elle n'est pas dans son rôle.

Ils l'ont fait asseoir sur un fauteuil de faux cuir noir, tendu sur des tubes d'aluminium, c'est froid, quand les mains et les mollets entrent en contact avec le métal. Ils l'ont installée avec des précautions de garde-malade, comme si elle devait éprouver le même malaise que la victime, tout à l'heure, comme si elle allait devenir leur deuxième victime de la journée. Ils ont ouvert la porte, pour donner de l'air, supposant qu'elle manquerait d'oxygène ; le battant a claqué plusieurs fois avant de se refermer. M. Alazard et Mme Achille ont cessé de voleter autour de Véra Carmi ; ils ont pris chacun une chaise et se sont assis en face d'elle, tout près, comme deux infirmiers psychiatriques auprès d'un malade trop placide avant une crise, disposés à le ceinturer au premier signe inévitable.

Mais non, rien ne vient, Véra Carmi demande seulement à s'en aller. Cette fausse mort, cette fausse résurrection, elle insiste à chaque fois sur l'adjectif, avec un sifflement blessant pour ses informateurs ainsi mis en doute, oui, cette fausse résurrection, cette fausse mort au musée la laissent sceptique. La déplacer, elle, Véra Carmi, depuis le 15ᵉ arrondissement, pour lui annoncer que son mari est toujours vivant, est-ce sérieux ?

Ne nous disputons pas sur la mort ; mais le malaise, a grondé M. Alazard, vexé, le malaise, lui, était vrai. Reconnaissons, maintenant que nous avons recouvré nos esprits, a surenchéri, à droite, la voix à la fois rauque et aiguë de psittacidé, que le malaise est le point le plus indiscutable, d'où il nous faut repartir, pour montrer que nous ne sommes pas des affabulateurs, comme semble le croire Véra Carmi, mais des agents de musée, les plus sérieux qui soient, à qui sont confiées quelques-unes des œuvres les plus marquantes de l'Art moderne, 1905-1960.

Le malaise avait débuté un peu avant quinze heures, un malaise inaperçu d'abord, bien que l'homme se soit fait remarquer, quelques minutes plus tôt, par des questions incessantes à d'autres agents de surveillance, par des remarques désobligeantes et par son agitation progressive. Ensuite, il avait échappé un long moment à tous les regards, au point de se faire oublier. La catégorie des questionneurs, au musée, est la plaie de l'agent de surveillance : il s'agit le plus souvent de dames pressées de trouver les toilettes ou la sortie, ce qui rabaisse considérablement le prestige de la fonction. Agents de renseignement, voilà ce que nous sommes. Les messieurs ne sont pas en reste, complète Mme Achille, ils s'efforcent de se faire valoir auprès du personnel féminin, de montrer leur savoir, sous prétexte de fausses questions auxquelles nous sommes incapables de répondre. Le visiteur masculin d'un certain âge semble n'éprouver d'autre plaisir, au musée, que de poser des colles aux agents féminins.

C'est pourquoi le questionneur agité, après avoir attiré l'attention du personnel, avait rejoint la masse confuse des ennuyeux de chaque jour, quand il s'est signalé une nouvelle fois, plus brutale, par un gémissement perçant et surtout par un comportement scandaleux dans un musée : il occupait un fauteuil de la section design, imaginez, à deux pas du panneau d'interdiction, affalé sur le fauteuil club B3, une œuvre de Marcel Breuer, un original de 1925. Mme Achille, responsable de la section et fâchée d'être prise en défaut, avait interpellé l'icono-

12

claste, l'interdiction, monsieur, le panneau, ces fauteuils sont des œuvres, pas des sièges de repos, le panneau, monsieur, en toutes lettres, le fameux B3 de Breuer.

Il semblait ne rien entendre, le monsieur, il glissait, il se raccrochait aux bras du fauteuil club, des soubresauts à n'en plus finir, les pieds lâchaient le sol, glissades, contorsions des bras, du torse, de la tête. Il se raidissait de plus en plus, il se cramponnait, mon fauteuil B3, il allait lui infliger de sales griffures, une pièce solide, bien conçue, une structure métallique, mais 1925 tout de même, la rouille attaque, des taches, fragile, une pièce de musée. Il fallait d'abord convaincre l'homme de quitter le fauteuil de Marcel Breuer.

C'est alors que M. Alazard est intervenu avec sa vigueur naturelle, solide barbu en veste de coutil bleu, il a saisi le monsieur sous les bras ; il se débattait, le monsieur, mais personne ne résiste à la fermeté de M. Alazard. Le B3 de Marcel Breuer s'est trouvé libéré, mais le malaise continuait, l'homme était incapable de se tenir debout, les jambes fléchissaient, allongez-moi, il a demandé, et sa voix était toute pâle, comme morte déjà, entre deux expirations bruyantes et saccadées, allongez-moi.

Mme Achille a aidé M. Alazard à traîner le malade dans un couloir, à l'abri des curieux. Le spectacle de la vie et de la mort aux prises commençait à détourner des œuvres d'art les visiteurs les plus attentifs ; le badaud l'emporte tout de suite sur l'homme cultivé. On devrait ouvrir des musées de la vie et de la mort, ils ne désempliraient pas. Remarquez, de tels musées existent déjà, on les appelle des hôpitaux et les visiteurs s'y pressent, en effet, plus nombreux encore que dans les vrais musées. Il faudrait changer les noms : musée de la Salpêtrière, musée Necker, musée des Enfants malades, hôpital du Louvre, hôpital de l'Ermitage, hospice d'Art moderne. Mais passons. L'homme était couché par terre, au fond d'un couloir, comme aux urgences, un soir de catastrophe. Il exigeait qu'on lui tienne les pieds en l'air, il se sentait mieux, les pieds en l'air, la douleur le vrillait moins. Il voulait se relever, le mal revenait aussitôt. Les pieds en l'air, vite, reprendre son souffle, il étouffait, le ventre, le dos, les côtes, on n'arrivait pas à savoir où il avait mal exactement, le malaise semblait tourner, rien à faire.

De rémission en rechute, le découragement gagnait les secouristes impuissants. D'autres agents s'étaient joints aux premiers, le musée serait bientôt privé de toute surveillance, la corporation tout entière se penchait sur un seul homme, plus entouré et protégé qu'un Picasso de la période cubiste, le questionnait sans relâche, alors qu'il n'était capable de répondre que de manière fragmentaire.

Il était coutumier de ce genre de crise, a-t-il prétendu, ont cru comprendre les agents, cela passait toujours, et assez vite ; un peu plus long, cette fois, mais cela passerait, il sentait que c'était bientôt fini : regardez, je ne tremble plus, voilà, les deux pieds bien posés l'un à côté de l'autre, stables, aïe ! Le dos, les vertèbres cervicales, bien haut les jambes, tenez les jambes le plus haut possible.

Peut-être était-il temps de recourir au corps médical ? Surtout pas, a crié l'homme, affirme Mme Achille, on n'a pas le droit de forcer quelqu'un à se soigner, cela allait passer, certain. Au moins un médecin de famille ? Tout le monde a un médecin de famille, c'est rassurant un médecin de famille. Pas de famille, pas de médecin, a continué l'homme, prétend M. Alazard. Les agents se sont consultés, confrontés à un de ces problèmes éthiques sur lesquels, durant de longs mois, des experts, des savants, des autorités sont appelés à se prononcer, d'ordinaire en vain, et que, réunis en un modeste congrès improvisé, ces agents de musée devaient régler en quelques instants : avaient-ils le droit de contraindre un visiteur conscient à recevoir des secours médicaux ?

Il faudrait trouver un proche, a proposé quelqu'un, à défaut de médecin, un proche ferait l'affaire et dégagerait la responsabilité des agents de surveillance. À ce proche, femme, enfant, père, mère, ami, de juger de la situation, de convaincre l'individu, de conduire l'individu chez lui ou aux urgences. Notons que le visiteur, par son obstination exaspérante, avait cessé d'être un visiteur aux yeux de la corporation des agents, pour devenir un individu, vocabulaire policier, c'est-à-dire une entrave à la bonne marche collective du musée.

Le groupe, autour de lui, s'est dilué rapidement : la solution s'imposait, circulait dans les rangs, un proche, un proche ; restait à la mettre en œuvre. M. Alazard et Mme Achille se retrouvaient seuls pour obtenir le nom ou le téléphone du proche miraculeux qui les tirerait d'affaire. Encore une épreuve, de longues minutes perdues, l'homme s'entêtait, malgré des difficultés de plus en plus grandes à parler distinctement : pas la peine, pas la peine, cela allait vraiment passer.

Il aurait fallu le fouiller, un document d'identité, un carnet d'adresses, mais l'homme gardait toute sa conscience, on ne pouvait pas lui faire violence, se faire accuser, par la suite, de tortures morales ou même physiques. Imaginez : un homme à terre, les pieds en l'air, un barbu en coutil bleu pétrole lui faisant les poches, pendant qu'il se débat, impensable au Centre Pompidou. M. Alazard a manœuvré en douceur, la bouche contre l'oreille, un numéro, donnez-moi un numéro, quelqu'un qui puisse vous aider, votre femme, par exemple, si vous en avez une. L'homme a consenti, à la fin, au prix d'un effort de mémoire épuisant : les huit premiers numéros étaient sortis assez facilement, mais les deux derniers ne venaient pas, se mélangeaient. 48 ou 84 ? 68 ou 86 ? Regardez le papier jaune sur lequel il est noté : les deux derniers chiffres sont séparés des autres et plus gros, parce qu'ils ont été inscrits à part, un peu plus tard.

M. Alazard s'était précipité sur le téléphone, confiant la victime, légèrement plus calme alors, à Mme Achille seule. Véra Carmi avait mis bien du temps à répondre, a remarqué M. Alazard, au moins huit ou neuf sonneries, de quoi le désespérer, chou blanc manifeste, tout à recommencer, un nouveau numéro à arracher d'un corps récalcitrant. Et Véra Carmi avait décroché, incrédule

15

d'abord : un homme d'une bonne trentaine d'années, peut-être quarante, la faisait appeler du musée national d'Art moderne, Centre Pompidou, son mari probablement, avait suggéré M. Alazard. Que pouvait bien faire son mari au musée, à plus de trois heures de l'après-midi ? Le numéro devait être faux, une erreur : non, non, a insisté M. Alazard, et il confirme en exhibant une deuxième fois le papier jaune où figurent les dix chiffres grossièrement tracés, sa preuve indiscutable. L'appel s'était prolongé, jusqu'à ce que Véra Carmi accepte l'idée que son mari pouvait être la victime d'un malaise au Centre Pompidou, s'affole même, devant l'insistance de M. Alazard sur la gravité apparente de son état, consente à venir au musée, le temps de commander un taxi.

À peine avait-il raccroché que Mme Achille, la frileuse Mme Achille, serrant son châle de soie au plus près de la gorge, s'étranglant, décomposée, comme s'il s'était agi de son propre mari, s'était appuyée au chambranle de la porte, pour retrouver un semblant de souffle et de force : elle avait vu l'homme mourir sous ses yeux, prétendait-elle. Il avait voulu se lever de nouveau, je sens que c'est passé, cette fois, avait-il assuré ; aussitôt obligé de s'allonger, pieds en l'air, jambes raides, la posture habituelle désormais, mais le haut du corps avait été secoué de spasmes plus violents que les précédents. Imaginez, la joue droite râpait le sol, puis la gauche, et plus personne dans les parages pour aider, pour soutenir la tête en même temps que les pieds ; la respiration s'était encore accélérée, le rythme cardiaque aussi, jusqu'à l'asphyxie, un véritable officiant en transes, comme dans certaines cérémonies auxquelles il lui avait été donné d'assister, dans sa jeunesse haïtienne ; pour finir, un raidissement de tout le corps, la bouche figée, ouverte et baveuse, à la commissure droite, les yeux écarquillés et fixes, caractéristiques de la mort, j'en ai vu des morts, sur mon île, avant mes dix ans. La mort est reconnaissable de très loin, ce teint parcheminé, bientôt verdâtre, le sang se retire si vite des joues.

Mme Achille avait couru, aussi rapidement que le permettaient ses jambes alourdies par la station debout, par la lente déambulation des agents de musée. Elle avait manqué perdre en chemin son châle si chatoyant. M. Alazard saurait quoi faire, que dire, comme toujours. Il avait jugé inutile de rappeler le même numéro : la dame serait déjà en route ; sinon, il serait maladroit de l'alarmer davantage, préférable de lui annoncer la mauvaise nouvelle de vive voix ; c'est l'usage le plus répandu, avait affirmé M. Alazard.

Ils avaient réfléchi encore un moment : plus rien ne s'opposait à la venue d'un médecin habilité à constater le décès, mais fallait-il l'appeler avant l'arrivée de la dame ou après ? M. Alazard reconnaissait à demi-mot que cette nouvelle réflexion éthique masquait une lâcheté personnelle et lui permettait de retarder le plus possible le spectacle d'un homme allongé mort dans un couloir de son musée. Ce délai, et il s'en voulait à présent de l'avoir laissé s'écouler, avait été mis à profit par le mort lui-même.

Quand ils ont regagné le couloir, le bout du couloir, entre Le Corbusier et Malevitch, ils l'ont trouvé vide, carré blanc sur fond blanc. Ils ont ameuté une seconde fois les agents des alentours : l'un d'entre eux devait avoir évacué le cadavre, c'est vrai, ça la fiche mal, un mort tout seul dans un lieu public. Aucun membre du personnel ne s'était chargé d'une tâche pareille, qui ne serait pas passée inaperçue, un authentique convoi mortuaire. De toute façon, ce n'était pas leur section de surveillance, c'était bien le couloir de Mme Achille et de M. Alazard, qu'ils prennent soin eux-mêmes de leur couloir. L'atmosphère professionnelle est quelquefois mesquine entre les agents de surveillance d'un musée. Que chacun garde ses œuvres et ses morts.

M. Alazard et Mme Achille n'ont pas hésité, eux, à abandonner leur poste, juste avant l'arrivée de Véra Carmi, à arpenter les sections des autres, les couloirs, les toilettes, à questionner collègues et visiteurs, au risque de passer pour des illuminés. Mais ils étaient engagés dans cette affaire, elle leur tenait à cœur au plus haut point, comme si on avait dérobé dans leur section un Chagall, un Kupka ou un Kandinsky. Cet homme malade, qu'ils avaient assisté, que Mme Achille avait vu défaillir, puis expirer, c'était leur œuvre, et leur œuvre leur échappait.

Ils avaient erré encore un moment, appelé les étages inférieurs, les vigiles, dépense d'énergie qui expliquait leur état d'agitation et leur essoufflement, au moment où Véra Carmi s'était présentée à eux. L'échec de leurs recherches justifiait aussi leurs dernières hypothèses, l'hypothèse de Mme Achille surtout, pourvue d'une grande expérience en la matière, dans son île natale, l'hypothèse de la résurrection.

M. Alazard se contentait de prétendre que l'homme était revenu à lui ; peut-être n'était-il pas mort, peut-être Mme Achille (elle ne répugne pas à exagérer quelquefois) avait-elle confondu avec la mort un simple évanouissement (elle niait, féroce, elle avait reconnu le masque indiscutable de la mort). Il était préférable de parler d'un état cataleptique ou tétanique, d'une absence épileptique, un truc de ce genre. Le sommet de la crise avait été, le plus naturellement du monde, suivi de son apaisement.

Imaginons l'homme, votre mari, soudain réveillé dans un couloir blanc, personne autour de lui, une vraie chambre mortuaire, notre musée national, si riche des couleurs fracassantes de l'Art moderne, transformé en morgue climatisée, mauvaise surprise. Il se lève, il se sent mieux, il observe les alentours, pas grand monde aujourd'hui, même le couple d'agents qui veillait sur lui a déguerpi, croit-il, le laissant tomber ; il emprunte l'allée centrale, frôle les Delaunay, Léger, Picabia, Matisse, plonge vers le niveau 4, un dernier élancement peut-être, une raideur dans le dos, mais le voilà requinqué, il flatte au passage l'encolure du rhinocéros, l'œuvre massive de Xavier Veilhan, placée là par les conservateurs comme un obstacle, bien solide sur ses pattes vermillon. Vraiment, il se sent beaucoup mieux, le malaise est complètement passé, quittons ce musée.

Il est regrettable que ce monsieur n'ait pas jugé bon d'attendre le retour des agents de surveillance : les rassurer sur son sort, eux qui avaient pris part à sa souffrance ; peut-être pas les remercier ; enfin, si, pourquoi pas ? remercier, cela n'est pas interdit ni indécent ; un homme et une femme vous secourent, un petit merci ne leur ferait pas de mal. Nous ne lui en voulons pas, l'homme n'était pas dans son état normal, il n'a pas perçu la situation dans sa totalité, comme des témoins extérieurs. Quand même : un tout petit merci. À l'occasion, demain ou dans quelques jours, il fera une nouvelle visite, pleinement remis, après une consultation rassurante, il apparaîtra au détour d'un couloir, n'en doutons pas, il présentera ses excuses pour le dérangement ; on se serrera la main, on s'embrassera même, ne vous excusez pas, nous n'avons fait que notre devoir, ne vous tracassez pas. Merci ? Mais de quoi ? De rien, de rien, c'est ce qu'on dit, dans ces cas-là. Tout de même, un minuscule merci, aujourd'hui… mais n'en parlons plus. Que Véra Carmi ne se fasse pas l'écho auprès de lui, tout à l'heure, quand elle l'aura rejoint, de ce petit mécontentement, qu'elle l'encourage seulement, s'il en formule lui-même l'intention, à passer les voir, en toute simplicité, toute gentillesse, ils n'en demandent pas plus.

Véra Carmi, avant de quitter le Centre Pompidou, a traîné un long moment, elle s'arrêtait à chaque palier, comme coincée dans les boyaux de l'escalator, prise entre la masse montante et la masse descendante, incapable de s'en extraire toute seule, avec l'envie de remonter au cinquième, les questions affluaient, les vraies, les bonnes, trop tard, les marches mécaniques l'ont poussée dehors, à la fin, jetée sur l'esplanade au milieu des bateleurs torse nu, grands Noirs lisses, des bonimenteurs aussi étourdissants que M. Alazard et Mme Achille réunis, dans la foule des étrangers gogos.

Encore une fois, il ne lui restera aucune image sensible de cette navigation au jugé, ou alors l'image d'une masse ondulante et indistincte. La foule n'était plus encombrante, en bas, une foule vide et murmurante, un magma primitif, c'est tout ce que sa mémoire sera capable de restituer, demain, quand elle se demandera : quoi ? qu'est-ce que j'ai vu, senti, compris, éprouvé ? Le Centre Pompidou ? Le Centre Pompidou privé de ses couleurs, de ses formes, le Centre Pompidou réduit à son squelette métallique, à son armature la plus élémentaire et blanchie. Et son mari ? Ce visiteur maladif du musée ? Un squelette de mari, lui aussi, pour quelques instants du moins, un squelette proposé à son imagination par une Haïtienne trop expansive ; un mari pas tout à fait mort, mais plus tout à fait vivant, le mari de Véra Carmi.

Mais que pouvait-il bien faire au musée national d'Art moderne, aux heures de bureau ? se répétait-elle, tout au long de sa marche aveugle. Un homme assidu des expositions, Antoine ? Première nouvelle. Et ces malaises, habituels, selon l'agent de surveillance ? Le mari réel de Véra Carmi, celui qui n'est pas un squelette, mais un homme pourvu de chair et d'une peau légèrement ocrée, n'a jamais été, sous ses yeux, victime de malaises répétés : erreur sur la personne.

Une petite gêne, toutefois, persistait en elle : quelle que soit la personne en cause, elle avait cru, un moment, que c'était bien Antoine, et le souvenir de sa réaction, à l'annonce de sa mort, une mort supposée, bien entendu, était plus déplaisant que tout le reste : une réaction blanche, aucune tristesse, elle y revenait sans cesse, dans les couloirs de la station Châtelet, pas d'émotion, ou alors une émotion inadéquate. Elle se rappelait plutôt une sensation de bien-être, alors que les agents du musée, eux, s'exclamaient, s'exaltaient, souffraient pour elle. Ils vivaient un moment fort dans la platitude de leur journée. Il faut les comprendre, surveiller, ce n'est pas vivre, c'est regarder vivre. Alors, si la vie vous tombe dessus, la mort surtout, encore mieux, si la mort vous tombe dessus, au beau milieu de l'après-midi le plus plat, vous ne la laissez pas filer, vous vous empressez de grossir l'événement, pour en jouir. Voilà, c'est ça, pensait Véra Carmi, pour se rassurer, rien de méchant, pas de honte à éprouver, de scrupules déplacés, elle n'avait pas été indifférente à la mort hypothétique d'un mari. Elle n'avait pas à douter d'elle, après avoir douté de lui.

Son mari, le vrai, rentrerait, tout à l'heure, de la Custod Limited, la société britannique qui l'emploie, ils riraient ensemble, bien vivants, de l'incident, erreur ou pas erreur. Ce ne serait peut-être pas le même rire, toutefois, plus franc ou plus amer, si c'est une erreur, ou non. Le malade du musée a bien donné son numéro de téléphone, incontestable : il faudra rire, franc ou amer, mais il faudra surtout s'expliquer.

Convention, Convention, elle a failli manquer la station Convention, sa station. Elle ne faisait plus, depuis quelques minutes, à force de tourner dans sa tête des mots opaques, erreur ou non, mort ou non, tristesse ou non, indifférence ou non, la distinction entre la lumière des stations et le noir des tunnels, insensible à la vitesse, accélération, ralentissement, ou à l'immobilité, rame à quai.

Elle a pensé s'être trompée de porte : déjà ouverte ; enfin, verrous ouverts et les clés à l'intérieur ; son mari à l'intérieur aussi. Elle s'en étonnerait pour un peu, et pourtant sa présence, en fin d'après-midi, quand il n'est pas en déplacement à Londres ou dans une autre capitale européenne, n'est pas exceptionnelle. Un peu tôt, cette fois, il est à peine dix-huit heures ; pas tellement plus tôt qu'à l'ordinaire.

Il est apparu de dos, dans l'entrée carrée, peu lumineuse, comme s'il n'avait pas entendu Véra pousser la porte, debout, du courrier à la main. Elle a remarqué le très léger mouvement convulsif de l'épaule droite, un tic infime, qu'elle pense être la seule à connaître : l'épaule s'affaisse, c'est imperceptible, et, par intervalles, Antoine Carmi rétablit l'équilibre de son torse d'une contraction musculaire. S'il est nu, ce muscle, à l'épine de l'omoplate, forme une boule instantanée et se relâche. Antoine lui-même n'admet pas facilement l'existence de ce geste convulsif. Voilà bien longtemps qu'elle a cessé de le lui signaler, il s'en agaçait. Laisse mon dos tranquille pour une fois.

La vision de ce dos procure à Véra un instant plein et clair, un instant rond. C'est curieux, alors que les heures précédentes sont épaisses, flasques, insaisissables, cette minute où Antoine contracte son épaule droite prend une signification nouvelle : l'incident du jour, dont elle n'a eu

connaissance que par personnes interposées, se fait beaucoup plus dense dans son esprit, maintenant qu'elle a à
portée de main la victime supposée du malaise, au musée
national d'Art moderne, comme si elle vivait enfin les
événements de l'après-midi, contractés en une petite
minute, comme se contracte sous ses yeux l'épaule droite
d'Antoine Carmi. Tiens, encore une petite crispation.
Cette convulsion presque invisible prend un autre sens si
elle la rapporte aux convulsions plus impressionnantes
rapportées par Mme Achille.

– Tu rentres seulement ?

C'est lui qui a parlé le premier, de dos toujours, sa voix
semblait lointaine. Elle a hésité avant de mettre tout un
poids d'interrogations dans la plus banale des questions :

– Ça va bien ?

– Pourquoi ça n'irait pas ?

– Tu pourrais avoir besoin de te remettre.

– Me remettre de quoi ?

Ce n'était plus une minute pleine et ronde qu'elle
vivait, Véra Carmi, plutôt une minute gouffre, comme
une perforation au fond de l'estomac. Elle a levé les yeux,
pour échapper au vide.

– Te remettre de ta journée, de ton après-midi…

– Ma journée ? Mon après-midi ? Rien de particulier,
ma journée. Les ennuis habituels, les ennuis agréables,
les dossiers mal ficelés, les retards. Tu sais bien que je
n'aime pas m'étendre là-dessus.

– Tu as été pris tout le temps ?

– Tout le temps. Comment veux-tu autrement ?

– Vraiment rien de particulier ?

Il s'est retourné, l'épaule, le tic, plus que jamais, un
festival, cela doit être un signe ; il a son sourire un peu
narquois, qui n'est pas narquois du tout, prétend-il,
encore un sujet d'agacement quelquefois, il ne sait pas
sourire autrement, c'est tout.

Véra Carmi ne voudrait pas avoir l'air d'insister, elle l'a
embrassé plus longuement que certains soirs, elle a repris
sa question, la moins banale des questions, à cet instant :

– Enfin, tu es sûr que ça va ?

Le coin de la bouche restait narquois, plissé, mais le regard s'agrandissait, plus rond, une surprise vraiment sincère : qu'est-ce qui te prend, Véra ? Tu me fatigues, Véra. Ça ne te ressemble pas, Véra, de me questionner si lourdement. Elle voudrait se serrer une nouvelle fois contre lui, puisqu'il n'entend pas ses questions.

– Et puis, ne me touche pas. Il a fait chaud aujourd'hui, la clim avait des ratés comme d'habitude, j'ai besoin d'une douche. Alors ne me touche pas.

Elle a reculé, le flou est revenu en elle, ce liquide opaque sur lequel elle avait l'impression de flotter : oui, oui, elle l'avait embrassé, mais c'est comme si son corps n'avait pas rencontré de corps ; plutôt une moiteur, une mollesse, sans consistance ; l'Haïtienne devait avoir raison. Pure idiotie, s'est dit Véra Carmi, tu te crois au cinéma ou dans un récit évangélique, aucune différence, miracles, effets spéciaux, et tout le tralala. Rien n'a changé, c'est toujours le même Antoine, avec son imperceptible soubresaut de l'épaule droite, et voilà, encore une fois, léger, léger, le petit muscle sus-épineux sous la chemise.

Véra allait décider de parler, c'était le moment, Véra, déballe ton histoire. Si tu ne le fais pas maintenant, tu ne le feras jamais. C'est si simple de parler, ça devrait être si simple : des milliards de mots s'échangent à cet instant sur toute la planète, un gigantesque babil, imaginez la quantité de parlotes, vaines ou grandioses, ce n'est même pas mesurable, en kilos, en mètres ou en décibels. Il faudrait inventer une mesure spécifique, une échelle de Richter de la parole : à quelle densité de babil en sommes-nous à cet instant, sur toute la terre, dans toutes les langues ? Le plus fort : rien ne s'embrouille, aucune saturation possible, aucun embouteillage, on continue, on parle, on chante, on s'engueule, on murmure, toute la planète, ça coule facile, et Véra Carmi, dans son petit appartement de la Convention, se tait et non seulement se tait mais ne parvient pas à ouvrir la bouche pour dire tout bêtement : tu ne me croiras jamais, tout à l'heure le Centre Pompidou m'a convoquée pour m'annoncer ta mort et, finalement, c'est trop drôle, ta résurrection. Personne, de nos jours, ne serait assez crédule pour accepter une nouvelle pareille. Pourtant, j'ai traversé Paris depuis la rue de la Convention pour découvrir que tu étais mort et encore vivant. Avoue que ce n'est pas ordinaire dans la vie d'un couple ordinaire.

Elle aurait dû commencer comme ça, en riant, et elle ne commence pas, elle a en elle cet empêchement inexplicable. Elle attend, elle entre dans la salle de bains, pendant qu'Antoine se douche, ce qu'elle ne fait jamais, et elle regarde l'ombre s'agiter derrière le rideau jaune pâle, une ombre bombardée de gouttelettes rebondissantes, la tête rejetée en arrière, les bras désordonnés, puis plus calmes, sous le crépitement continu. La silhouette mal dessinée se contentait de recevoir son déluge, ça paraît long, un déluge. Était-il mort ? Était-il vivant ? Comment une femme, considérée comme lucide et sérieuse, en arrive-t-elle à se poser des questions pareilles, à les accepter ?

Il ne la savait pas si près de lui, elle aurait dû en profiter, c'était plus commode, séparés par un rideau de douche : quelques mots tout à trac, rendus presque inaudibles par le jet, ce serait un bon début. Il serait surpris, mais il aurait le temps de se remettre, derrière le plastique jaune, le temps de trouver une réponse, quelle qu'elle soit, et Véra serait satisfaite, même d'un mensonge.

Mais elle ne trouve rien à dire à une ombre grisâtre, l'empêchement au fond d'elle, et quand l'ombre grisâtre ferme le mitigeur, Véra Carmi n'ose même plus sortir de la salle de bains, elle attend. L'ombre tire le rideau avec une violence à laquelle elle n'est pas habituée :

– Tu l'ouvres toujours aussi brutalement ?

Il a un rire gêné :

– Mais qu'est-ce que tu fais là ?

Il s'enveloppe, vigoureux, dans une serviette blanche. Elle a revu la chair nue, de la vraie chair, a-t-elle pensé, un peu épaisse, mais ferme, légèrement ocrée.

– Ne me touche pas, je suis encore trempé. Plus tard, plus tard…

Il s'essuie comme s'il voulait se tanner le cuir :

– Tu te frottes toujours comme ça ?

– Tu n'es pas si curieuse de moi, les autres jours. Quelque chose ne va pas ?

C'est le moment, Véra.

– Non, rien.

C'est perdu, à présent ; une occasion pareille, il ne s'en présentera plus aucune, couru d'avance. Mais le comportement d'Antoine Carmi, si sûr de lui, si tranquille dans sa nudité, s'étrillant avec une si complète bonne foi, décourageait toute attaque directe ; et les remarques obliques, semblait-il, le transperçaient sans laisser la moindre trace, un vrai saint béat sous les coups ou le plus complet des imbéciles, incapable de saisir au vol des allusions. Elle n'avait jamais vu, jusqu'ici, Antoine comme un martyr ou un idiot.

Ou bien c'était lui, l'homme malade du Centre Pompidou, l'homme qui l'avait fait appeler, elle, Véra, et il était inconcevable qu'il se montre si à l'aise, si vif, et muet : c'était à lui de se justifier, non ? Ou alors, c'était un autre homme, mais lequel et pourquoi aurait-il fait appel à Véra Carmi ? Dans cette hypothèse, et tant que l'identité du faux mort, faux ressuscité lui était inconnue, il était préférable de ne pas perturber une vie commune déjà fragile, fondée sur des absences et des silences.

Antoine Carmi passait une semaine sur quatre à l'étranger, ça vous pose un homme, aux yeux de la masse sédentaire, se déplacer à travers l'Europe du Sud, surveiller son marché, le marché de sa société, le développer. Il se développait, pensait parfois Véra, en même temps que la Custod Limited ; son assurance était proportionnelle aux bons résultats de cette société britannique spécialiste des peintures aéronautiques. Antoine volait à la hauteur du troisième, puis du deuxième marché mondial ; plus il s'élevait, plus il se montrait secret ; c'est important, n'en parlons pas ; ou alors, se disait parfois Véra : n'en parlons pas, ce sera plus important. Il arrivait de Lisbonne ou d'Athènes, il avait préparé la signature d'un contrat, des carlingues allaient flamber neuves au-dessus des nuages, il n'y serait pas pour rien. Elle le questionnait un peu, surtout au début, il lui avait répondu quelquefois ; au bout de deux ans (la Custod Limited avait obtenu le marché des Airbus), il avait encore moins parlé : plus sûr de lui, mais plus taciturne. Était-il imaginable qu'un constructeur d'avions (ou un chimiste ou un marchand de peinture) ait une influence quelconque sur la vie et l'entente d'Antoine et de Véra Carmi ? Pourquoi pas ? Depuis le début, Antoine n'était pas un homme à se livrer, elle le savait, il n'aimait surtout pas s'étendre sur son travail, sur ses clients, sur ses collègues, encore moins sur sa hiérarchie ou ses concurrents, et guère plus sur sa famille ou son passé. Véra lâchait une question, à l'occasion, pour bavarder. Rien de plus barbant que de parler de son métier, prétendait-il. Les chats ne parlent pas de leur chasse à la souris. Ils sont contents de les avoir croquées ou déçus de les avoir manquées, dans tous les cas ils reviennent se frotter aux jambes de leurs maîtres et se lèchent les coussinets. Voilà Véra, je suis bien dans tes jambes et je lustre mon pelage, c'est bien, non ? Peut-être.

Il avait fini de s'essuyer, il se rhabillait avec son innocence tranquille, son aisance de cadre valeureux de la Custod Limited. Tu t'es tordu de douleur sur le fauteuil club B3 de Marcel Breuer, trois ou quatre heures plus tôt, et voilà, tu te prélasses sous les yeux de ta femme, tu lui parles même d'un film à voir. Véra n'osait pas lui faire répéter le titre : elle avait manqué le début, elle n'écoutait pas Antoine, de même qu'elle n'avait rien vu du musée, aucune toile, aucune couleur ; rhinocéros acidulé, couloirs de métro, mari, le monde physique échappait à Véra, mauvaise journée ; et maintenant, un titre de film, sujet d'enthousiasme pour Antoine.

Le cinéma est le seul sujet qui enthousiasme vraiment Antoine Carmi, le seul qui le sorte de son travail : ses yeux de chat nyctalope fixent l'écran lumineux et ne le lâchent plus. Véra est avec lui, ces jours-là, ce sont des moments qu'ils partagent vraiment. Elle a appris à aimer le cinéma, à le connaître, le cinéma du passé, en particulier, les Fritz Lang, Orson Welles, Alfred Hitchcock surtout, oui, Antoine Carmi l'a traînée devant tous les Hitchcock, elle s'est forcée, parfois ; elle s'est dit qu'ils avaient au moins ça, le cinéma. Elle n'arrive pas à se forcer, ce soir, Antoine s'en étonne une petite seconde (– Tu n'as pas l'air de comprendre ce que je te dis, Véra), l'épaule droite subit son infinitésimale secousse, brutalement amplifiée aux yeux de Véra Carmi. Elle ne voit plus que cette secousse, chez Antoine, une secousse sismique.

Il parle, il parle, ce silencieux ajoute ses paroles au grand bavardage en cours sur toute la planète, et Véra ne dit rien, elle pense aux soubresauts, aux spasmes de douleur et de mort décrits par M. Alazard et Mme Achille, et elle ne lâche plus l'épaule droite d'Antoine. Elle saute plus que jamais, cette épaule droite. Véra interrompt le commentaire filmique, elle cherche un nouveau biais :

– Tu n'as pas mal à l'épaule, en ce moment ?

– Pourquoi à l'épaule ?

Il ne quittera plus son sourire faussement narquois et son œil dépourvu d'arrière-pensée. Entre elle et lui, depuis tout à l'heure, cette épaule a grossi, forme un écran. C'est très curieux, ces morceaux de corps qui prennent la place d'un corps, cette épaule qui s'agite et fait signe à Véra, comme un chiffon rouge, alors que voilà plus de six ans qu'elle connaît ce détail anodin. Ce signe, mais un signe de quoi ? l'obsède comme jamais, lui embrume la cervelle. Oublie, Véra, force-toi à t'intéresser au film (toujours pas de titre) que vous irez peut-être voir ensemble, la semaine prochaine, au retour d'Antoine. Dans quelle capitale sa prochaine mission ? Lisbonne ? Madrid ? Oublié, comme le reste : si elle essaie de penser, elle voit du blanc, un écran blanc ; Antoine s'obstine avec son film, ses critiques de film ; il ne parvient pas à meubler l'écran de Véra.

Elle a commencé un long travail, toute une nuit de travail, à se tourner dans tous les sens, sous son drap fin, et encore un matin à tourner dans sa tête les hypothèses possibles, à les reprendre dans l'ordre, dans le désordre, les mêmes hypothèses, à les ramifier en sous-hypothèses contraires et simultanées. Parvenir à des certitudes opposées en même temps, c'est plus subtil, plus douloureux que l'incertitude. Elle se levait d'un coup : c'était lui, aucun doute, la victime du malaise en plein Centre Pompidou ne pouvait être qu'Antoine Carmi, il avait fait appeler sa femme Véra, c'est tout naturel ; naturel et improbable. S'il l'avait fait appeler, il n'avait aucune raison de le dissimuler à son retour : elle avait passé sa soirée avec un homme à l'aise, un innocent vigoureux et, pour une fois, disert, pas un souffreteux revenu d'entre les morts à quatre heures de l'après-midi. Elle se rasseyait ou se recouchait.

Ou bien Antoine s'était trouvé plongé dans une telle confusion mentale qu'il en avait perdu jusqu'au souvenir. C'est commode, le coup de l'amnésie, un cinéphile comme lui pourrait aligner des titres de films où des amnésiques se débattent sur l'écran, du poncif cinéma par poignées. Imaginons ce poncif cinéma réalisé, juste une seconde, vingt-quatre images par seconde, imaginons, voici le visage d'Antoine Carmi, gros plan, vingt-quatre fois sa tête d'amnésique : elle a forcément gardé la trace de sa souffrance ; traits marqués, creusés, raideur inhabituelle des mâchoires, rougeur des yeux. En somme, il était exclu que ce soit lui, deuxième certitude absolue.

Un autre homme de sa connaissance ? Bien sûr, le nom de Carmi n'avait jamais été prononcé, ni aucun autre, M. Alazard et Mme Achille étaient formels. La qualité de mari lui avait été octroyée par facilité et convention. Ce pouvait être un ami. Depuis plus de six ans qu'elle connaissait Antoine elle avait coupé avec tous ses amis précédents, nom changé par le mariage, adresse nouvelle, liste rouge. C'est facile de ne pas laisser de trace de soi. Même l'homme du musée avait réussi à mourir, à ressusciter et à reprendre sa promenade sans se faire rattraper. Antoine, donc, encore et toujours. Ou alors un inconnu, troisième certitude indiscutable : il avait fourni un numéro de téléphone fautif (l'hésitation sur les deux derniers chiffres), c'était tombé sur Véra, une simple confusion, un lapsus numeri, un hasard, la plus belle des certitudes, le hasard, la plus rassurante, la plus excitante. Un inconnu qui vous appelle au secours, même par hasard, c'est troublant ; cela crée des liens, le hasard, de quoi vous donner envie de le connaître, l'inconnu, même si c'est un malpoli capable de ne pas remercier ses sauveteurs.

Elle s'est levée encore une fois : Antoine devait retourner au bureau, ce samedi matin, avant son départ pour Madrid, elle en profiterait pour retourner au musée national d'Art moderne, un peu avant midi, à l'ouverture, elle interrogerait M. Alazard et Mme Achille revenus de leur hystérie. L'inconnu serait peut-être déjà venu présenter ses excuses, comme ils l'avaient eux-mêmes imaginé. Elle le croiserait même devant le siège B3 de Marcel Breuer. L'homme, consciencieux, serait venu proposer de faire jouer son assurance, en cas de dégât. On aurait vérifié que le siège était en bon état, comme l'inconnu lui-même, merci et à bientôt.

Ils déambulaient déjà, M. Alazard et Mme Achille, inséparables, incompatibles mais inséparables, dans le musée presque désert, un samedi en fin de matinée, lui égayé de retrouver la malheureuse de la veille, elle un peu agacée :

– Mais qu'est-ce que vous espérez de plus ? Comment ? Vous n'avez pas osé parler à votre mari ? Et il ne vous a rien dit non plus ? Quelle est cette vie où le mari ne parle pas à sa femme, la femme à son mari ?

Avec le mari de Mme Achille, ils ne se cachent rien, ils ne cessent pas de se parler, même devant la télévision. Le voisinage se plaint de leurs discussions permanentes. M. Alazard la coupe et lui demande un peu de silence, il n'est pas son mari, Dieu merci :

– Cette femme est revenue vers nous, elle a besoin de notre compréhension. Elle a commis l'erreur de ne pas parler à son mari, mais c'est une erreur réparable, avec notre aide, si elle le souhaite.

– M. Alazard est le plus irritant, mais le plus habile des agents du musée, souligne Mme Achille, le plus diplômé, mais attention, le plus dangereux aussi.

Véra a souri, ce ton de fausse dispute entre les deux gardiens la distrayait et la soulageait, comme la veille. Ils avaient, chacun à sa manière, le don de sympathie, elle se sentait bien, comme si elle avait partagé avec eux une ancienne intimité.

Elle a reconnu que cela lui coûtait beaucoup d'exposer ses insuffisances devant des étrangers, de paraître à leurs yeux la dernière des idiotes, mais elle n'était pas dans son état normal, hier, elle avait négligé l'essentiel, pas su poser les bonnes questions, propres à lever toutes ses inquiétudes. Elle ne voulait pas abuser, prendre sur leur temps, juste obtenir quelques détails physiques ou vestimentaires incontestables qui lui feraient dire : oui, c'est Antoine, ou : non, c'est un autre.

M. Alazard et Mme Achille ont senti croître leur importance, on leur demandait un nouveau témoignage, l'occasion d'une dispute : chacun voulait redonner sa version, l'imposer comme plus véridique que l'autre. Des vêtements clairs pour l'un, gris pour l'autre ; des cheveux courts ; oui, mais d'une bonne longueur dans le cou ; un bracelet de montre en cuir sombre ; ou un peu bleu ; vert foncé. M. Alazard se rappelait surtout un visage grimaçant, Mme Achille la pâleur d'un mort. Évidemment, si on n'a connu son mari que bien portant, on a du mal à le reconnaître souffrant ou mourant. C'est lui et ce n'est pas lui. Ce pourrait être lui, en flou.

– Le mieux, a dit M. Alazard, serait que vous nous apportiez une photo. La description, c'est toujours faux, mais un beau portrait en couleur, c'est indiscutable.

– Les beaux portraits en couleur, a dit Mme Achille, ce n'est pas ce qu'on voit le plus dans un musée d'Art moderne, mais on ne choisit pas toujours l'endroit où on travaille.

– Revenez un de ces jours, a continué M. Alazard en levant les yeux au plafond, avec une image bien propre de votre mari.

Une image bien propre, l'expression s'est installée dans l'esprit de Véra Carmi, une expression torturante et irritante, une image bien propre, bien propre, quand, précisément, vous ne parvenez pas à mettre la main sur une image bien propre.

Les Carmi n'avaient pas de goût pour la photo. Pour les images en mouvement, oui, mais les plans fixes… Une image arrêtée, c'est un contresens, avait dit Antoine une fois. C'est curieux qu'il ait dit ça. À quelle occasion ? Ils n'avaient pas d'appareil digne de ce nom, un vieil Instamatic, un cadeau de communion. On ne doit plus trouver de pellicules pour un Instamatic. Ils n'avaient jamais eu envie de constituer un album. Des photos, elle en a bien retrouvé quelques-unes, dans une boîte bleue, prises et offertes par des amis et des membres de la famille, des photos de jeunesse, pas beaucoup de récentes. Antoine figurait surtout dans des groupes, jamais en portrait. Une image bien propre, bien propre : il n'existait pas d'image bien propre du mari de Véra Carmi. Là, il était au dernier rang d'un attroupement amical ; ici, il avait été gêné par le soleil, il baissait la tête ; sur ce cliché, il la tournait, profil fuyant ; un autre, les yeux fermés ; minuscule à l'arrière-plan ; un voisin projetait son ombre sur lui ; pas mal, mais surexposé. Antoine Carmi, comme il l'avait dit lui-même à plusieurs reprises, se souvenait-elle, n'était pas un garçon photogénique. Il impressionnait mal les pellicules, se disait Véra, et cette remarque lui semblait douloureuse, comme si elle apprenait, au bout de six ans, que son mari était dépourvu de réalité.

Elle l'a observé encore un peu, en mouvement, le dimanche soir, avant son départ pour Madrid. Il se préparait à partir, pour une petite semaine, comme chaque mois : il allait, entre autres, recruter un nouvel agent local, au nom de la Custod Limited, pour consolider le marché dans cette ville, comme il le notait dans ses rapports que Véra corrigeait (son orthographe et son style

33

aussi fantomatiques que ses images photographiques, le même flou, les mêmes ombres).

Elle a agité devant lui une liasse de photos :

– J'ai regardé ça aujourd'hui, on ne te voit pas beaucoup dessus.

Il faisait sa valise, était-ce bien le moment de lui mettre des photos sous le nez ? Il s'est contenté de rappeler l'heure de son avion. C'est tout ce qui le préoccupe, a pensé Véra, il n'a vraiment aucune épaisseur. Peut-on avoir une épaisseur en faisant sa valise ?

Elle a apporté quatre clichés approximatifs au musée. Mme Achille était prête à jurer que c'était lui.

– Ne nous emballons pas, répétait M. Alazard. Évidemment, ce ne sont pas des images bien propres. Des clichés anciens, non ? Les vêtements, c'est comme la forme d'une ville, ça change plutôt vite. La coupe de cheveux, n'en parlons pas. Comment voulez-vous reconnaître un homme sur des photos d'époques diverses et éloignées ? C'est une illusion que nous avons habituellement, parce que nous savons d'avance à qui nous avons affaire. Mais alignez des photos anciennes de plusieurs étrangers et essayez de les classer, vous aurez des surprises, je vous le garantis. Je vous avais demandé un portrait bien propre et récent. Alors, ça pourrait être votre mari ou n'importe quel autre trentenaire ou quadragénaire blanc, ni gros, ni maigre, glabre et correctement chevelu. Ce n'est pas que je veuille rabaisser votre mari, si c'est lui, et pas davantage si ce n'est pas lui, mais nous n'aurions plus aucun doute si, comme moi, il avait une tonsure avancée, une barbe taillée et un peu de ventre, vous voyez, des traits vraiment caractéristiques, une personnalité marquée, pas le standard des hommes de cet âge. Mais vous avez bien fait de venir tout de même.

Il avait eu une conversation avec un de ses collègues, M. Wolf, a-t-il assuré, avec qui il faisait équipe, dans une autre section du musée, avant Mme Achille : cet agent avait déjà eu l'occasion de rencontrer le mari de Véra

Carmi, ou celui qui pourrait être son mari, quelques mois plus tôt, ou même avant les travaux. C'est étonnant, après ce que nous venons de dire : certains hommes, parmi les plus anonymes, parmi les moins remarquables, parviennent pourtant à se faire remarquer, et plusieurs fois de suite, jusqu'à l'autre jour, au même endroit. Un miracle, ils parviennent, si atones qu'ils soient eux-mêmes, à trancher, pendant un instant, sur la foule atone des musées, on se souvient d'eux, des années après, allez m'expliquer ça.

De fait, ce visiteur ne s'était pas signalé au collègue de M. Alazard par son apparence ou par une allure singulière, mais par sa voix : il parlait fort dans le musée. C'est sans doute une des manières les plus communes de se signaler dans un musée, mais l'homme ne parlait pas fort pour faire l'intéressant, seulement parce qu'il s'adressait à une dame un peu dure d'oreille, qui lui répondait sur le même ton. Le collègue de M. Alazard n'avait pas su dire si les deux personnes visitaient le musée ensemble ou si la conversation s'était engagée entre elles, comme il arrive quelquefois, devant un tableau.

L'homme, après cet éclat de voix, avait circulé seul dans les salles, d'un pas trop rapide pour un visiteur ordinaire, deuxième manière de se singulariser, malgré son apparence des plus communes. Troisième et dernière méthode pour soutenir l'attention, il avait assailli le personnel, trois ou quatre agents présents à ce moment-là, de questions posées d'une voix moins tonitruante, mais tout de même un peu dérangeante, comme si des gardiens de musée devaient nécessairement être des sourds ou des imbéciles. Le collègue de M. Alazard, pour l'instant, ne retrouvait pas l'objet de la question ; l'homme avait obtenu une réponse satisfaisante, à en juger par son départ brutal, mais radieux, vers une autre section du musée.

La même silhouette avait resurgi, un autre après-midi, seule et silencieuse, cette fois, le pas toujours aussi vif, traversant les premières salles sans accorder un regard aux tableaux. On l'avait aperçu, se souvenait le collègue, au bout de l'enfilade, dans la salle la plus septentrionale, de profil, posté assez longtemps face au mur, dernière attitude intrigante, s'il faut trouver intrigant qu'un visiteur de musée passe du temps à observer un mur, puisque, précisément, nous nous rendons au musée pour contempler des murs, des murs garnis, mais des murs.

M. Alazard se disait à son tour qu'il avait probablement croisé la même personne au même moment, l'influence de son collègue, sans doute, ajoutait-il : à force de répéter qu'il a rencontré à plusieurs reprises la victime du malaise, il nous persuade que nous l'avons remarquée nous aussi. Bientôt chacun de nous se souviendra avec exactitude de sa présence régulière dans le musée. Nous finirons par croire qu'il était, sinon l'unique visiteur du musée national d'Art moderne, n'exagérons rien, du moins l'un des plus assidus. Le visiteur le plus insignifiant parmi les visiteurs insignifiants s'impose en quelques heures, et rétrospectivement, comme l'un des plus singuliers, une sorte de notable des musées. M. Alazard s'enthousiasmait à cette idée.

– Ne croyez pas tout ce qu'il raconte, a dit Mme Achille. M. Alazard a des emballements parfois enfantins et des théories fumeuses sur tout. Le visiteur dont parle M. Wolf est peut-être passé une fois ou c'était quelqu'un d'autre. Après des années, comment savoir ? M. Alazard, pour faire l'intéressant auprès d'une femme, pourrait vous raconter n'importe quoi.

– Il est sans doute préférable de croire à vos histoires de résurrection, a dit M. Alazard. Vous trouvez ça moins fumeux. Nous savons bien que vous avez des accointances avec la secte de Jésus-Christ des Saints du Septième Jour.

– Ce n'est pas une secte, contrairement à ce que vous répétez partout, mais une église chrétienne reconnue…

C'était reparti pour une dispute entre eux, Véra Carmi n'entendait plus que le bruit superposé des deux voix à la lutte, la profonde et l'aiguë. Elle feuilletait pour la dixième fois les clichés d'Antoine, elle en chassait les poussières, ajoutait des traces de doigts, les effaçait, en remettait ailleurs, un carnage. Elle reconnaissait de moins en moins Antoine Carmi : ce garçon qui parlait fort, qui manifestait sa présence de manière outrancière, ne lui ressemblait pas beaucoup... cet homme aux mouvements brusques... Tout de même, elle l'avait observé sous la douche, l'autre soir, elle s'était étonnée de sa brutalité, à un moment où il ignorait sa présence. Ce geste pour ouvrir le rideau, pour l'arracher, oui, un geste d'homme, tout bêtement ?

Surtout, l'amateur d'art, le passionné, capable de revenir plusieurs fois de suite dans le même musée, ce portrait dressé par M. Alazard ne collait vraiment pas avec Antoine Carmi. Son mari, le vrai, n'avait jamais manifesté un intérêt bien grand pour les musées, encore moins pour l'Art moderne en particulier. À l'occasion de voyages, oui, ils avaient visité quelques grands musées, des expositions majeures. C'était elle qui l'entraînait, le plus souvent, il suivait (donnant donnant : en échange elle accepterait de voir pour la troisième fois le même Hitchcock), il faisait la visite, non sans une petite protestation convenue. Une phrase lui revient, pendant que M. Alazard et Mme Achille poursuivent leur discussion, entre insultes et politesse ironique, sur les sectes et les Églises, une phrase d'Antoine, un refrain négligeable de leur vie commune, parmi les dizaines de refrains négligeables de la vie commune :

– On m'a tellement traîné devant des tableaux, autrefois, ces images sans mouvement, sans vie... j'en ai eu ma dose.

Il justifiait ainsi, à chaque expo, sur un ton las, mais sans insistance, son manque d'empressement. Son dégoût discret des musées n'avait rien à voir avec l'inculture, comme elle l'avait supposé parfois. Mais est-il raisonnable de masquer une passion pour les musées ? Pourquoi le même homme exprimerait-il sa désaffection pour l'art devant sa femme et se précipiterait-il au musée, dès qu'il est seul ? Qu'il condamne la prostitution et finisse dans un bordel thaïlandais, facile à comprendre, ou se cache dans un cinéma porno, elle était prête à l'admettre, mais dissimuler sa présence dans un musée d'art moderne ? Le caractère scandaleux de l'Art moderne est éventé depuis bien longtemps. Il est toutefois possible de se rendre au musée sans intention de le visiter. Admirer des œuvres d'art, c'est peut-être la dernière motivation des visiteurs des musées ? Une visite, c'est une distraction reconnue, comme le vélo ? Ou alors, on vient chercher le calme, comme on irait en forêt, mais en ville ? La pénombre, comme dans une église, mais profane ? La discrétion ? On y organise des rendez-vous, des rendez-vous secrets évidemment ? Encore un poncif de cinéma, a pensé Véra, le genre Hitchcock, puisque le cinéphile Antoine le révérait par-dessus tout : il citerait immédiatement des titres de films où un musée sert de cadre raffiné à des incidents (quelque chose comme *Blackmail*, 1929, le British Museum), à des comportements énigmatiques (James Stewart surveillant Kim Novak, dans un musée de San Francisco, *Vertigo*, 1958, préciserait Antoine) : le collègue de M. Alazard a bien évoqué la présence d'une femme, une femme pas trop discrète, disait-il, une Kim Novak un peu dure d'oreille, criarde, pauvre Antoine, il a toujours surévalué le pouvoir réaliste des images de cinéma.

Une Kim Novak âgée, tout de même, cela pourrait ressembler à Mlle Rotheim, du moins à l'image que Véra se fait de cette ancienne protectrice d'Antoine, dans son enfance, celle qui le traînait dans les expos peut-être. Son mari rechigne à parler d'elle, il est bien obligé de l'évoquer, de temps à autre, quand il lui rend visite, toujours sans sa femme, en même temps qu'il rend visite à ce qu'il lui reste de famille, cette petite bande qu'il a bannie de leur vie, ou qu'il préserve. Encore un territoire interdit, comme le travail, elle en souffre à certains moments : cette demoiselle Rotheim, le père d'Antoine, son frère sont ses seuls rivaux connus, avec son travail prenant, des rivaux absents, parfois envahissants par leur absence ; mais la plupart du temps elle s'accommode de leur existence, ou de leur inexistence, elle ne leur prête pas plus d'attention qu'ils n'en méritent, ils sont dans les marges les plus reculées de leur vie commune. Oui, mais leur vie commune, en ce moment, qu'est-ce qu'elle a de commun, leur vie commune ? Quelques distractions... Vivre ensemble par distraction... Ne sois pas si distraite, Véra, écoute le monsieur et la dame du musée, ils se disputent à cause de toi.

M. Alazard venait de retirer tout ce qu'il avait dit sur les sectes et les Églises, au nom de la liberté de conscience et de la bonne entente entre les agents du musée ; Mme Achille lui a redit son admiration pour sa culture générale (– Il a un doctorat d'histoire de l'art, savez-vous, des années d'études après le bac...), tout en maintenant que la résurrection est un dogme auquel elle ne renoncera jamais, et Véra Carmi laisse pendre au bout de sa main déconfite les photos d'Antoine. Elle appelle la compassion : la réconciliation provisoire des deux agents va la sauver, ils l'entourent à nouveau, Mme Achille l'enveloppe de son aile droite, tendue de son châle coloré. La soie, c'est à la fois chaud et frais, Véra s'y pelotonne et respire un parfum gourd : je suis bien, dans ce musée, loin d'Antoine, drôle d'impression.

– Vous devriez nous l'amener, votre mari, ce serait plus simple, a dit la voix au-dessus du châle, on jugerait sur pièces. Dans tous les cas, il vaut mieux avoir le modèle vivant et authentique sous la main, c'est plus sûr.

M. Alazard a préféré s'éloigner : entendre ça, dans un musée comme le nôtre, la supériorité du modèle sur sa représentation... l'éternel bon sens d'une gardienne de musée, le scepticisme antiartistique et antimoderne de la plupart des hommes et des femmes chargés de veiller sur l'Art moderne...

De toute façon, amener Antoine Carmi au musée, c'était le plus difficile. Déjà, en temps ordinaire... mais ces jours-là, peine perdue : sa semaine à Madrid.

Toute cette semaine, sauf le mardi, Véra Carmi a fréquenté le musée national d'Art moderne, une obligation qu'elle s'est imposée, dont elle était la première étonnée. Ridicule, pensait-elle, je ne vais quand même pas y retourner aujourd'hui. Et elle y retournait. C'était du plaisir et de l'agacement. Sa visite quotidienne était devenue le moment central de sa journée, le seul dont elle ne parlait pas à Antoine, le soir, au téléphone, vers dix heures, juste avant le dîner obligatoire, en compagnie d'agents ou de clients de la Custod. Il s'en plaignait d'avance : encore une fois les gorger des meilleurs vins de Rioja ou, les grands jours, les jours de contrats, d'un Burgondy parmi les plus chers ; encore une fois faire descendre dans ces estomacs les plus fameux plats de la cuisine espagnole et internationale ; sa mission, les faire, soir après soir, crever de bonheur culinaire, afin que le marché progresse. Ils allaient rire, parler fort et de rien, fumer jusqu'à deux heures du matin, dans son hôtel de luxe, refait à l'ancienne, le moins que pouvait offrir la Custod.

En attendant, Antoine et Véra prenaient dix minutes pour énumérer les petits incidents du jour, les lettres arrivées ou expédiées, les films sortis ce mercredi, le soleil sur Madrid, les sentiments de manque réciproque ; rien sur le musée, sur la sortie au musée, deux heures au milieu de l'après-midi, deux heures presque heureuses, dont elle avait honte à présent. Elle se découvrait une vie concomitante, pas encore une vie parallèle, pas tout à fait une double vie, non, non, c'est ça, une vie concomitante, un morceau de vie juste à côté de la vie ordinaire, non, pas à côté, en plein milieu : sa vie ordinaire tournait autour de ces deux heures ; elles semblaient ne pas en faire partie, elles l'occupaient avant, la désolaient après.

Elle attendait dix heures pour parler à Antoine, pour ne rien lui dire. Elle parlait moins, elle mangeait moins, de moins en moins, presque rien le soir. Alors qu'Antoine s'apprêtait, répétait-il, à sa manière narquoise, à se goinfrer, deux ou trois heures durant, de toutes les variétés de jambon serrano, des premiers melons de Murcia, des rangées de tapas obligatoires, elle, pas faim, mais alors pas d'appétit du tout. Sa nourriture était nouvelle, elle gobait des tableaux au musée national d'Art moderne, 1905-1960, son lieu de vie indispensable depuis quelques jours, coupé du monde matériel, du monde de la viande, des fruits et des légumes. Elle partageait une familiarité naissante avec une tribu de gardiens, sorte d'isolat inuit chaleureux, dont elle découvrait les coutumes : errance à travers une banquise artistique, murs blancs, lumières blanches, surveillance des proies et des dangers possibles.

M. Alazard et Mme Achille ne savaient pas s'ils devaient lui manifester leur plaisir de la revoir ou l'évincer comme une gêneuse de plus en plus envahissante, assez habile, toutefois, pour ne pas les suivre pas à pas. Elle naviguait au hasard, s'arrangeait pour que sa trajectoire, de temps à autre, croise celle des agents, entamait un dialogue bref. La direction n'en tolère pas de trop longs, avait indiqué Mme Achille, les surveillants doivent surveiller, renseigner un peu, mais ce ne sont pas des guides accrédités. M. Alazard, bien entendu, avec son doctorat d'histoire de l'art, pourrait en remontrer à plus d'un guide, aux conservateurs eux-mêmes, mais on ne lui demande rien. Véra lui en demandait plus qu'aux autres et il se laissait aller facilement.

Il se moquait d'elle, un peu, aussi, une fois qu'elle avait disparu par l'escalier :

– Nous sommes débarrassés de notre folle, elle ne reviendra peut-être plus jamais.

– Vous ne faites rien pour la décourager, il me semble, disait Mme Achille, alors ne la traitez pas de folle, aussitôt qu'elle tourne les talons.

M. Alazard ne pensait pas à mal, prétendait-il, en la traitant de folle. Véra Carmi était une folle parmi les fous des musées. Il faut l'être un peu, pour venir dans de pareils endroits ou même pour y travailler.

– Regardez tous ces visiteurs, combien ont des allures de cinglés ? Des cinglés ordinaires, mais des cinglés tout de même. Regardez nos collègues, vous les connaissez comme moi, combien de reclassés pour raison de santé mentale ? Ces anciens chefs de projet dans la pub ou ces VRP, que nous croisons ici ou là, condamnés à surveiller des tableaux après un licenciement et une bonne déprime… Ils ont des idées fixes, des regards exorbités,

41

des mines ennuyées et mortelles, des opinions aberrantes sur l'art et les artistes ou une totale absence d'opinion, c'est pareil.

– Vous avez vous-même de drôles d'idées, monsieur Alazard. Vous exagérez toujours, comme vous exagérez avec cette pauvre femme…

– Véra Carmi pourrait être une folle comme les autres, mais c'est une folle attirante, alors que les nombreuses folles des musées sont en général repoussantes, avec des airs de vieilles filles aigres.

– Vous ne parlez pas pour moi, au moins, monsieur Alazard ?

– Vous, vous n'êtes pas folle, madame Achille, vous croyez seulement que l'Art moderne est la négation de Dieu et que les morts doivent fatalement ressusciter. Ce n'est pas être fou que de croire des choses pareilles, non ?

Véra Carmi était revenue, sa cinquième visite, peut-être, elle faisait une fois de plus le tour des sections. Elle s'est arrêtée, au milieu d'une allée, devant le fauteuil B3 de Marcel Breuer, comme si elle pouvait espérer relever une trace d'ADN de l'inconnu qui s'était assis là l'autre jour : qu'est-ce que je viens chercher ici, à la fin, c'est idiot ? Je ne peux plus rien demander à ces gardiens sans les indisposer. Pourtant, c'est venu, la question qu'elle n'avait pas encore posée, la plus évidente : quelles œuvres son mari, ce monsieur, était-il venu contempler ? Oui, il avait sûrement demandé à voir les œuvres d'un peintre précis. Il aime la précision, Antoine, en matière de cinéma, un cinéphile maniaque, titres, dates, acteurs, même les seconds rôles, séquences, plans singuliers, il veut tout retenir ; alors, s'il s'intéressait à la peinture, même si c'est inattendu, il ne devrait pas se comporter autrement. Il était possible d'imaginer qu'il avait cherché un tableau, qu'il l'avait trouvé et s'était trouvé mal.

– Vous savez, a dit M. Alazard, je ne dispose pas de statistiques, mais il me semble bien que, si des visiteurs éprouvent des malaises au musée, c'est à cause de la chaleur excessive, quand l'endroit est mal climatisé, à cause de la foule, si une expo a trop de succès, ou du piétinement inévitable, mais je ne connais pas d'exemple où une œuvre aurait provoqué un malaise ou la mort. Bergotte chez Proust devant un Vermeer, le petit pan de mur jaune ? Mais c'est de la littérature. Voilà, c'est regrettable, mais il faut bien admettre qu'aucun choc pictural, dans la vie réelle, n'a jamais eu de tels effets.

Un homme décevant, ce M. Alazard : Véra Carmi a demandé à rencontrer M. Wolf, son collègue, celui qui avait eu deux ou trois discussions avec l'homme malade. Je me comporte, a-t-elle pensé, comme ces gens en deuil qui veulent entendre parler de leur disparu, s'il est mort accidentellement... les derniers qui l'ont vu vivant... a-t-il souffert ou non ?... Oui, mais Antoine était vivant, bien vivant à Madrid. Était-il vivant à Madrid ?

M. Wolf s'est aussitôt posé en rival plus compréhensif de M. Alazard (le gardien mâle, a pensé Véra, se voit toujours comme un sauveur de veuve). Le musée, a-t-il expliqué, venait d'être entièrement rénové : travaux importants, nouvelle conception des salles... en plus, les œuvres tournent, il n'est pas possible d'exposer toutes les collections... c'est un cimetière vivant, un musée, surtout le musée national d'Art moderne, bien plus de tableaux dans les réserves que sur les murs. On fait des accrochages réguliers. Alors, l'œuvre dont un visiteur vous demande l'emplacement un jour est passée ailleurs ou devenue invisible quelques mois ou quelques années plus tard, on s'y perd soi-même. Il voulait faire plaisir à Véra Carmi, il avait pitié d'elle, comme tous les autres, il se creusait : oui, l'homme avait bien demandé un peintre, mais allez savoir lequel, dans ce grouillement d'artistes entassés ; enfin, il avait le nom là, prêt à sortir, mais ça ne venait pas encore, Soulages peut-être, un beau nom, Soulages, ça ne vous dit rien ? Oui, quelque chose comme Soulages, mais pas français, Chagall, alors, un Russe, allons voir les Chagall. Où étaient-ils fourrés, les Chagall ? Voilà une preuve : les Chagall ont été déplacés. Réflexion faite, pas Chagall, Zadkine, peut-être, non,

43

Zadkine, c'est un sculpteur. Enfin, quelqu'un comme ça, entre Chagall et Zadkine, vous voyez ?

Il a ameuté d'autres collègues, en a retrouvé un qui se souvenait de l'homme, oui, oui, celui qui voulait voir un Lipchitz.

– Non, non, Lipchitz, encore un sculpteur.

Ils ont promis d'y réfléchir ensemble, ils retrouveraient le nom, ils appelleraient Véra, s'il le fallait.

Elle a quitté le musée presque soulagée, ce soir-là, comme si elle avait obtenu une réponse définitive à ses questions. Pourtant, elle n'a rien pu avaler de plus que les autres jours, ni avant, ni après le coup de téléphone d'Antoine. Il avait commandé, pour faire honneur aux représentants de Boeing, un « pote gallego » monumental. Le disparu se portait bien, pas de souci à se faire, elle avait un mari en pleine santé, pas un de ces malingres capables de s'effondrer devant un Soulages ou un Chagall ou un peintre de ce genre. Six ans près d'Antoine, elle ne se souvenait pas de l'avoir soigné.

Un petit détail toutefois remontait en elle depuis quelque temps, insistant : c'est bien une affaire de santé, a-t-elle raconté le lendemain à M. Alazard et à Mme Achille (– De plus en plus inquiétante, cette Véra Carmi, regardez comme elle se dégrade de jour en jour, à force de se ronger. C'est une femme dépressive, je m'y connais.), oui, une affaire de santé qui était à l'origine de leur rencontre, à l'époque où Véra travaillait dans un laboratoire d'analyses médicales du 16e arrondissement, à titre provisoire. À ses débuts, elle changeait de travail comme elle changeait d'homme. Plus exactement, ses amis successifs lui avaient fourni ses métiers successifs. Ses études, assez peu suivies, n'aboutissaient pas et ne lui ouvraient aucune carrière. Elle avait, entre autres expériences, fait le service dans une boîte de jazz, parce qu'un saxophoniste, amateur de free-jazz, l'avait fait engager. Juste après, elle était tombée sur un jeune médecin assez désinvolte, associé à un laboratoire, il lui avait permis de faire un remplacement comme secrétaire, et, comme le personnel infirmier manquait, il lui avait montré, en toute discrétion, comment faire des prises de sang, qu'elle pratiquait, le samedi matin surtout, quand elle se retrouvait toute seule devant des patients pressés, couverte par son ami médecin. Il avait fini par quitter le labo, puis Véra, ou l'inverse ; elle avait continué son remplacement, ne prélevant plus le sang qu'occasionnellement.

Antoine Carmi s'était présenté au bureau un samedi à l'ouverture ; Véra était toute seule, Antoine était pressé, il agitait son ordonnance, plaquettes, vitesse de sédimentation, taux d'hémoglobine, de prothrombine ; un homme malade, avec l'air si peu malade déjà, elle aurait dû se méfier. Comme aucun professionnel patenté ne semblait s'annoncer, elle s'était dévouée, une fois de plus. Avait-elle perdu la main ? Ce grand garçon insistant et narquois la perturbait-il ? Elle avait eu du mal à trouver la veine, elle avait beau passer les doigts sur le creux du bras gauche, un bras fin, rien de sensible. Elle avait pourtant enfoncé la seringue et le sang avait giclé. De petites éclaboussures s'élargissaient sur la blouse blanche de service... vite une compresse... le sang filait tout de même, le sang trop fluide d'Antoine... Il avait ri au début :

– Vous débutez ? Mais vous allez me saigner comme un bœuf !

Il a moins ri, quand Véra n'a plus caché son affolement, obligée d'appeler chez lui un des médecins du labo. Ce n'était pas si grave, le patient avait lui-même mis fin à l'hémorragie et le médecin avait procédé à une nouvelle prise de sang, au bras droit, nette et sans douleur. Véra, aussitôt après, a dû reconnaître que, simple secrétaire remplaçante, il lui était arrivé de tirer ou plutôt de soutirer leur sang à des malades, sans formation sérieuse, sans permission, juste pour rendre service, mais aussi bien qu'une infirmière professionnelle, la plupart du temps : personne ne s'était plaint d'elle jusqu'ici. Cette fois, c'était différent, elle était bien obligée de l'avouer... se retrouver avec une grosse tache rouge sur le devant de sa blouse... du sang malade à hauteur du ventre... Vous imaginez la tête des nouveaux patients, dans le hall, leur ordonnance à la main.

Sa carrière paramédicale était condamnée : le lundi, Antoine Carmi était venu chercher ses résultats d'analyse, pas si mauvais, se souvenait Véra, il avait plaisanté sur l'incident du samedi, une scène de boucherie ou de film gore, avait-il précisé, pas son genre de cinéma préféré. Elle ne partageait pas sa gaieté, elle attendait son congé d'un moment à l'autre, pas d'indemnités prévues, faute grave ; elle avait déjà reçu l'interdiction de quitter le comptoir d'accueil.

– Pourquoi attendre votre congé ? avait demandé Antoine Carmi. Quittez cette boîte tout de suite. Vous avez besoin d'un boulot ? Rien de plus facile à trouver, je peux même vous aider.

Il se sentait responsable, a-t-il prétendu, de son éviction : s'il avait eu de bonnes veines, bien visibles, comme tout le monde, elle aurait réussi sa prise de sang, usurpant une fonction, sans doute, mais à l'insu du patient et du corps médical, rien à redire. Et puis, il l'a raconté plus tard, cette usurpatrice aux cheveux clairs, pas encore assez blonds pour son goût, peut-être, lui rappelait une de ces héroïnes hitchcockiennes, une Eva Marie Saint pour la mèche ou une Tippi Hedren pour le port de tête, avec, en plus, des sourcils bien foncés ; et, entre les deux, plutôt à gauche, à la naissance du front, rond parfait de loin, irrégulier de près, un grain de beauté un peu épais, velouté, attirait le regard et donnait une toute petite dissymétrie au visage. Elle baissait les yeux, derrière son comptoir, un air traqué, la mèche claire, juste au-dessus du grain de beauté.

– Filez tout de suite, rien à faire dans ce labo.

Il avait l'air bien sûr de lui, elle avait trouvé drôle de le suivre.

Voilà, elle allait changer de travail grâce à un homme, comme toujours. Elle avait commencé des études de droit, de lettres, de langues, sans jamais aller au bout ; elle avait multiplié les hommes ; jamais au bout. Ses débuts accumulés avaient fini par faire une carrière d'étudiante et d'amoureuse.

46

La Custod venait de lancer une nouvelle formule du journal d'entreprise, bilingue, papier glacé, à la mesure de ses moyens. La rédactrice en chef avait besoin d'un rewriter :

— Vous comprenez, beaucoup de cadres sont sollicités pour des articles ou des présentations de leur service, ils n'ont pas tous le temps de soigner le travail, ou alors leur langue maternelle leur donne beaucoup de peine. Il faut remettre en forme, tout récrire quelquefois, la direction est très exigeante sur la présentation, vous comprenez... sa vitrine...

Avec ses bribes d'études, Véra conviendrait parfaitement à ce petit job, avait ajouté Antoine, du travail à domicile, libre, peut-être pas très bien payé, mais moins casse-pieds que secrétaire et moins dangereux que de saigner son prochain.

Elle ne savait plus très bien si elle avait couché avec Antoine avant d'être acceptée au journal de la Custod, ou juste après. Un métier, plus ou moins un métier, un homme : sa règle de vie, avait-elle pensé encore une fois. Il n'en reste pas moins que c'est bien la santé d'Antoine (une santé plus ou moins bonne) qui avait permis leur rencontre, répétait-elle devant Mme Achille et M. Alazard, et que c'est la santé (plus ou moins mauvaise) d'un homme qui l'a conduite au musée national d'Art moderne.

— En somme, a dit M. Alazard, entre votre mari et vous, ce n'était pas un coup de foudre, mais un coup de sang. Grosse différence, je comprends mieux votre situation.

Mme Achille protestait : était-ce bien le moment de se moquer de Véra Carmi ? Se moquer de ses collègues, comme M. Alazard le faisait jour après jour, pour marquer sa supériorité, indiscutable, admettons ; se moquer des convictions religieuses de Mme Achille, un jeu, pourquoi pas ? Mais torturer une visiteuse dépressive, une femme troublée de remonter six années en arrière et de se dire qu'elle avait peut-être vécu tout ce temps, sans le savoir, avec un malade, un homme qui lui aurait caché des malaises ? M. Alazard se disait convaincu de rendre service à la dame, pas de la martyriser :

– Nous avons sous les yeux une femme qui éprouve le besoin de réévaluer sa vie ? Et alors ? Quoi de plus sain ? Rien de plus malsain ? Sain, malsain, c'est comme la médecine, on ne le sait qu'après, quand le malade est guéri ou mort. Nous l'aidons à découvrir que son mari n'était pas fait pour elle, pas plus que le vôtre n'était fait pour vous, madame Achille. Aucun mari n'a jamais été fait pour une femme, ni une femme pour un mari. Blague.

Mme Achille s'apprêtait à réagir… on ne doit pas toucher à son mari, comme on ne doit pas toucher à ses croyances… Mais non, elle a préféré, devant une étrangère au musée, se maîtriser un peu :

– M. Alazard voudrait vous prouver qu'il est le seul homme fait pour vous. Ce n'est pas un gardien de musée, c'est un satyre de square. Il se comporte comme ça avec toutes les visiteuses solitaires. Il a déjà eu des rappels à l'ordre de la hiérarchie.

Véra Carmi a souri une nouvelle fois, elle se sent vraiment bien au milieu de ces controverses pas très sérieuses, dont elle est devenue l'enjeu. C'est vrai, de quoi est-elle l'enjeu, en présence d'Antoine, depuis plus de six ans ? Quelle est l'épaisseur de sa vie ? L'épaisseur d'Antoine ? Peut-on mesurer l'épaisseur d'un homme dont la vie se résume à des feuilles de contrat et à des écrans de cinéma ? Du plat, rien que du plat. Et ce tableau qu'elle cherche ? Encore du plat. Mais attention, a rappelé M. Alazard, docteur en histoire de l'art, une toile c'est du plat avec de la profondeur de champ.

– Il n'y a plus de perspective dans la peinture moderne, a regretté Mme Achille.

– Vous devriez demander votre mutation au Louvre.

– C'est moins pratique pour le métro.

C'est vrai, a dit Véra Carmi, M. Alazard et Mme Achille ont raison, c'est une conséquence imprévue de cet incident, il souligne un malaise dont elle n'avait pas encore conscience, elle se met à réinterpréter sa bonne petite vie. Six ans de bonne petite vie qui deviennent six ans de vie pas si bonne. C'est comme continuer son travail de rewriter, à ceci près que le rewriter prend un truc bancal pour en faire un texte bien léché ; elle, elle prend une vie qui filait tout droit et elle la récrit tout estropiée. Elle se croyait dans un univers stable, elle découvre qu'il est mouvant, que le passé lui-même est mouvant. C'est comme ça en peinture aussi, a confirmé M. Alazard, avec sa grande culture : le corpus des maîtres anciens est soumis aux mêmes révisions. Tenez, Vermeer était un grand oublié du XIXe siècle : des œuvres ont resurgi, des spécialistes les ont identifiées, attribuées au peintre ; tout un pan de l'histoire de l'art en a été modifié. Véra Carmi remonte sa vie et c'est une autre vie, rien de plus ordinaire, rien de plus douloureux peut-être.

M. Wolf croisait au large, dans sa tournée de surveillance :

– Je crois bien que c'est un nom comme Tatline, a-t-il crié, Vladimir Tatline.

– Impossible, a répondu M. Alazard, nous n'avons jamais possédé le moindre tableau signé Tatline.

– Même dans les réserves ?

Véra Carmi allait quitter le cinquième étage du Centre Pompidou, elle se promettait de ne plus y remettre les pieds : prendre conscience d'un comportement compulsif, se disait-elle, ce devrait être commencer à en guérir. Je n'ai plus rien à apprendre dans ce musée, ni sur l'Art moderne, ni sur les hommes, ni sur Antoine. La masse du rhinocéros de Veilhan, au pied de l'escalier, l'a arrêtée un instant. Au moins une œuvre d'art qui a de l'épaisseur, a-t-elle songé en riant, tout le contraire d'Antoine. Elle marchait déjà vers l'escalator du quatrième, un barrissement, comme jailli du pachyderme écarlate, l'a obligée à se retourner :

– Soutine ! braillait M. Wolf. Madame Carmi, j'ai retrouvé le nom, c'est Soutine, Chaïm Soutine, le nom du peintre demandé par votre mari, la première fois. J'en suis sûr, maintenant : pas Soulages, pas Tatline, Soutine ! Ça vous dit quelque chose ? Votre mari et Soutine ?

Il se trompait, comme d'habitude : des journées à tourner dans toutes les sections du musée, à explorer, comme une forcenée, les grandes étapes de l'Art moderne, Véra Carmi ne se souvenait d'aucun Soutine.

– Justement, M. Alazard pourra vous le confirmer, nous avons eu des Soutine, avant la réorganisation. Ils sont dans les réserves pour le moment. Allez savoir pourquoi, des histoires de cote qui monte ou qui descend, probablement. Faites-moi confiance, Soutine est parti, il reviendra, dans six mois, dans deux ans, mais il reviendra.

L'histoire de l'art qu'on relit sans cesse ? a pensé Véra. Le passé mouvant, le passé artistique et le passé individuel. Dans la grande relecture de son histoire personnelle, elle ne voyait aucune place, même dans les réserves, pour Chaïm Soutine.

– Vous devriez en parler avec votre mari, a dit M. Wolf.

Les rapports humains sont des plus simples, chez les agents de surveillance : vous demandez un renseignement, on vous répond. Mais, hors des musées, et surtout chez soi, il ne suffit pas de demander la sortie ou un Soutine pour obtenir une réponse. S'il était si facile, ici, d'obtenir des renseignements et si M. Wolf, conformément à sa fonction, semblait disposé à les fournir sur-le-champ, ce n'était pas le moment de le lâcher : quels tableaux de Soutine, si attirants pour un homme aussi peu attiré par la peinture que l'était Antoine, figuraient au musée, avant de disparaître dans les réserves ? Quel genre ? Quels titres ? Tous les détails, vous êtes si gentil, aidez-moi.

M. Wolf était embarrassé ; il n'avait conservé qu'un souvenir assez vague des Soutine, ce n'était pas sa section. Et puis cette femme, Véra Carmi, était bien agaçante ; sitôt qu'elle obtenait une réponse, elle trouvait dix questions ; elle semblait n'avoir d'autre objectif que de rendre la vie des agents du musée chaque jour plus pénible. Nous nous sommes attachés à elle, au début, maintenant elle nous irrite.

Il l'a poussée vers l'escalier mécanique, nous retrouverons tout ce que vous demandez, c'est juré, pas la peine de revenir, M. Alazard a gardé votre numéro, nous vous téléphonerons, comme toujours. Oui, mais pas demain, a glissé Véra : son mari revenait de Madrid le soir même, il aurait sa journée de repos ; il ne fallait surtout pas qu'il entende ça. Véra s'est arrêtée là, encore un grand creux à l'estomac : elle passait son temps, pendant son absence, à se préoccuper d'Antoine, de sa personnalité, et dès qu'il revenait, en chair et en os, elle prenait peur, elle se cachait de lui, elle lui dissimulait tout ce qu'elle avait fait au musée, cette vie qu'elle y avait menée, cette fausse vie, ou alors cette vraie vie, cette vie concomitante, et, pour finir, elle se sentait prise en faute. N'était-ce pas lui qui avait commis une faute ? Quelle faute ? Je me conduis, s'est-elle dit, exactement comme si j'avais la certitude qu'Antoine s'était rendu au musée sans me le dire, pour y voir des tableaux de Soutine qui ne s'y trouvaient plus, et s'était senti mal. Et c'est moi la malade à présent et je n'ai plus confiance en lui et je n'aime plus notre bonne petite vie et je ne saurai plus lui parler comme si rien de tout cela n'avait existé, alors que, peut-être, rien de tout cela n'a existé. Je commence une nouvelle vie, sans lui, a-t-elle continué, mais elle s'est encore arrêtée, pour rire toute seule : une nouvelle vie, tout de suite les clichés, dès qu'on commence à réfléchir sur soi. Je parle comme les cadres dirigeants dans leurs articles sur l'avenir de la Custod, sur la stratégie de l'entreprise, qu'il faut rewriter sans parvenir jamais à en éliminer les poncifs, l'essentiel pour eux, leurs poncifs de cadres dirigeants : nouvelle voie, nouvelle direction, nouvelle impulsion, des fois, même, ils n'ont peur de rien, renaissance. Alors, à moi la renaissance, à Antoine la résurrection, beau couple, vraiment, Antoine et Véra Carmi. Mais attention, résurrection et renaissance, ce n'est pas du tout la même chose. Après une résurrection ou une renaissance, sommes-nous encore dans la même sphère de l'existence ? Elle riait, sur son strapontin, entre Montparnasse et la Convention, elle se répétait : renaissance, résurrection !

Elle avait faim comme jamais, après trois ou quatre jours de jeûne presque complet, et elle riait, le délire de la faim, sûrement, un phénomène connu, les hallucinations des jeûneurs, ça ne devait plus aller du tout.

Antoine n'a pas voulu du repas de Véra, le premier qu'elle préparait depuis son départ. Une semaine à se goinfrer avec des Espagnols, des Américains, des Sud-Américains, sans compter la collation dans l'avion, il n'en pouvait plus, enfin le repos de l'estomac, auprès de sa femme. Elle a mangé double portion de lasagnes, sous ses yeux, honteuse de lui offrir, pour son retour, ce spectacle d'affamée. Observer un mangeur en activité, surtout quand on est repu, a-t-elle pensé, c'est écœurant. Antoine va être écœuré de me regarder, tu parles de retrouvailles amoureuses.

Ce n'était pas la sauce tomate grenue sur les lèvres de Véra qui déroutait Antoine, ni sa frénésie de dévoreuse, plutôt sa pâleur, accentuée au point, s'est-il dit, de lui donner une peau transparente.

– Tu as été malade, cette semaine ? Tu as le visage tiré, tout décavé. Ça ne te réussit pas, mes absences.

Il a souri, il n'irait pas plus loin, puisqu'elle ne se plaignait de rien. Il ne la reconnaissait pas, sensation d'étrangeté qu'il retrouvait à chaque retour, mais fugitive ; persistante, cette fois-ci : elle a vraiment changé, plus menue, comme raréfiée, et le grain de beauté, dans sa figure amaigrie, paraissait plus imposant, plus gênant à regarder. Il a préféré parler de son séjour à Madrid, pas du nouvel agent, un jeune dont la culture cinématographique laissait encore à désirer, mais prometteur, ni des contrats, ni des clients, qui avaient pourtant occupé presque tout son temps, mais de sa vie annexe : le début d'incendie, dans les sous-sols de l'hôtel, la nuit précédente, dont tout le monde parlait, ce matin, qu'il n'avait pourtant pas vu ; il n'avait même pas entendu les sirènes des pompiers.

– Tu te rends compte ? Un début d'incendie dans l'hôtel et je dormais tranquille…

– Oui, c'est curieux, Antoine, des fois, on sait qu'il y a le feu en bas et on se couche tranquille à l'étage.

– Mais moi, je ne savais pas.

Bien sûr, il ne savait pas ; sa vie annexe. Encore un peu de sa vie annexe, de sa vie heureuse, sûrement : il avait vu le nouveau film d'Almodóvar, en avant-première, séance offerte par Iberia, un nouveau chef-d'œuvre à décortiquer devant Véra, pendant qu'elle finissait son quatrième morceau de fromage. Elle avait encore prévu des gâteaux individuels. Elle allait être obligée de manger la part d'Antoine, comme si elle devait se remplir de nourriture, maintenant qu'elle s'était vidée de lui. Elle l'a regardé bien en face : il avait, lui aussi, les yeux posés sur elle, puis sur son fromage blanc, sur elle encore, mais sans le dégoût qu'elle lui avait prêté, sans dégoût, a-t-elle pensé, parce que les yeux d'Antoine la traversaient, sans s'arrêter à elle ; son regard portait plus loin, glissait sur les images d'Almodóvar, si caractéristiques, quoique plus sobres que dans ses premiers films.

– Tu sais, a-t-elle articulé, comme pour un sourd, je suis allée dans un musée, cet après-midi.

Ça lui avait échappé, sans effort, elle guettait une réaction. Les yeux d'Antoine ont quitté l'écran, derrière Véra, comme pour faire le point sur le premier plan. Son épaule a sauté, a pensé Véra, deux fois au moins, son tic réveillé par le mot musée, flagrant.

– Oui, le musée national d'Art moderne, tu sais, au Centre Pompidou, je ne l'avais pas visité depuis qu'il a été refait. Tu savais qu'il avait été refait ?

Ni oui ni non, Antoine aurait préféré aller au bout de sa réflexion sur Almodóvar.

– C'est curieux, ces musées, a-t-elle poursuivi, tu ne trouves pas ? Ces endroits devraient être les plus tranquilles de tous, on s'y promènerait en silence, paisible, alors que les murs sont chargés de scènes torturées, de couleurs violentes. On se demande comment on peut en sortir pépère.

– Tu sais, c'est pareil dehors. Le jour de mon arrivée à Madrid, il y avait eu un attentat de l'ETA. Le lendemain, j'ai travaillé bien tranquille toute la journée, alors que les journaux, dans les kiosques, étaient pleins de photos sanglantes. Tu vois, pas la peine d'aller au musée.

Elle a osé lui demander s'il avait toujours autant de mépris pour les musées. Pourquoi du mépris ? C'était agaçant, à la fin, ces questions. Avant son départ, des questions sur des photos qu'elle tenait à lui montrer… Depuis son retour, cette affaire de musée, de mépris pour les musées… quand ils ne devaient penser qu'au plaisir de se retrouver, comme chaque mois. Évidemment, un repas partagé aurait aboli plus vite cette distance entre eux… Antoine Carmi a consenti à manger son opéra, histoire, a-t-il dit en souriant, de provoquer au moins des échanges gastriques. Il avait le don, au moment de leur acmé, de réduire les tensions, qualité que lui reconnaissaient les gens de la Custod dans les négociations commerciales. Si on lui confiait la charge d'un musée d'art moderne, a pensé Véra, il présenterait les tableaux face contre le mur, pour ne déranger personne. Je devrais lui parler de Soutine, c'était un violent, Soutine, je crois, avec ses bœufs écorchés. Je verrais bien si le nom de Soutine lui fait sursauter l'épaule droite de façon encore plus spectaculaire que le mot musée.

Antoine ne lui a pas laissé le temps de reprendre une discussion artistique, son don, toujours son don : il enveloppait Véra de ses bras, comme il ne l'avait pas fait depuis longtemps, comédien, pensait-elle ; il l'a poussée vers la chambre, au fond, vite, huit jours tout seul dans son hôtel madrilène… comédien, comédien… il l'a fait glisser, dans le noir, jusqu'au bord du lit, avec un gloussement de jeune mariée dans le cinéma d'avant-guerre, comédien, comédien, comédien. Pour un ressuscité, il avait retrouvé un corps vraiment charnel, il réclamait qu'on le touche pour de bon, cette fois, il avait besoin de peau, répétait-il, huit jours tout seul dans sa chambre madrilène, c'était urgent.

Quand il a commencé à tambouriner au fond d'elle, elle ne se sentait pas prête à le recevoir. C'était trop facile, des mensonges, des esquives, et l'affaire réglée à genoux sur le rebord d'un matelas, à peine déshabillés, le genre réconciliation érotique à la Arletty, dans *Hôtel du Nord* (le Carné favori d'Antoine, à cause des dialogues de Jeanson, 1938, qu'il aimait citer) : « Au lit on s'explique, sur l'oreiller on se comprend... » Toujours du cinéma, comédien, comédien.

Et puis, miracle, elle n'a plus pensé : comédien, comédien, juste senti ses joues rougir dans le noir, sa peau tendue s'échauffer sous le frottement. Alazard, Soutine, Achille, Wolf, Rotheim, ces noms ne lui disaient plus rien, au milieu de leurs saccades, un roulement prolongé jusqu'au dernier soubresaut, celui de l'épaule droite d'Antoine, où s'étaient agrippés les doigts de Véra. Elle a éprouvé la contraction noduleuse du muscle et tout est revenu, comédien, comédien, de nouveau cet écran entre leurs corps.

Elle se dégage d'Antoine et, comme il se laisse tomber de tout son poids sur le matelas, elle pense : un poids mort de carcasse satisfaite. Elle l'imagine mort encore une fois. Pourquoi n'arrive-t-elle plus à l'imaginer autrement que mort ? L'état d'innocence entre eux n'aura pas survécu à leur jouissance. Même cette habitude de faire l'amour dans le noir complet semble d'un seul coup suspecte à Véra. Cette habitude vient de lui ; ils ne l'ont pas toujours respectée : parfois dans des hôtels, pas de volets, les lumières de la rue, celle du matin, il se laissait faire. C'était toujours elle, dans ces cas-là, qui commençait. Autrement, Antoine préférait le noir, la bagarre dans les ténèbres, c'est là qu'il se sentait le mieux, qu'il tambourinait en force. Elle n'y avait jamais réfléchi avant ; une routine heureuse, pourquoi la contester ? La relecture continue dans l'obscurité, Véra Carmi, en rewriteuse de sa propre vie, a encore du travail devant elle. C'est bien le même homme, se dit-elle, qui cherche à échapper à son regard, pendant qu'ils font l'amour, et qu'il est presque impossible de fixer sur une pellicule ; le même, pourtant, qui éprouve une fascination enfantine pour les images de cinéma et, peut-être, pour les tableaux de Soutine ? Le même qui regarde et ne veut pas être vu ?

– Je ne t'ai pas encore dit que j'étais convoqué au siège, à Londres, à la fin de la semaine prochaine ? Je risque même d'y retourner plusieurs fois.

Il vient d'arriver, il va repartir, c'est inhabituel, non ? Une semaine par mois, il circule, c'est entendu, régulier ; de temps à autre, pas si souvent, une convocation au siège central ; il n'y a pas si longtemps qu'il s'y est rendu… Et maintenant, il annonce plusieurs rendez-vous de suite, à Londres. Des voyages si rapprochés, cela n'est jamais arrivé. Une raison ?

– Sûrement pour revoir la répartition des responsabilités dans les services, l'optimisation, on aime ça à la direction, surtout dans les périodes de marasme. Pascal Albin est du voyage. Tous les deux, on va s'arranger, comme d'habitude.

Albin, c'est son homologue pour l'Europe du Nord : son visage poupin remonte dans le noir, son image se forme dans le cerveau de Véra ; un des rares amis d'Antoine à la Custod ; ils le recevaient, à leurs débuts, dans le petit appartement de la Convention, un vantard chaleureux, avec un tout petit bégaiement, qu'il surmontait par un flux incessant de paroles, la bouche pleine de son entreprise, de sa mission dans son entreprise, soirée après soirée, un peu irritant à la longue. Véra Carmi n'avait pas encouragé cette amitié pourtant ancienne d'Antoine et les rencontres s'étaient espacées, au point de cesser. Antoine n'avait jamais ressemblé à ce genre de type, sinon elle n'aurait pas pu vivre avec lui. Elle n'avait jamais regardé son mari comme un ambitieux ou un carriériste, même s'il était incontestable qu'il avait grimpé dans l'organigramme de la Custod, au long de ces six années. Pourtant, une phrase curieuse revient à la surface, une phrase de ce Pascal Albin à propos d'Antoine :

– Vous le verriez dans une discussion d'entreprise, vous seriez étonnée, il est convaincant comme personne. Surtout, surtout, ses yeux parlent en dollars.

« Ses yeux parlent en dollars », c'était bien la phrase de Pascal Albin, pas une phrase rewritée, une phrase qui ne collait pas du tout avec Antoine, du moins l'Antoine plus passionné de cinéphilie, aux yeux de Véra, que d'enjeux économiques. « Ses yeux parlent en dollars », Véra s'était contentée de sourire d'une telle exagération, en contradiction avec ce qu'elle savait ou même imaginait d'Antoine. Il devait faire semblant, avait pensé Véra, pour ressembler à ce qu'on attendait de lui à la Custod. Mais, aujourd'hui, que faut-il croire ? L'image du visage rond et de la bouche bègue persiste en elle : Pascal Albin prend une place de choix dans le chantier de démolition que devient leur passé.

« Ses yeux parlent en dollars. » Elle a allumé la lampe de chevet, à gauche du lit, pour voir si les yeux d'Antoine parlaient en dollars. Tout nu, sur le dos, la peau ocrée et lisse, il dormait, bien tranquille.

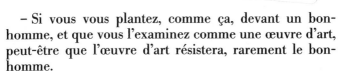

– Si vous vous plantez, comme ça, devant un bon-homme, et que vous l'examinez comme une œuvre d'art, peut-être que l'œuvre d'art résistera, rarement le bon-homme.

M. Alazard faisait la leçon à Véra Carmi, avec son auto-rité naturelle de docteur en histoire de l'art devenu agent de surveillance. Il avait réussi à la convaincre de le rejoindre, dans un café, rue de Rivoli le lundi après-midi, parce qu'il n'était pas de service, ce jour-là. Il l'avait d'abord attirée en prétendant avoir des documents à lui montrer ; ensuite, avait-il assuré, comme elle avait cessé brutalement ses visites au musée, il s'était inquiété d'elle, sollicitude ordinaire, rien de plus, les collègues parta-geaient ses sentiments, au musée.

– Mais c'est vous qui m'avez appelée, avait dit Véra, pas un de vos collègues.

Elle voyait trop bien que M. Alazard, sous couvert de ses collègues, se comportait en dragueur sûr de lui. Il avait extorqué un numéro confidentiel à un visiteur et il en abusait ; elle était tombée sur un harceleur, elle aurait dû s'en douter, dès le premier jour : cette allure à la fois flasque et assurée, un type intelligent et malsain, sûre-ment, et prévisible, à l'inverse d'Antoine. Elle avait essayé de le décourager : elle n'imaginait pas de le rencontrer en tête-à-tête ; depuis plus de huit jours, avait-elle assuré, M. Alazard n'existait pour elle qu'associé à Mme Achille et même à M. Wolf. Ils formaient dans son esprit un être tricéphale, un Cerbère amical en perpétuelle dispute dans son Royaume des Morts. Son plaisir de parler avec eux ne se retrouverait sans doute pas, s'ils étaient séparés. Et puis, elle allait mieux, prétendait-elle, la crise provoquée par l'incident du musée s'éloignait, après un week-end auprès de son mari.

– Vous vous méfiez de moi, c'est bien naturel, après ce que vous a répété Mme Achille. Mais elle dit ça pour plaisanter. Nous plaisantons beaucoup entre nous, au musée. Ici, je vous parle seulement en ami.

Il a pris son air le plus sérieux d'homme responsable, en charge d'un musée parmi les plus importants :

– Nous avons retrouvé les tableaux de Soutine susceptibles d'avoir intéressé votre mari ou celui qui pourrait l'être, a-t-il indiqué.

Véra a souri de ce « nous » rassurant. Pas de méfiance excessive envers un homme pareil, même dragueur, pas d'attirance non plus : un barbu ventru dégarni grisonnant. Rien à craindre, rien à espérer. Et, depuis près d'une heure, bien que le patron du café, une connaissance de M. Alazard, avec un drôle de nom, Angelino Angeloso, se soit cru obligé, avec des mines, de les placer en arrière-salle, dans un recoin discret et ombreux, elle n'éprouvait plus aucune gêne à boire un chocolat chaud, allongé de kirsch, avec le gardien du Centre Pompidou privé de ses deux autres têtes. D'ailleurs, ils ne parlaient que d'Antoine ; l'évocation perpétuelle du mari, c'était une stratégie incertaine, ou trop habile, pour un dragueur supposé.

– Nous n'y pouvons rien, continuait M. Alazard, plus nous observons une œuvre d'art, plus nous trouvons des raisons de l'admirer et plus nous observons un homme, plus nous découvrons ses insuffisances. C'est pour ça que l'art a été inventé : pour nous permettre d'admirer ce que nous observons.

M. Alazard donnait dans le murmurant, le caressant, non sans avoir souligné, une nouvelle fois, l'étendue de ses connaissances artistiques, ses qualités de guide non reconnu par la hiérarchie du musée.

– J'ai une âme de guide, répétait-il.

Et Véra Carmi comprenait bien qu'il se proposait de la guider. Elle se laissait aller avec lui, pourtant, toujours étonnée, depuis le premier jour, au Centre Pompidou, de se livrer sans déplaisir à un homme qui ne la séduisait pas. Le presque silence, entre Antoine et elle, dont ils ne sortaient que pour parler cinéma, faisait un drôle de contraste avec la conversation facile de M. Alazard. Me revoilà dans le grand bavardage ambiant, a-t-elle pensé, un moment d'apaisement comme je n'en connais plus avec Antoine. Ou il est absent, ou elle est sur ses gardes avec lui. Là, elle partage un chocolat onctueux avec un homme onctueux ; un homme impressionnant ; un chocolat avec de l'alcool ; irritant aussi. Il prétendait avoir tout compris du malaise de Véra :

– Nous sommes pareils, vous et moi. Moi, je surveille des œuvres d'art. Vous, depuis quelque temps, vous surveillez votre mari au lieu de vivre avec lui. C'est bien pour ça que je ne vis avec personne. J'ai eu l'occasion de le faire, j'en suis revenu. Si on regarde vraiment vivre quelqu'un, c'est ravageur. Si vous décortiquez tous ses traits, ses gestes, ses odeurs, ses petits mots, les signes qu'il vous adresse ou ne vous adresse pas, exactement comme un historien de l'art devant un tableau, vous n'éviterez pas le vertige ou le dégoût. Vivre avec quelqu'un, c'est possible au prix d'une certaine inattention. Vous ne pouvez pas visiter la vie quotidienne de votre mari comme un musée. Il faut passer devant les tableaux sans s'arrêter. D'ailleurs, quand des gens accrochent des tableaux chez eux, très vite ils ne les voient plus ; c'est une catastrophe pour les artistes, leurs œuvres deviennent purement décoratives, mais ce qui est une catastrophe pour eux est une chance pour les hommes ordinaires : ils doivent devenir décoratifs dans la vie d'autrui.

Véra Carmi a jeté la tête en arrière, lissé sa mèche derrière l'oreille, un rire de gorge, comme M. Alazard a le don de les provoquer.

– C'est amusant, j'ai pensé quelque chose du même genre, l'autre jour, à côté de vous.

– Vous voyez bien, nous partageons déjà les mêmes réflexions... Alors, continuez, scrutez votre mari, votre vie avec lui, refaites le tour de votre musée personnel, analysez chaque tableau aux rayons X, vous allez comprendre que vous ne possédez que des croûtes. Il n'y a pas de chef-d'œuvre dans la vie. À ce moment-là, vous penserez à moi, vous vous débarrasserez de votre collection ou vous ne vous y attarderez plus.

Il ne murmurait plus, un homme cassant à cet instant, qui ne cherchait pas à plaire. C'est plus excitant comme ça, a pensé Véra.

– Au fond, contrairement à tout ce que je m'imaginais, vous découragez toutes les femmes de vivre avec vous ?

– Si vous avez cru que j'attendais ça de vous... Je vous ai seulement indiqué que nous avions retrouvé, M. Wolf et moi, les quelques tableaux non accrochés de Soutine, je ne voulais vous parler de rien d'autre. Vous voyez, moi aussi je fouille et je fouille pour vous. Ça ne devrait pas me regarder, ce sont vos obsessions de désaxée, mais voilà, j'ai l'âme d'un guide, et cette histoire de Soutine mis au rancart me tracassait. J'ai étudié l'histoire de l'art, ne l'oubliez pas. En passant, je vous aide à vous y retrouver dans votre petit musée foireux !

Véra n'en revenait pas, ce regard de M. Alazard sur elle, pas celui d'un dragueur ordinaire, encore un sur qui elle se trompait. Mais la violence est retombée aussitôt : M. Angeloso leur offrait un second chocolat au kirsch, en signe d'amitié pour Paul et sa charmante compagne, a-t-il précisé.

– Votre ami va plus vite que vous, a dit Véra, mais il est plus banal dans le choix de ses adjectifs, je le reconnais.

M. Alazard exhibe les documents promis, en réalité un simple jeu de trois cartes postales, Éditions des musées Nationaux, des reproductions qu'il a pu se procurer à la librairie du Centre Pompidou, les seuls Soutine disponibles, voyons si ça vous dira quelque chose. Une volaille ensanglantée avec un grand couteau tordu. Mme Achille expliquerait qu'elle n'a jamais mangé une dinde pareille et pourtant, elle en a vu des sacrifices rituels dans son île natale. Et ce portrait du sculpteur Oscar Miestchaninoff ? Il ne serait pas de votre famille, par hasard ? Ou de celle de votre mari ? Beaucoup de gens croient encore que la peinture se résume à des portraits de famille. Si vous saviez ce qu'on entend dans un musée d'art moderne… Pour un docteur en histoire de l'art, c'est probablement l'endroit le plus cafardeux. On se demande pourquoi des artistes aspirent à finir dans un musée. Donc pas d'Oscar dans la famille ?

– Pourtant, si nous regardons attentivement ce portrait d'Oscar, comme nous l'avons fait, M. Wolf et moi, il nous rappelle un peu le monsieur qui a eu ce malaise chez nous, quelque chose de jeune et de vieux à la fois. Qu'est-ce que vous en dites ?

Non, vraiment, Véra ne voit pas, Antoine n'a pas ces oreilles rondes. L'air jeune et vieux ? Évidemment, il arrive un moment où nous sommes à la fois jeune et vieux. La troisième reproduction l'attirait davantage, ce petit groom dont la tête et le calot rouge dépassaient de la carte du sculpteur Oscar aurait pu… mais de très loin… non, rien… elle tapotait le visage avec l'ongle de l'index… la bouche surtout, ce demi-sourire narquois ou triste, on ne sait pas… Antoine sourit comme ça, quelquefois, mais c'est fugitif. On imagine que des milliers de femmes, de manière fugitive, sourient comme la Joconde, et aucune n'a le moindre lien avec la Joconde. D'ailleurs on soupçonne que la Joconde était un homme. C'était tout de même amusant, a repris M. Alazard, ils s'étaient montrés incapables de reconnaître le mari de Véra Carmi sur des photos, et ils le voyaient partout, d'un seul coup, sur des portraits plus ou moins difformes exécutés par un peintre expressionniste. Le monde à l'envers, Mme Achille piquerait, à les entendre, une de ses colères antiartistiques.

M. Alazard a proposé à Véra de lui laisser les reproductions, qu'elle en fasse ce qu'elle voudrait avec son mari. Puisqu'elle était paralysée, dès qu'il s'agissait de lui parler, qu'elle fasse parler des images à sa place. L'homme du musée cherchait des œuvres de Soutine, M. Wolf était formel, désormais, et M. Alazard avait toute confiance en M. Wolf, un véritable agent de musée, pas un malade ou un chômeur recasé. Avec ces cartes, il devenait facile d'obtenir des certitudes. Et si ces trois-là ne suffisaient pas, on en chercherait d'autres : M. Alazard s'était renseigné, deux autres Soutine avaient été acquis par le musée, ces dernières années, il ne se rappelait pas les avoir vus, pas sa section, ou ils n'avaient pas encore été exposés. S'il les dégotait, ce serait une bonne occasion de revoir Véra Carmi. Si c'était sa seule intention, a-t-elle dit, cela ne valait pas la peine de faire trop de recherches. Elle malaxait les trois cartes, les écartait en éventail, les faisait passer l'une devant l'autre, à toute allure, comme les photos d'Antoine, l'autre jour, au musée, même sueur, mêmes empreintes digitales. Elle effleurait la moue du groom, les oreilles rondes du sculpteur, les ailes pendantes de la volaille, du rouge, du bleu, du jaune, un mélange chromatique vertigineux. Elle a rendu les reproductions à M. Alazard, elle n'en voulait pas, ces images tordues la mettaient mal à l'aise, elle ne se voyait pas les fourrer sous le nez d'Antoine.

– On dirait que vous avez peur de lui, a dit M. Alazard. Il vous brutalise ?

Elle reconnaissait que sa conduite manquait de cohérence. Fouiller sans relâche les réserves de son musée personnel, au point d'en perdre l'appétit et le sommeil, de se rendre malade, et, au moment d'exhumer peut-être l'œuvre convoitée, même un peu poussiéreuse, se sauver, c'était bien Véra. Elle prétend chercher une vérité et elle préférerait ne rien savoir, allez comprendre. Facile à comprendre, selon M. Alazard, presque tout le monde réagit comme elle. Lui, rien ne lui fait peur, un homme impressionnant, vraiment, et irritant à force d'être solide. Il insistait :

– Prenez-les, ces cartes, elles vous rendront service, vous me remercierez plus tard. Vous voyez, je ne suis que votre ami, je vous aide, je vous guide. Non, non, elles ne m'ont rien coûté…

Il ne réclamait rien en échange, ou si peu, seulement la revoir de temps en temps au musée ou ailleurs, à sa disposition, guide, guide dans l'âme. Le dragueur ordinaire reprenait le dessus, a pensé Véra Carmi :

– Surtout, ne me proposez pas de m'emmener au cinéma.

Elle a rangé les trois cartes dans une pochette intérieure de son sac à dos, trois Soutine inquiétants, trois bombes accrochées à ses épaules, un vrai membre de l'ETA en plein Madrid, a-t-elle songé, pendant qu'Antoine travaille tranquillement. Il faudrait avoir la force de les lui balancer à la figure, comme une femme qui partage tout avec son mari. C'est vrai, elle partage sa vie depuis six ans, non ? Enfin, partager une vie, ce n'est pas ce qu'on croit : c'est mettre en commun, partager, mais c'est aussi diviser. Partager un gâteau : chacun son lot, à toi ton morceau d'opéra, à moi le mien. Partager, c'est à la fois ce qui nous rassemble et ce qui nous sépare. Tu partages ma vie ? Tu la divises, tu la mets en morceaux. Le souci d'autrui et l'égoïsme rendus par le même verbe, et si je te lance mes trois bombinettes en forme de carte postale, je vais la partager, notre bonne petite vie commune, je vais la réduire en miettes.

Préparer un acte terroriste, même à l'intérieur d'un couple, ça demande de la patience ; la cible semble déjouer toutes les prévisions, ne plus avoir, d'un seul coup, d'habitudes bien régulières. Véra n'a pas beaucoup vu Antoine, depuis son retour de Madrid ; ces derniers jours, il est même rentré du bureau plus tard que d'autres soirs. S'il est là, il est fermé, ce n'est pas le bon moment pour l'aborder, pour lui exhiber des cartes postales, comme si c'était elle qui revenait de voyage. Pas de bon moment, mais, plus grave, pas de mauvais moment non plus : presque plus de moments du tout. S'il s'en présente, un, elle ose une toute petite question, pour partager ses soucis. Attention : partager des soucis : chacun les siens. Pour Antoine, les soucis, c'est Londres, dit-il, Londres, jeudi prochain, et seulement Londres, rien d'autre à tirer de lui.

– C'est si grave, Londres ?

– Aussi grave que d'habitude. Rien de neuf.

Rien de neuf, vraiment ? Véra Carmi attrape son sac à dos, passe la main dans la poche intérieure, touche les cartes bien rangées, les tire un peu, les renfonce. C'est comme un jeu, mais personne, surtout pas Antoine, ne le joue, irritant, à la fin.

Elle n'en pouvait plus, le mercredi soir, de cette attente répétée ; encore plus tard que les deux soirs précédents ; même pas prévenue ou : comme d'habitude, rien de nouveau. Elle s'est décidée, elle a appelé son bureau, le numéro direct, prête à raccrocher si elle entendait sa voix, honteuse à l'avance de traquer son mari de cette façon. Le répondeur de la Custod, une voix féminine, affirmait que les bureaux étaient fermés et donnait les horaires d'ouverture. Elle a essayé le portable professionnel d'Antoine, mis gracieusement à sa disposition par la société. S'il répondait, elle lui demanderait où il était, c'est la question centrale avec ces engins, parce que c'est la plus invérifiable. Elle ne serait pas plus avancée. Elle n'a pas eu à poser sa question directement, une autre voix féminine, celle, artificielle, de la messagerie, non personnalisée (encore une indication sur Antoine, ce refus de personnaliser sa messagerie), suggérait de prendre la parole après le signal. Véra Carmi se sentait de moins en moins capable de parler sur commande, elle a émis un doute, pourtant, après le signal, un doute sur Antoine, sur l'endroit où il se trouvait réellement. C'était presque facile, hors de toute présence physique.

Antoine Carmi est rentré chez lui après onze heures, furtif, comme s'il avait peur de la réveiller, preuve qu'il l'espérait endormie, s'est-elle dit, pour ne pas avoir, une nouvelle fois, à se justifier. Il a été tout surpris de la trouver assise dans la pénombre, son sac à dos sur les genoux ; drôle d'idée, ranger son sac dans l'obscurité.

Elle en avait extrait les trois cartes, elle venait de les refouler bien au fond, quand Antoine a allumé. Encore un mauvais moment pour exhiber ses reproductions ou lancer ses bâtons de dynamite. Il valait mieux commencer par des questions simples, de circonstance, quand un mari rentre plus tard que prévu. Enfin, les questions simples ne le sont jamais autant qu'elle le voudrait.

Avait-il eu son message (et perçu les allusions cryptées qu'elle y avait introduites) ? Il n'en avait saisi que la surface, comme toujours ; désolante, cette absence de profondeur chez un homme. Autre question primaire, ou primordiale : d'où venait-il ? D'où vient-on ? Il arrivait du bureau, a-t-il commencé (pour la profondeur, il faudra patienter), mais pas seulement, a-t-il reconnu, devant la moue et l'insistance de Véra. La profondeur pourrait apparaître plus vite que prévu ? À défaut, un peu d'honnêteté, au moins, a-t-elle pensé, ce ne serait pas trop tôt. Il avait été obligé de faire un détour par la rue de Cléry, parce que Mlle Rotheim l'avait demandé encore une fois, mais rien de grave, jamais rien de grave, avec Mlle Rotheim, même quand elle prétendait le contraire.

Mlle Rotheim, la vieille protectrice d'Antoine, la revoilà qui pointe son nez, à distance, comme toujours, dans la demi-obscurité où il l'a laissée depuis le début ; encore un peu de ce passé à réévaluer sérieusement, s'est dit Véra. Elle l'avait déjà ajouté à sa liste de révisions en cours. Il ne s'agissait pas de leur passé commun, c'est vrai, c'était plutôt le passé antérieur, sur lequel Antoine avait refusé de s'étendre, quelques allusions par-ci par-là, juste ce qu'il fallait, à certains moments, pour leur mariage surtout, quand il avait été obligé d'expliquer la présence ou l'absence de certains membres de sa famille. Des justifications pour tout, justifier chaque instant de sa vie, elle n'avait donc plus rien d'autre à attendre de lui, rien d'autre à partager ?

Pourquoi être allé voir Mlle Rotheim ce soir précisément ? Comme d'habitude, il ne s'expliquerait pas complètement, il s'échapperait, son épaule sauterait et il prétendrait que les histoires de Mlle Rotheim n'intéresseraient pas Véra. Justement si, ce soir, plus que jamais, elle voulait bien savoir. Le négligeable du passé devenait l'essentiel d'aujourd'hui, c'était nouveau, il faudrait s'y faire. Elle n'avait pas envie de dormir, elle avait tout son temps. Antoine devait prendre son train pour Londres de bonne heure, demain matin ? Bien sûr, il se trouvait toujours des obligations salutaires, un art de l'esquive professionnelle, poussé au dernier degré du raffinement, elle en prenait conscience plus nettement qu'auparavant. Elle a essayé de le retenir un peu avec de nouvelles questions anodines, jamais anodines, tout de suite la gravité dans la voix, Véra.

– Elle voulait que tu lui remontes le moral, rien de plus ?

– Non, c'était juste pour l'argent, comme toujours. Tu le sais bien, quand ils ont besoin d'argent, rue de Cléry, ils savent où me trouver.

Son père, Joseph Carmi, a-t-il consenti à dire, l'avait appelé au bureau à midi, fait exceptionnel, dans la mesure où Antoine lui interdisait, comme à Mlle Rotheim, comme à Hermann Carmi, son cadet, de lui téléphoner au bureau pour pleurnicher et lui réclamer de l'argent. Négocier avec eux sur son lieu de travail, rien de pire pour le mettre mal à l'aise.

Cette fois, malheureusement ce n'était pas la première, Joseph Carmi avait encore passé outre : c'était important, on avait besoin d'Antoine, rue de Cléry, plus précisément Mlle Rotheim avait besoin de lui, il n'était pas permis de lui refuser ça, quatre-vingts ans et des faiblesses, la vieille demoiselle, elle demandait son petit Antoine auprès d'elle, tremblement sincère dans la gorge de Joseph Carmi. Antoine avait résisté, assure-t-il :

– Si vous me refaites votre coup habituel…

Au deuxième coup de fil, pour être tranquille, il avait cédé, il ferait un saut rue de Cléry, tard, avait-il précisé. Il n'avait pas jugé utile de prévenir Véra, les affaires Rotheim et Carmi, comme il le répétait chaque fois que leurs noms apparaissaient entre eux, ce n'était pas pour elle, pas intéressant, secondaire, un poids à traîner, qui ne la concernait pas du tout, un poids financier surtout, dont il s'accommodait tout seul depuis toujours, restons-en là, surtout restons-en là, comme c'est l'usage entre nous.

Véra s'est éloignée de la lumière, Antoine est fatigué, s'est-elle dit, il est fuyant, ça ne change pas, mais il fuit mal.

– Ça devrait m'intéresser au contraire, parce que c'est au moins la deuxième fois, en quelques semaines, que Mlle Rotheim te retient si tard et que tu me dis : rien de grave, rien d'important, des histoires de sous.

– Alors, je vais te le redire : des histoires de sous, rien d'important, rien de grave. Et maintenant, laisse-moi un peu, je vais préparer mes bagages pour demain. Va te coucher, je te rejoins tout de suite.

C'est drôle comme son épaule a son sursaut caractéristique, quand il dit : rien de grave, rien d'important. Véra s'est proposée, femme aimante, femme soucieuse de son mari... partager les tâches... l'aider à boucler sa sacoche, comme il lui arrive de le faire. Surtout pas, il a réagi comme un brutal, c'est nouveau, cette virulence en lui, elle l'a constatée depuis l'incident de l'autre jour. Il renvoyait Véra, il n'avait pas besoin d'elle pour si peu, un petit voyage de rien, un aller et retour, deux jours. Il a pris deux dossiers, ses affaires de toilette réduites au nécessaire. Comme elle le suivait, il a découragé Véra de l'accompagner dans l'entrée où il la laissait, sa sacoche.

Elle l'a écouté fourgonner un bon moment. Se montrer une seconde à la porte, ce serait bien ? Lui demander une dernière fois s'il n'avait besoin de rien, s'il n'oubliait rien ? À voir sa tête, tout à l'heure, ce n'était sûrement pas le moment. Enfin, le déclic de la serrure à code secret. Il avait un code secret à sa sacoche, typique d'Antoine, non ? Mais d'ordinaire, il n'enclenchait pas le code, la veille d'un départ, chez lui. Toujours un petit quelque chose à rajouter au dernier moment. Le code, c'était pour l'extérieur. Chez lui, c'était devenu comme l'extérieur ? Il se méfiait d'elle aussi ? Confirmation, chaque mot, chaque geste, une confirmation. Une confirmation de quoi ?

Il est revenu dans la pièce centrale, Véra l'a rattrapé au passage :

– La dernière fois où Mlle Rotheim t'a convoqué, tu t'en souviens ?

– Je croyais que tu t'étais couchée, cette fois.

Elle le contrariait, elle le voyait bien, qu'est-ce qu'elle lui voulait encore ? C'était devenu une manie. Quitte à le fâcher, ne le laissons pas tranquille, comme il le réclame trop souvent.

– Mais ce jour-là, c'était plus important ?

– Non, rien d'important, je te dis.

– C'était pourtant un jour important. Important pour nous, il me semble, notre anniversaire de mariage, je m'en souviens bien, nos six ans, le 4 avril dernier…

Une belle date pour récrire le passé, un anniversaire de mariage, pour tout mettre par terre et voir ce qui reste. Elle n'était pas troublée, à ce moment-là, elle acceptait des situations qui lui semblent inadmissibles, à présent, comment a-t-elle pu ?

Ce 4 avril, ils avaient prévu de fêter, dans un restaurant de fruits de mer, leurs six années communes, un exploit dans leurs vies respectives, et il avait fallu que Joseph Carmi, le père d'Antoine, appelle, déjà, en fin d'après-midi, non pour saluer l'événement dont il avait oublié la date (ou plutôt, s'il ne l'avait pas oubliée, il appelait précisément ce jour-là avec l'intention de gâcher la commémoration), mais pour réclamer la présence d'Antoine auprès de Mlle Rotheim, juste quelques minutes, elle ne le dérangerait pas davantage. Antoine Carmi s'était laissé faire, il ferait un détour et rejoindrait Véra au restaurant, pour huit heures au plus tard, mettons neuf, si Mlle Rotheim était trop mal en point. Et, comme ce soir, il était arrivé plus tard que prévu, en répétant que la demoiselle allait bien mieux, que son père l'avait attiré rue de Cléry pour des questions d'argent, pour ne pas changer.

Véra avait accepté l'explication sans discuter, le 4 avril, mais c'était bien différent maintenant et elle se demandait s'il aurait vraiment manqué un repas d'anniversaire pour une simple question d'argent. Quelles histoires lui racontait-il ? Les mêmes qu'il lui raconte à cet instant ? Les mêmes, le jour du musée ? Non, le jour du musée, il n'avait aucune histoire à raconter, c'était justement ça le plus ennuyeux. Le jour où il aurait dû avoir quelque chose de spectaculaire à raconter, il s'était tu.

Les soupçons de Véra sont devenus universels, toutes les phrases d'Antoine, tous ses gestes résonnent en elle comme le code secret de sa sacoche. Elle voit trop bien, en plein milieu de la nuit, qu'il est verrouillé devant elle.

Il l'observe à son tour, ce regard de juge sur lui, de juge malade, devient pénible. Elle est futée, Véra, une de ses qualités, un défaut d'un seul coup, où veut-elle en venir, à la fin ? Il faut la satisfaire un peu, l'apaiser, pour qu'elle ne demande plus rien. Il ne sait plus l'apaiser autrement qu'avec brutalité. Oui, Mlle Rotheim a un peu gâché leur anniversaire de mariage, cela ne va pas plus loin, cela ne doit pas aller plus loin. Il est ferme, il coupe court, il se couche.

Elle s'allonge à côté de lui, ils ne se toucheront pas, elle ne dormira pas, lui non plus. Il avait besoin d'une bonne nuit, pourtant, avant son voyage à Londres. Mlle Rotheim a déjà gâché leur anniversaire de mariage, ce n'est pas une raison pour gâcher sa nuit. Véra se montre presque hargneuse avec lui, depuis un bon moment : a-t-elle appris, compris, senti au moins, ce que Mlle Rotheim attend de lui, ce qu'elle l'amène à faire aujourd'hui ? Il a tenu sa femme à l'écart des histoires Rotheim, avec le plus grand soin, affaire de survie personnelle, pense-t-il depuis le début ; et cela n'avait pas l'air de la chagriner, jusqu'ici. Pourquoi chercherait-elle à s'en mêler ? Ce n'est vraiment pas le moment. Surtout, continuer à ne rien dire, tant que c'est possible. Gâcher une nuit ou un anniversaire de mariage, ce n'est pas

71

grave, pas important, mais gâcher leur vie, ce serait enfin grave, enfin important ? Comment l'éviter ? En réglant tout à Londres, une fois pour toutes, demain ? Après, il pourrait lui parler, après, il serait tranquille, Mlle Rotheim et les deux Carmi le laisseraient en paix, comme ils l'avaient promis. Ils l'ont promis le 4 avril et, comme rien ne se règle facilement, ils ne le laissent pas tranquille.

Ils l'ont rappelé ce soir, presque pour lui rejouer la scène du 4 avril, quand Mlle Rotheim l'avait reçu au lit, dans son lit de fer, comme tous les lits de l'immeuble, rue de Cléry, au milieu duquel elle paraissait toute petite, parce qu'elle était assise, ramassée, enfermée dans son peignoir orangé, sur un drap de lin rêche. Pas de couverture, pas de couette, tout bazardé, trop chaud, trop de fièvre.

Antoine Carmi avait posé la main sur son front, pas frais, pas bouillant non plus, le pouls vif, c'est entendu. La petite tache orange suffoquait sur son grand rectangle blanc, mais elle se tenait bien droite contre la tête du lit, grâce à une construction d'oreillers, trois ou quatre, garnis de plumes, disposés à la verticale, pour étayer la malade. On distinguait assez mal le haut du corps : elle était engoncée dans cette pyramide molle et ondoyante, elle ne bougeait pas, comme momifiée avant l'heure et embaumée. Des relents de décoction stagnaient dans la chambre, verveine ou romarin ; Hermann Carmi venait d'emporter à la cuisine la tasse et la théière et avait repris sa place, à la droite du lit, Joseph veillant à gauche, Anubis le père et son fils Horus prêts à emporter la dépouille dans le monde des morts.

La main de Mlle Rotheim avait attrapé celle d'Antoine, s'y cramponnait : elle sentait que c'était fini, qu'il fallait prendre des dispositions, à commencer par la mise en ordre des comptes. Antoine ne ment pas complètement à Véra, cela commence toujours par une histoire d'argent. Il avait écarté les oreillers pour extraire de sa sépulture de plumes la minuscule Mlle Rotheim et la secouer un peu.

– Voyons, Antoine, qu'est-ce que tu fais ?

Joseph le père et Hermann le frère allaient hurler au sacrilège.

– Volpone, a dit Antoine le cinéphile, *Volpone*, Harry Baur dans le film de Maurice Tourneur, 1939, d'après la pièce élisabéthaine de Ben Jonson. La comédie de l'agonie pour m'apitoyer. Vous voulez encore un chèque bien rond. Ça faisait bien longtemps que vous ne m'aviez pas fait un coup pareil. Vous progressez dans la mise en scène, mais vous êtes toujours aussi naïfs. Dites-moi franchement combien vous attendez de moi.

– Tu te trompes, cette fois, je ne me suis pas sentie bien du tout, ce matin, et le docteur repassera dans la soirée pour de bon. Je reconnais que c'est un peu reparti, cet après-midi, mais j'avais l'intention de t'appeler depuis longtemps. Et puis, tu ne viens plus jamais me voir, si je ne suis pas en danger. Tout ça, depuis cette Véra... Alors, quand j'ai à te parler... Non, non, il ne s'agit pas de chèque, enfin, pas seulement, et pas un gros. Ce que j'ai à te demander, au moment où j'en suis, est beaucoup plus important. Mais tu crois que je te joue la comédie. Les autres fois, peut-être un peu, pas aujourd'hui : j'ai vraiment cru que j'y passerais avant midi.

Mlle Rotheim a pris une longue aspiration, comme pour mourir, elle s'est renfoncée dans son fatras d'oreillers en plume.

– Vous avez pourtant l'air d'attendre un très très gros chèque, a dit Antoine, encore plus gros que je ne l'imaginais.

Ce n'était pas la première fois qu'ils jouaient, tous les trois, de la santé précaire de Mlle Rotheim pour obtenir d'Antoine, le cadre vraiment bien payé de la Custod Limited, ce qu'ils nommaient de petits compléments pécuniaires. Autrefois, même, à ses débuts, Antoine Carmi faisait des versements mensuels : son époque fusionnelle avec les Rotheim et Carmi, quand il se sentait redevable de tout, jusqu'à leur rupture, peut-être pas leur rupture, son éloignement volontaire, cette distension entre eux, qu'il avait souhaitée, parce qu'il progressait dans sa vie et à l'intérieur de la Custod, alors que son petit frère Hermann, son père et Mlle Rotheim piétinaient dans le temps immobilisé de la rue de Cléry. Ce temps-là, c'est vrai, échappe, en grande partie, à Véra Carmi ; Antoine ne lui a parlé de son existence dans l'immeuble Rotheim qu'avec des haussements d'épaules comme pour dire : ça ne présente pas d'intérêt (mais toujours aussi avec cette crispation involontaire du muscle sus-épineux qui suggère à Véra, depuis que son regard a changé, tout le contraire).

Mlle Rotheim s'était redressée dans son lit, sans le soutien de ses oreillers. Puisque je ne l'apitoie pas faible, montrons notre force : elle a quitté sa voix tremblotante, ne parlons plus d'argent, plus du tout. Antoine la préférait comme ça, il se tenait, comme le petit garçon d'autrefois, qui obéissait devant le lit de fer de Mlle Rotheim. Il s'était toujours échappé, il était toujours revenu ; il le savait, il luttait contre, mais, c'était plus fort que lui, à la fin, il revenait. La corde, pensait-il, la corde invisible entre nous et qui nous tient (*Rope*, Hitchcock, 1948, *La corde* en version française, les plans-séquences les plus étonnants de l'histoire du cinéma).

Mlle Rotheim avait réclamé une nouvelle tisane bien chaude, Hermann lui avait tourné le sucre deux minutes entières. Il en faisait toujours trop, s'était dit Antoine, l'éternel larbin de Mlle Rotheim, lui au moins n'avait pas eu besoin de revenir, toujours aux pieds de son tyran domestique.

Les joues de la vieille demoiselle avaient repris des couleurs, elle se tenait sur le bord du lit, à présent, prête à se lever, aide-moi, Antoine. Ils ont fait quelques pas, au bras l'un de l'autre, vraiment comme autrefois, attachés par la corde invisible. Elle lui demanderait ce qu'elle avait à lui demander, il dirait non, comme d'habitude, puis oui, en vertu de tout ce qu'il lui devait, de ce que lui devaient son frère, son père. Si Antoine tenait le bras de Mlle Rotheim, le 4 avril, s'il était avec son père et son frère dans ce même immeuble de la rue de Cléry, ce soir encore, s'ils lui avaient mis entre les mains ce qu'il venait d'enfermer dans sa sacoche, c'était bien parce que la grande corde invisible était accrochée plus haut, des décennies plus haut, et descendait jusqu'à lui, et le tenait suspendu, serré. On est accroché par le bout des doigts, comme James Stewart à sa gouttière, dans *Sueurs froides*, ou Eva Marie Saint dans *La Mort aux trousses*... Lâchera, lâchera pas, c'est le seul enjeu de toutes nos vies ; chez Hitchcock, on remonte, on est sauvé et on se retrouve dans les bras de Cary Grant. Et chez nous ? Chez les Carmi, chez les Rotheim ?

Quand Antoine Carmi ne veut pas prendre trop au sérieux le passé Rotheim, ou le passé Carmi, qu'il a gommés devant Véra, quand il y pense, malgré tout, et pour couper court au pathos, desserrer le nœud de la corde, y être suspendu avec plus de légèreté, il appelle à l'aide son grand Hitchcock. Cela lui vient tout seul, il préfère s'en amuser, le moindre événement lui rappelle une séquence ou un plan, et toute la vie, s'il se laissait aller, pourrait suivre la filmographie du maître, avec ses périodes successives, l'anglaise avant 1940, l'américaine ensuite. Ce serait plus amusant, la vie sur grand écran, composée de quelques chefs-d'œuvre bien répertoriés, ce serait plus rassurant. On aurait d'abord les années vingt ou trente de la rue de Cléry : elles ont marqué les esprits, le petit Antoine en a été gorgé par Mlle Rotheim, longtemps, aujourd'hui encore ; elles se dérouleraient jusqu'à lui comme une longue pellicule en noir et blanc, pour commencer, puis on passerait à la couleur, après la guerre ; deuxième période. Antoine apparaîtrait dans la séquence finale pour régler les affaires restées en suspens depuis l'époque du muet.

Mais, s'il lui arrive de voir son présent comme une scène de *La Mort aux trousses*, le jeune temps de Mlle Rotheim, il l'imagine plutôt comme ce repas de famille, teinté d'humour noir, dans un Hitchcock de 1937, *Jeune et innocent*, au moment où l'un des jeunes frères exhibe un rat mort à table *(– A jolly good one !)*. On trouverait facilement des rats morts dans la vie de la famille Rotheim, et Antoine se dit qu'il vient d'en récupérer un, d'une certaine manière, peut-être pas un si *jolly good one*, d'ailleurs, et il voudrait bien éviter d'avoir à le mettre à son tour sous le nez de Véra. Enfin, en dehors des rats morts, il a l'impression, grâce au cinéma, d'avoir participé aux grandes tablées autour des Rotheim, rue de Cléry, dans le 2ᵉ arrondissement de Paris, dans l'entre-deux-guerres, quand le couple s'était mis en tête d'accueillir, aux étages supérieurs et vides de son immeuble, au-dessus de son magasin de tissus en gros, des perdus de partout. M. et Mme Rotheim aimaient aider, ils auraient mieux fait de s'abstenir, a toujours pensé Antoine : s'il est là, c'est parce qu'on l'a aidé à son tour, parce qu'on a aidé son père, un perdu comme les autres, en son temps ; ceux qui vous aident vous nuisent, un jour ou l'autre, sans intention mauvaise, mais ils vous nuisent en vous aidant.

Pour aider, les parents ont meublé sommairement, à l'exception des combles, deux appartements : lits de fer dans toutes les pièces, y compris les salles à manger, petites tables sans charme, chaises à l'assise de bois mince et dur. Et ils ont recueilli des amis de passage, des connaissances d'amis, puis des étrangers recommandés par des connaissances. Des Juifs d'Europe centrale ou orientale ; des Russes blancs aussi, des Slovènes, selon les années... Les Allemands sont arrivés plus tard, quelques Italiens et des Espagnols à la toute fin des années trente. La rue de Cléry est devenue une adresse connue dans quelques milieux, on se la repassait entre paumés internationaux.

Les Rotheim ont entretenu jusqu'à quatre ou cinq pensionnaires en même temps. Ils ne gardaient jamais chacun d'entre eux plus de quelques mois. Ils avaient une conception stricte de leur rôle, que leurs « clients » devaient partager pour être acceptés dans l'immeuble Rotheim : ils accueillaient des hommes seuls, sans famille, sans argent, sans logement, sans travail, parfois sans papiers officiels. Ils se chargeaient de régulariser la situation de chacun en lui fournissant une adresse certifiée par le propriétaire, une garantie de bonne moralité, pour lui permettre de trouver un travail, ce qui s'appelait autrefois une situation. En attendant, on était logé et nourri gratis, table ouverte au premier étage, midi et soir, animée comme un repas de *Young and innocent*, mais un repas plus frugal : poissons séchés, maquereaux marinés, haricots, lentilles blondes, pois chiches, tous les féculents, riz, nouilles, pommes de terre bouillies, de l'eau claire ou rougie, pas de gastronomie. Il n'en fallait surtout pas, prétendait M. Rotheim, la bonne cuisine, c'est ce qui attache les hommes. Gavés, ils se seraient installés à demeure, auraient occupé des places attendues par des affamés dans toute l'Europe. Mais plusieurs semaines de nouilles et de lit de fer avec de gros ressorts tendus pour tout sommier et un matelas maigrelet, plus ou moins défoncé, personne ne voulait se contenter trop longtemps d'une sorte de soupe populaire même améliorée. Seule entorse : un coup de schnaps, de temps en temps, pas en dégustation digestive, plutôt un remontant, en cas de désespoir passager. Il arrive que le désespoir soit quotidien, le schnaps finissait par l'être aussi.

Les Rotheim ne réclamaient rien en échange de leur aide. Si quelqu'un réussissait et voulait témoigner plus tard sa reconnaissance, ils ne refusaient pas les dons, simplement ils s'efforçaient, quand c'était possible, de les affecter à l'entretien des étages réservés aux pensionnaires. Ils avaient le sacerdoce modeste, ils ne voyaient rien de glorieux dans leur façon d'être, du naturel, de la routine : l'essentiel de leur temps, disaient-ils, était consacré à la vente de rouleaux d'étoffes de toutes les couleurs ; quand le rideau était tiré, ils ouvraient la porte, c'était tout. Entrait qui en avait besoin ; ils ne voyaient pas le mal ; ils ne mesuraient pas le bien non plus, du moins ils faisaient semblant.

Mlle Rotheim a connu ce mode de vie singulier toute son enfance, elle n'a même connu aucune autre vie, fille unique du couple Rotheim, née dans l'immeuble, en janvier 1920, des mains d'un pensionnaire, un médecin juif et veuf, tout juste arrivé de Lituanie. C'était une des fiertés des parents Rotheim : celui que vous aidez vous aide, au moment où vous en avez besoin. En pleine nuit de gel, le matin tout proche, les trottoirs brillants, le médecin traitant aurait le plus grand mal à se déplacer, arriverait trop tard de toute façon. Vous avez quelqu'un sous la main, juste un étage à monter, le monsieur ronfle dans sa cage de fer, on le secoue, préparez la charpie.

Il était possible de dire que la petite Louise était née à la fois de ses parents, de sa mère, et de tous les pensionnaires résumés en la personne du docteur lituanien, devenu, juste après, débardeur aux halles, puis grossiste en fruits et légumes, enfin patron de quelques épiceries fines renommées, un cas exemplaire de réussite, selon les Rotheim, une justification de leurs petits sacrifices, de ce qu'ils n'appelaient pas leur générosité.

Ces migrants, depuis les années vingt jusqu'à Joseph Carmi et donc jusqu'à Antoine et Hermann, ont fondé et occupé la vie complète de Louise Rotheim.

Elle avait demandé à se recoucher, le 4 avril, un coup de fatigue, tu vois bien, Antoine, ce n'est pas du cinéma, pas ton Volpone que je ne connais pas. Calons les oreillers en plume : ils ont peut-être calé le dos de l'accouchée en 1920, peut-être recueilli le premier cri de la nouveau-née, ils recevront bien son dernier soupir.

– Tu comprends, Antoine, ce n'est pas qu'une histoire de gros chèque, comme tu t'obstines à le croire, c'est vexant à la fin. Il s'agit de sauver l'immeuble tout entier, au bord de l'écroulement, de nous sauver, nous tous, de vous sauver, vous surtout, si je viens à disparaître. Enfin, Antoine, tu connais notre situation ?

Si Mlle Rotheim disparaît aujourd'hui, que deviendront l'immeuble et tout son passé ? Antoine devrait parcourir les étages où il a lui-même vécu autrefois, pour s'imprégner à nouveau de cette atmosphère austère, mais digne, penser aux ombres des disparus. Aucun registre n'a été tenu, mais combien de garçons pleins d'espérance ont dormi sur ces lits de fer ? Combien d'hommes faits obligés de recommencer complètement leur vie en France ou ailleurs ?

Jusqu'en 1940, elle les a vus défiler, ces nomades contraints, perdus, pourchassés, silencieux, miséreux, artistes, cafardeux, coléreux, cultivés, ratés, brillants, jamais les mêmes, toujours les mêmes, toutes les langues, une seule voix, toutes les conditions, un seul état.

Elle se disait quelquefois qu'elle était restée demoiselle parce qu'elle avait vu passer trop d'hommes et qu'elle n'imaginait pas qu'un homme puisse passer plus de deux ou trois mois auprès d'elle. Elle se souvenait qu'entre huit et quinze ans, peut-être même un peu plus, elle ne pouvait les croiser dans l'escalier, s'attabler avec eux, pour le dîner familial, sans imaginer chacun comme son mari possible. Tant de maris virtuels n'ont pas trouvé à s'incarner en un seul mari réel.

Elle-même d'ailleurs n'avait pas réussi à s'incarner complètement dans un corps de femme, dans un corps d'adulte. Elle avait gardé, à plus de quatre-vingts ans, une allure de gamine, de « gaminette », comme l'avait appelée un pensionnaire, heureux d'avoir compris l'emploi des diminutifs français. Petite taille, moins d'un mètre cinquante, elle se chaussait en 36, sandales de fillette, si elle le voulait ; épaules étroites, pas de hanches, peu de fesses et plates, étoffées toutefois par des jupes ou des robes bouffantes et colorées, serrées à la taille, haute et fine ; des seins bien droits jusqu'à la soixantaine, et peu renflés. Ses joues s'étaient creusées avec les années : elle avait retrouvé ses pommettes de dix ans, pointues et rieuses, quand elle ne cherchait pas à inspirer la pitié, lolita octogénaire, un visage au drapé serré et des robes volontiers froncées, une femme plissée des pieds à la tête, desséchée mais vive.

Il est arrivé un moment où ceux qui avaient fourni leur aide aux déshérités de l'Est et du Sud sont devenus ceux qui avaient besoin d'aide. La vie des Rotheim, à ce moment-là, c'est plutôt *Les 39 Marches*, un nouveau chef-d'œuvre de la période anglaise du grand Alfred (1935), où un homme injustement accusé doit fuir avant de prouver son innocence. Après 1940, le repaire de la rue de Cléry était plutôt un lieu à éviter. Trop bien connus dans l'arrondissement, les Rotheim pouvaient facilement passer pour des organisateurs de réseau. Ils étaient incapables d'imaginer qu'une connaissance même lointaine puisse les dénoncer à une quelconque police française et encore moins étrangère. Ils étaient convaincus de n'avoir jamais donné la moindre envergure politique à leur entreprise. Chez eux, les antisoviétiques avaient précédé ou croisé les antifascistes, les blancs et les rouges avaient vidé les mêmes assiettes de soupe claire, fait grincer les mêmes ressorts démantibulés.

M. Rotheim a fermé les étages, déclaré qu'ils étaient insalubres pour tenter d'éviter une éventuelle réquisition. Il s'est réfugié dans son commerce ; ça ne marchait pas fort, le chiffre d'affaires s'écroulait : les grossistes en tissu ont vivoté quelques mois, dans la gêne, mais rassurés sur leur sort ; personne ne leur cherchait d'ennuis, au début, magasin calme, quartier calme, ça pouvait durer toujours.

La famille ne recevait presque personne, les derniers liens avec les anciens disparaissaient ; l'un d'entre eux, pourtant, s'est manifesté, pas directement, par des voies tortueuses et presque inquiétantes : une sorte de petit voyou, pas très heureux de venir chez des Juifs. Cet apache, comme l'a nommé M. Rotheim, pour présenter la situation à sa femme et à sa fille réunies le soir même, s'était présenté au nom d'un des tout premiers pensionnaires de la rue de Cléry, en 1918, un blanc, originaire d'Ukraine, fort en gueule et prêt à tout pour s'en sortir. M. Rotheim admirait son autorité naturelle et lui avait longtemps gardé sa sympathie, l'homme venant chaque année partager un repas avec les pensionnaires et déposant, toujours avec discrétion, un don pour ses successeurs, don de plus en plus généreux avec les années. Les rencontres avaient cessé, et les dons, et la sympathie, du jour où M. Rotheim avait compris que son ami, contre

toute attente, avait connu la réussite dans la malhon-
nêteté ; une petite figure du milieu, avec des accointances à la préfecture de police. Ce sont ces accointances,
par-delà la rupture déjà ancienne provoquée par M. Rotheim,
qui conduisaient l'Ukrainien à mettre en garde son
protecteur d'autrefois : il était temps de tirer le rideau
de fer, pas dans un an, pas dans huit jours, ce soir, avait
répété l'apache messager, avant de se sauver du
magasin, comme s'il venait de faire la caisse, et après
avoir fourni des adresses recommandées en province.

Mme Rotheim et Louise ont fait les lits à tous les
étages, avec ces draps lourds et rigides dans lesquels, à
plus de quatre-vingts ans, Mlle Rotheim dort encore,
comme pour se dire : nous reviendrons, nous redonne-
rons l'hospitalité à ceux qui en ont besoin.

M. Rotheim a entassé les derniers rouleaux de tissu
dans sa réserve, enfermé les objets de valeur trop encom-
brants dans une cave dont la porte était blindée depuis
longtemps ; un homme innocent mais prudent, M. Rotheim,
depuis toujours. Il a remis les clés à Louise :

– À ton âge, tu es celle de nous trois qui a le plus de
chance de revenir chez nous.

Ils sont partis par la gare d'Austerlitz, ils ont suivi les
indications transmises par l'apache, pour descendre
avant la ligne de démarcation, un transbordement en voiture, à pied, encore en voiture, jusque dans la Creuse où
les parents se sont retrouvés séparés, chacun dans une
ferme différente, entre Guéret et Bourganeuf, immédiatement mis aux travaux des champs, une épreuve pour
Mme Rotheim qui n'avait jamais travaillé, du moins
jamais soulevé un rouleau de tissu et encore moins une
botte de paille. La fille avait obtenu une place encore
plus loin vers le sud, elle serait mieux protégée plus au
sud, avait pensé M. Rotheim, au moment de décider de la
place de chacun : dix kilomètres après Tulle, en Corrèze.

Ils n'ont pas eu l'occasion de se rendre plus de deux ou
trois visites. M. Rotheim a fait une chute de vélo sur une
route caillouteuse de la Creuse, fin 1943, trois jours avant
ses cinquante-cinq ans ; un choc à la tête, une hémor-

ragie interne probablement, aucun secours dans ce désert rural ; un paysan l'a retrouvé inanimé deux jours après sa disparition, alors que ses hôtes et employeurs l'imaginaient parti retrouver sa fille ou lancé dans une nouvelle fuite, reparti pour Paris, peut-être. Il ne s'était jamais senti bien, malgré ses efforts, hébergé par les autres, soumis aux travaux des champs.

Louise et sa mère ont fait le déplacement, à vélo elles aussi, pour récupérer ses affaires, ce qu'il en restait. Elles l'ont enterré dans le cimetière du village, près d'une église chrétienne, sans pierre tombale, sans nom, quelqu'un a même planté une croix, pour « habiller » le monticule de terre, pour ne pas déparer. Les deux femmes ne s'y sont pas opposées : cela semblait tellement faire plaisir à leurs hôtes.

À partir de ce moment-là, elles n'ont plus voulu se séparer, ni rejoindre leurs fermes respectives : elles sont restées toutes les deux dans la Creuse, dans la ferme où M. Rotheim avait passé ses derniers mois, près de lui, au mépris des règles élémentaires de sécurité en temps de guerre. Deux femmes dans une ferme, elles ne passaient pas inaperçues, surtout deux Parisiennes et Juives plus ou moins connues comme telles, elles commençaient à être mal vues.

La Libération de Paris leur ouvrait la possibilité du retour ; elles l'ont différé de quelques semaines : elles ne se voyaient plus vivre rue de Cléry, guère plus que dans leur ferme, elles se disaient que ce serait la même solitude ici ou là-bas. Les paysans de la ferme les aimaient bien, ils ne comptaient pas pour autant les garder à demeure. Les transfuges de l'immeuble Rotheim avaient connu le même sort, elles n'allaient pas s'en étonner. Elles ont grappillé, pourtant, par peur, comme certains de leurs anciens voyageurs, quelques jours supplémentaires, annonçant leur départ, l'annulant. Louise contemplait, soir après soir, les clés de la rue de Cléry, celle de la cave blindée surtout, avec son canon imposant, hérissé de ses dents multiples, de hauteurs diverses. Son père n'avait pas pris la peine de faire l'inventaire des objets et valeurs entreposés au sous-sol. D'ailleurs, la mère et la fille en étaient persuadées, c'est ce qui leur faisait peur, empêchait leur retour plus rapide, l'immeuble, comme la cave, devait avoir été fracturé, pillé, mis à sac, occupé peut-être, avant ou même après la Libération. Une maison abandonnée donne des idées et de bonnes raisons à tout le monde. Comment chasser de nouveaux habitants quand on a passé sa vie à les recevoir ? Papa Rotheim aurait su quoi faire, mais elles ?

Antoine disait, toujours quand il voulait en rire, que c'était le début de leur deuxième période, la période américaine de Hitchcock, qui commence avec *Rebecca*, un retour dans un domaine, après un moment de deuil : la mère et la fille se sont décidées à la fin de l'automne 44 à retrouver leur domaine de l'avant-guerre ; elles ont touché, en arrivant, le rideau de fer du magasin, robuste ; elles ont poussé la porte en bois, sans verrou de sécurité, sur le côté gauche, celle qui conduisait aux étages. Elle a résisté, intacte, elles n'en revenaient pas, tout intact dans l'immeuble, pas d'effraction, pas de visite, pas de fouille ancienne ou récente, pas trace d'occupants illégaux, comme si aucune guerre ne les avait chassées. Les draps étaient propres, dans les lits faits, juste un peu trop frais, les murs humides, deux hivers sans chauffage. Elles allaient crier de joie, mais elles n'ont pas pu : le papa Rotheim, le silence.

Il leur a fallu deux jours pour retrouver des habitudes, trois autres avant d'oser toucher aux vêtements laissés par M. Rotheim, le jour de leur départ, encore une semaine avant de se présenter devant la porte de la cave, avec la clé au canon dentelé, Mme Rotheim restant en retrait : c'était comme si, disait-elle, son mari allait sortir du noir, tout debout, bien vivant, parce qu'il avait entreposé là leurs souvenirs les plus précieux, des cadeaux, des chandeliers en argent, une horloge en bronze doré, un couteau au manche incrusté de pierres, un jeu d'échecs en bois précieux, marqueterie du XVIIIe, des vases de Chine, des biscuits de Sèvres, toute leur vie depuis près de trente ans, une vision trop pénible à supporter, n'y touchons pas, ou plus tard. Louise a refermé la porte blindée.

– Tu la connais, mon Antoine, cette porte blindée, a dit Louise Rotheim, ce soir du 4 avril, tu as passé du temps à te demander comment l'ouvrir, à dix ou douze ans, elle te faisait rêver, ça aurait pu ressembler à un de tes romans d'aventures. Aujourd'hui, je t'ai aussi fait venir pour la cave blindée, comme pour le reste de l'immeuble. Tu as eu le temps de la connaître un peu, notre cave blindée. Ça fait bien longtemps que je l'ai ouverte, les deuils sont finis à présent. Ils reprendront. C'est peut-être pour maintenant, peut-être non, va savoir.

C'est juste, la cave, il a tourné autour, à dix ou douze ans, quand ses jeux l'ont amené dans ces recoins qui lui faisaient peur avant. Il a demandé à voir l'intérieur, sans obtenir satisfaction, il a fini par mettre la main, tout seul, sur la clé singulière ; déçu, dans un premier temps : ces vieux objets lui étaient indifférents. Plus intrigantes, tout de même, ces formes rectangulaires enveloppées, fice-lées, qu'il était difficile de déballer et de remballer à l'identique. C'est Mlle Rotheim qui l'a autorisé, forcé plutôt, à les regarder de plus près, quand elle l'a surpris avec Hermann, dans sa cave. Fâchée la première minute, puis émue, reconnaissante presque :

– Regardez ça, regardez bien, je vous dirai après ce que c'est.

Alors oui, il pouvait le dire, il la connaissait la porte blindée, il les connaissait aussi les cadres rectangulaires, petit format. Seulement, ce jour-là, c'est plus l'émotion de Mlle Rotheim qui l'a troublé que les cadres eux-mêmes, dont il a vite tout oublié ; c'était au-dessus de son âge.

Ces rectangles, elle a fini par les lui mettre entre les pattes, le premier le 4 avril, les deux derniers ce soir ; ils occupent presque toute la place dans sa sacoche, dans l'entrée, les deux derniers, envahissants. Il a eu bien du mal à en éloigner Véra, tout à l'heure. Pourquoi n'était-elle pas déjà couchée ? Cela a failli mal tourner. Si elle les avait vus, à son arrivée, elle l'aurait encore plus assommé de questions. S'il faut déballer toute sa vie, tout ce qu'on a passé sa vie à ne pas dire, en déballant ses paquets... S'il faut sortir ses rats morts... Il se lèvera avant elle, dans quelques heures, pour se garantir de toute surprise, éviter les comptes à rendre juste avant d'emporter sa sacoche dans le train, fermée au verrou, code secret.

C'est la première fois que quelqu'un déménage la cave, depuis la guerre. La mère et la fille, autrefois, l'avaient gardée presque intacte, elles devaient avoir conscience que le plus précieux de leur vie s'y trouvait entreposé, mais qu'il ne fallait pas trop en parler pour le moment. Plus tard, plus tard... Et Mlle Rotheim, un 4 avril, avait décrété que le moment était venu. Elles auraient mieux fait, la mère et la fille, de se débarrasser de tout ça en 1945, de régler les comptes en 45. Les comptes se réglaient facilement à l'époque. Antoine n'aurait pas été embringué dans cette histoire de cave blindée, aujourd'hui. Les occasions manquées, comme les nuits, comme les anniversaires de mariage, quel gâchis !

En 1945, les deux femmes, pour vivre, ont préféré se contenter de céder le stock de tissus et de louer le magasin à un Arménien qui en gérait ou possédait déjà plusieurs dans le quartier, M. Marossian, une connaissance d'avant-guerre, respectueux du passé Rotheim, qui avait même embauché, de temps en temps, dans l'un ou l'autre de ses magasins, des pensionnaires de la rue de Cléry, d'origine arménienne, comme lui, par fraternité communautaire.

– Vous n'en accueillerez plus, aux étages, des comme ça ? avait-il demandé à Mme Rotheim.

On ne savait pas si c'était un souhait ou une crainte.

– Non, a-t-elle répondu, nous n'avons plus les moyens d'entretenir les perdus de partout. Nous sommes nous-mêmes un peu perdues, à présent, sans mon mari.

Surtout, le bouche-à-oreille des amis avait disparu, au milieu de la guerre, avec les bouches et les oreilles des amis eux-mêmes : la rue de Cléry n'était plus une adresse à se repasser entre connaisseurs. Pourtant, M. Marossian, au nom du passé Rotheim, leur a demandé d'héberger, pour un temps, un Syrien d'origine arménienne, lointain cousin, discret. Il a disparu, sans prévenir, après deux mois, avant de se manifester de nouveau, à partir de 1948, pour recommander un camarade, puis un autre, lui-même recommandant un ami bulgare, qui connaissait un Yougoslave ou un Hongrois. Les jeunes démocraties populaires produisaient de nouveaux fuyards, pas aussi nombreux que ceux des années trente, les frontières de ces pays étant plus cadenassées encore. Mme Rotheim ne les trouvait pas toujours aussi cultivés ou raffinés que les précédents : elle avait vieilli, ces hommes lui paraissaient bien jeunes, trop rudes, des manières plus brusques, l'éducation se perdait. Tous, cependant, restaient respectueux des traditions de la maison : ils régularisaient leur situation et disparaissaient.

Seules différences avec le passé, les dames Rotheim n'assuraient plus le manger et ne dédaignaient pas, voire sollicitaient discrètement, les dons en espèces. Chaque fois que l'un d'entre eux manifestait sa reconnaissance, elles l'encourageaient à aller au bout de sa logique et ne prétendaient pas, comme M. Rotheim, dix ou vingt ans plus tôt, que tout cela n'était rien. C'était quelque chose, oui, deux fois oui.

Sans l'avoir vraiment voulu, comme si la maison elle-même, en dehors des propriétaires, les y obligeait, par une sorte d'atavisme immobilier, les deux femmes avaient reconstitué la chaîne du passé. Papa Rotheim aurait été content d'elles, se répétaient-elles, le soir, en authentifiant l'adresse d'un pensionnaire pour un futur employeur.

L'hiver 1956 a été froid, un gel incessant en février, un immeuble mal chauffé, maman Rotheim a contracté une pneumonie. Mal soignée, affaiblie, elle a traîné son mal presque trois ans : rechute fatale au Nouvel An 59. La demoiselle Rotheim, bientôt quadragénaire, héritait de l'immeuble, du magasin, de la cave, peu fréquentée depuis 1945, le sanctuaire paternel presque inviolé, et des pensionnaires en transit.

Après un délai raisonnable de deuil, elle a quand même fait une entorse aux vieux principes : elle a sorti de la cave deux vases de Chine qu'elle a montrés à M. Marossian. La vente s'est faite dans des conditions peu favorables, elle en a un peu voulu à M. Marossian. Surtout, elle en a pleuré les deux jours suivants, comme si elle avait fait mourir son père une deuxième fois. Elle a préféré ne pas aller plus loin dans la dilapidation du patrimoine familial. De toute façon, elle serait plus à l'aise, puisqu'elle aurait le loyer de M. Marossian pour elle toute seule, d'autant plus que ses affaires marchaient on ne peut mieux, et qu'il avait accepté une augmentation substantielle de son loyer, pour permettre, a-t-il dit, à une petite orpheline de survivre dans des conditions décentes. Il ne voyait pas que la petite orpheline avait atteint la quarantaine, toujours aussi fluette, la même gaminette qu'il avait croisée dans les années trente.

Elle s'est demandé un moment si, seule au monde, elle ne devrait pas vendre l'immeuble. M. Marossian, comme il l'avait fait plusieurs fois depuis quinze ans, s'était porté acquéreur du magasin : elle en demandait trop cher, comme pour s'empêcher de le céder, pour se dire qu'elle était obligée de rester là où avait vécu son père, où elle-même était née, où était morte sa mère.

Partir ? Rester ? Après deux ans, elle a tranché : rester. La corde invisible la tenait toujours, elle aussi. Continuer à accueillir des pensionnaires ? Pour presque rien ? Cela avait-il encore un sens, au début des années soixante ? Elle a décidé de continuer un peu, elle a même repris, pour s'occuper, les repas au premier étage, amélioré l'ordinaire. Plus question de distribuer du bouillon clair et des rations de misère, on n'était plus dans les années trente. Et puis, les pensionnaires n'étaient plus si nombreux, deux ou trois au plus, dans l'année, cela ne donnait pas trop de mal et faisait de la compagnie. Elle ne songeait plus à en épouser un, elle se sentait vieillie, seulement l'âge de materner à distance des hommes plus jeunes qu'elle. C'est la dernière période hitchcockienne, selon le spécialiste Antoine Carmi, la filmographie du maître se fait plus clairsemée ; l'époque du *Rideau déchiré* et de *L'Étau*, quels titres, demandez le programme. C'est la dernière période de l'immeuble Rotheim, celle des Carmi.

Joseph Carmi est entré rue de Cléry au milieu de ces années-là ; il n'arrivait pas de bien loin, d'aucune Europe centrale ou orientale, juste du 13e arrondissement. Une tradition marginale, dans l'immeuble Rotheim : à toutes les époques, on avait compté un ou deux autochtones mêlés au flux des immigrants ; des gens dans le besoin, soumis aux mêmes règles que les autres, incités à se sortir d'affaire le plus vite possible.

Joseph Carmi, lui, tient le milieu de la corde, mais il est resté indifférent aux extrémités : il a profité de l'immeuble Rotheim sans marquer le moindre intérêt pour les fondateurs et, à l'autre bout, il ne s'est guère montré paternel pour Antoine ; ni père, ni fils, à mi-chemin, il a surtout cherché à ne pas s'empêtrer dans la corde. Enfin, il s'est empêtré à sa manière.

Il faisait des études de droit, rue d'Assas. Ses propriétaires, lassés de ce mauvais payeur, lui avaient repris sa chambre de bonne pour convenances personnelles. Une année universitaire à finir, plus un sou de ses parents, il dormait chez des copains, parfois dehors, travaillait dans les bistrots de Saint-Germain, un seul café pour toute la journée ; les patrons trouvaient qu'il exagérait.

Il s'était lié avec un garçon de café de son âge, un Yougoslave fraîchement embauché grâce à Mlle Rotheim, chez qui il avait passé deux mois avant de trouver cet engagement : permis de séjour en règle, adresse indiscutable, le sort favorable des pensionnaires Rotheim, du moins de la plupart d'entre eux, depuis plus de quarante ans.

– Pour finir l'hiver et commencer le printemps, tu serais très bien chez la Rotheim, vas-y de ma part, dis que tu es un peu yougo, toi aussi, ça passera encore mieux. Carmic, ça t'irait bien, non ?

Joseph n'a pas eu besoin de se faire passer pour un Yougoslave : ses joues creuses, ses yeux enfoncés suffisaient, le passeport habituel dans le pays Rotheim, avec le parrainage d'un ancien pensionnaire apprécié.

Louise Rotheim lui a désigné un lit au deuxième étage, une armoire en fer pour son sac de vêtements. D'ordinaire, elle ne s'attardait pas après cette opération de type militaire, installation des nouvelles recrues, énoncé des règles de vie. Cette fois, un obstacle l'a retenue : le nouveau ne se contentait pas d'une valise de nippes, comme les voyageurs courants, il traînait avec lui de nombreux bouquins de droit, cas inédit dans la maison. Pas de rayonnages dans les chambrées, rien de prévu pour les études. Quand on était chez les Rotheim, on avait le devoir de dormir la nuit dans sa chambre et de préparer, dehors, le reste de la journée, son avenir, de démarcher employeurs ou administrations.

Ils ont passé de longues minutes à débattre, puis à déplacer le lit pour installer une armoire supplémentaire, à chercher ce qui pourrait ressembler à un bureau. On dirait un jeune couple excité à l'idée d'emménager, avait pensé Mlle Rotheim. Ridicule, tu te comportes comme à douze ans, quand tu te demandais avec lequel tu aimerais te marier. Tu étais trop jeune, maintenant tu es trop vieille. Pendant longtemps on a l'âge d'être les enfants des hommes et, d'un seul coup, on a l'âge d'être leur mère. Je n'ai jamais eu le même âge qu'eux, ou alors, quand je l'ai eu, je m'occupais de ma propre mère, nous vivions repliées sur nous-mêmes, c'est quand même malheureux.

Carmi a obtenu son petit coin à part, un privilège dans le purgatoire égalitaire conçu par M. Rotheim. Louise montait parfois une tisane à l'étudiant, elle ne voulait pas le déranger trop longtemps : sa licence, il fallait la décrocher, s'il voulait respecter les règles de la maison, comme elle les lui avait expliquées, et reprendre le vrai cours de sa vie, ailleurs. Elle aurait préféré que son père n'ait établi aucune règle. D'ailleurs, s'est-elle dit, il n'en a jamais établi une seule. C'est l'usage, c'est tout. De toute manière, qu'est-ce qu'elle deviendrait avec un étudiant en droit ? Vingt ans de moins qu'elle, il lui répondait gentiment, il la remerciait pour ses tisanes sans lever le nez de ses cours, une vieille, il la considérait comme une vieille, avec des souvenirs des années vingt, quand elle expliquait l'origine de la maison Rotheim, qu'elle décrivait les premiers pensionnaires, vos prédécesseurs, Joseph, des hommes étonnants, disait-elle, persécutés partout, mais avec une prestance, une culture, comme on n'en voit plus.

– Je vous dis des bêtises, Joseph, j'ai l'air de ne vous trouver aucune prestance, aucune culture, alors que, précisément, si je vous parle d'eux, c'est que votre prestance, votre culture me rappellent les leurs. Je dis encore des bêtises, Joseph, je ne sais pas ce que vous allez croire.

Joseph Carmi l'avait regardée en face pour la première fois : qu'est-ce que c'était que cette vieille fille hystérique ? Pas si mal, après tout, pas terrible non plus, années quarante prolongées, vierge, si ça se trouve. Elle a repris sa tasse :

– Je vous laisse travailler, il ne s'agit pas de rater votre année à cause de moi.

– On ne rate pas une année à cause d'une tasse de tisane.

Joseph Carmi ne comprenait rien aux demoiselles de quarante ans passés. À l'occasion d'un dîner, elle a suggéré qu'elle n'était pas aussi vieille fille qu'elle en avait l'air, non, non, pas une vraie demoiselle, comme on l'entendait encore dans ces années-là. Elle avait eu des liens étroits avec des hommes, y compris avec certains pensionnaires, tout ça était loin, bien sûr, une autre époque, l'avant-guerre, un monsieur connu, a-t-elle ajouté, mais le mariage ne s'était jamais fait. Elle s'est arrêtée de parler : Joseph Carmi posait sur elle un tel regard qu'elle s'est sentie prise en faute, un regard goguenard, comme si elle avait essayé de prouver qu'elle avait travaillé dans un bordel chic de l'entre-deux-guerres, sans avoir la tête de l'emploi, malgré ses robes voyantes.

Joseph Carmi a voulu quitter la table après quelques minutes de silence, un gros silence qui encombrait la table, une soupière ventrue de silence, posée entre eux, où le reste du potage avait refroidi. Mlle Rotheim l'a fait glisser, la soupière, en la tirant par les oreilles, vers un coin de la table rectangulaire où tous les pensionnaires avaient avalé les mêmes brouets et juliennes depuis plus de quarante ans. Elle voulait mieux voir Joseph ou être mieux vue, elle ne le savait pas elle-même.

– Le monsieur dont je vous parle, j'aurais pu me marier avec lui, s'il avait voulu, je ne vous raconte pas d'histoires, mais j'étais trop jeune ou il était trop vieux. J'y pense tous les jours, je me le dis tous les jours, l'âge, ça ne va jamais. Aujourd'hui, je suis trop vieille ou vous êtes trop jeune. Enfin, il est mort assez vite. Au moins, je ne suis pas veuve, pas réellement veuve.

Joseph Carmi s'est levé.

– Évidemment, ça ne vous intéresse pas. Un mari manqué, ça n'intéresse pas un garçon de vingt-deux ou vingt-trois ans.

Joseph Carmi reculait vers la porte, fuite vers le deuxième étage. Il s'est tout de même arrêté, juste après l'avoir ouverte :

– N'oubliez pas ma tisane, tout à l'heure, ou plutôt, trouvez-moi quelque chose de plus fort. Ce n'est pas que je ne l'aime pas, votre tisane, mais elle est calmante et, en ce moment, je n'ai pas besoin de calmant, je dois travailler tard la nuit.

Elle lui a apporté une cafetière pleine et un fond de schnaps, pas touché depuis le début de la guerre, depuis le départ de la famille pour la Creuse et la Corrèze. Elle en tremblait, Louise Rotheim, en posant le plateau sur la table de cuisine qui servait de bureau à l'étudiant en droit. Il feuilletait ses cours, comme s'il ne l'avait pas entendue arriver, elle a remarqué sa jambe droite, frappée d'une agitation mécanique. Il a encore plus peur de moi que moi de lui, a-t-elle pensé.

Ce qui suit n'est pas connu de Véra, Antoine Carmi lui-même ne le sait que grossièrement : son père et Mlle Rotheim ne se sont jamais étendus longuement sur leur rencontre. Les silences d'Antoine remontent aussi à cette période antérieure à lui. Il est couché à côté de Véra, il sait qu'elle ne dort pas plus que lui. Ils sont couchés sur le même lit, comme Joseph et Louise l'ont fait, à leur époque, mais ils sont côte à côte et si loin l'un de l'autre.

Louise Rotheim avait prévu deux tasses pour le café et deux verres à liqueur pour le schnaps. Joseph Carmi a dû se demander d'abord comment échapper à cette miniature au comportement décidé ; une nympho, a-t-il songé, tous ceux qu'elle héberge doivent y passer, où est-ce que je me suis fourré ? Une taule sinistre, jamais vraiment repeinte, de l'humidité aux murs, des meubles réduits au minimum et au minable, on se croirait en plein XIXe siècle, son siècle préféré, avec une thénardière qui regarderait votre bouche pour l'embrasser.

Les verres à liqueur étaient minuscules, il fallait se tordre la langue pour en laper le fond. Curieux, cet alcool, ce schnaps, raide, mais parfumé ; une gorgée, c'était vide, un bout de langue rose pour s'en assurer, Louise Rotheim versait une nouvelle gorgée. Ils ne se disaient pas grand-chose, ils lampaient le fond de la bouteille, pas la peine d'en garder, c'est si vieux. Ça faisait vraiment autre siècle, vie de bohème, Baudelaire, qu'il lisait et relisait, Joseph se régalait.

– Bon, il faut que je vous laisse travailler, je m'en vais.

Qu'est-ce que Baudelaire aurait fait à ma place ? s'est demandé Joseph Carmi. Antoine en rit quelquefois, parce que ce détail, son père aimait le raconter : à tous les moments importants de sa vie, il se posait cette même question. Personne, aujourd'hui, n'imagine qu'un homme, en 1962, pouvait se demander ce que Baudelaire aurait fait à sa place. Joseph a pris le plateau des mains de Louise pour le reposer sur la table. Très XIXe siècle, le geste, mais indispensable : le signal est clair, il établit un lien entre les deux personnes, libère les mains de la femme et rapproche les bustes, quel que soit le siècle.

Le nouveau silence qui s'installe ne ressemble plus à une grosse soupière bleue placée entre eux. C'est la corde invisible, partie des années vingt et trente, elle attrape Joseph au passage, l'entoure, forme un nœud serré.

Les langues se sont échauffées, elles piquent, quarante degrés au moins, le vieux schnaps, les papilles sont irritées, toutes gonflées, sensation de muqueuses râpeuses. Louise a plus de quarante ans, mais elle est si menue devant Joseph qu'elle lui semble toute jeune. Il la tient contre lui, il la soulèverait presque, si légère, mon enfant, ma sœur. Là, tout n'est que désordre et beauté, misère, agitation et volupté.

Des minutes et des minutes à se serrer, à se desserrer, bouches douloureuses, avant de se relâcher, de ne plus savoir où aller. Le petit lit de fer ? Le grand, à l'étage au-dessous ? Celui des parents ? Celui de la naissance ? Préférons le petit, avec ses ressorts détendus, ses grincements à trois temps, dès qu'on s'assied, qu'on remue, qu'on se retourne. Louise préférerait revenir en arrière, d'un seul coup, ce n'est pas l'habitude de la maison, qu'est-ce que Joseph Carmi va penser d'elle ? Il ne la laisse pas s'échapper comme ça : elle n'a plus que ses bas couleur chair, un peu sable, il les roule, le frottement lui échauffe les doigts, elle l'aide. Les draps sont frais et rêches, elle tient à s'y glisser, pas de spectacle physique, plus de quarante ans, lui une vingtaine d'années, elle a peur d'apparaître défraîchie.

Elle le tient encore un moment à distance, autant qu'il est possible dans un lit d'une personne. Il s'impatiente, trop de simagrées de gamine, cette quadragénaire. Si ça se trouve, elle est vierge, une vierge de cet âge, c'est une expérience à ne pas manquer, se dit Joseph, ça lui donne de l'assurance. Mais elle se glisse sous lui, le cale entre ses jambes, il prend peur : elle a l'air sûre d'elle, elle s'envoie tout le monde ici, une experte, lui n'a connu que deux filles jusqu'ici, et brièvement, il va se ridiculiser, ça ne va plus, l'envie.

Elle le force un peu, lui ouvre le passage, serré, comme prévu, comme ses épaules, comme ses hanches étroites, serré, mais enveloppant. Le schnaps s'est répandu dans tout leur sang, il tourne en eux, plus d'obstacles, ils s'accordent, mon enfant, ma sœur, quels ressorts, quels couinements ! Louise mord le drap de lin et le tend sur le dos de Joseph, il ne pourra plus bouger, ce n'est plus la peine : elle l'empêche de sortir d'elle, un long moment, elle veut profiter de ce nouveau silence entre eux, ou plutôt le silence n'est plus entre eux, comme une soupière ou la corde de papa Rotheim, il est autour d'eux, et de plus en plus épais. Ils se sont relevés, Louise s'est rhabillée très vite, ne pas laisser trop voir son corps. Joseph Carmi aère le lit, jette un coup d'œil sur la tache presque ronde : elle n'était pas vierge finalement, plus aucun doute, il est presque déçu.

Il faut imaginer plusieurs semaines identiques : Louise Rotheim veille sur son étudiant en droit, il travaille des journées entières, dehors ou là-haut. Elle améliore l'ordinaire : un homme ne reste pas pour des nouilles, disait son père, alors plus de nouilles à table ; et du vin pur. La tradition familiale se proposait de faire partir les invités le plus vite possible, pour qu'ils s'engagent dans une vie nouvelle. Louise se demande seulement comment garder Joseph Carmi le plus longtemps possible. Elle n'aime pas le voir se rendre à la fac, elle l'attend, elle surveille la rue de Cléry de sa fenêtre.

C'est la première fois que le contrat tacite des pensionnaires est rompu. Elle a vingt ou vingt-cinq ans de plaisir en retard, pense-t-elle. Elle les rattrape avec Joseph Carmi, elle le caresse, presque trop, un comportement de mère abusive, pense-t-il. Flatteur, à certains moments, pour un garçon de vingt-deux ans, d'inspirer une sorte de passion maladive, mais fatigant aussi, il n'a pas envie d'établir une relation compulsive durable avec une femme de ce genre. Il n'attend pas d'elle qu'elle le frictionne jusqu'à la mort, comme dans un supplice chinois.

Elle a refusé de nouveaux pensionnaires, les amis des connaissances, les connaissances des amis, elle n'aide plus personne, elle abandonne l'héritage Rotheim, l'idéal Rotheim. Que les migrants migrent ailleurs. Que les miséreux se sortent un peu tout seuls de leur misère. Elle se plante derrière sa porte et elle l'ouvre en grand pour le seul migrant qui vaille à ses yeux.

C'est la deuxième période la plus heureuse de son existence, répète-t-elle, jour après jour (eh oui, pensait Antoine, son époque hollywoodienne). À quinze ou seize ans, elle s'est sentie aussi bien, aussi sûre d'elle et de l'avenir. Après, rien que de la solitude, la guerre, une ferme au fond de la cambrousse, puis une vie austère auprès de sa mère, toute sa jeunesse au service de sa mère, de l'immeuble Rotheim. Il a fallu attendre la quarantaine pour connaître ces moments denses, où, dit-elle, même les tâches quotidiennes paraissent heureuses, où faire un lit est un bonheur, parce que Joseph Carmi a dormi dedans, où faire la vaisselle est réjouissant, parce que Joseph a vidé ce verre, saucé cette assiette, léché cette fourchette. Du bonheur, ça ? pense Joseph Carmi. Du bonheur abruti, oui. Il fait des efforts pour comprendre le bonheur de Louise Rotheim, ce n'est pas le sien.

Qu'aurait fait son vieux Baudelaire ? Rien de bien glorieux : dès qu'il a obtenu sa licence, à la fin de l'année, Joseph a filé, avec deux sacs, ses bouquins de droit, ses *Fleurs du mal*. Il s'agissait d'éviter la prison, la prison Rotheim. Quand Mlle Rotheim s'est aperçue de son départ, à l'absence des sacs surtout, elle n'a pas pleuré, elle s'est juste dit que cela faisait six mois, ce jour-là, que Joseph Carmi s'était présenté à elle sur la recommandation de son ami yougoslave. Or, aucun pensionnaire n'était resté plus de six mois chez les Rotheim, une convention jamais énoncée, toujours respectée. Six mois, c'était fatal, a-t-elle pensé, ce n'est pas lui qui est parti, c'est l'immeuble qui l'a expulsé. Le sale immeuble Rotheim agissait comme une personne, dans son dos : c'est ce qu'elle a préféré croire, pour éviter toute dépression. Une dépression chez les Rotheim ? Jamais vu, pas question de commencer. Elle s'est répété qu'elle savait, depuis le premier jour, comment tout cela allait finir. Deux périodes de bonheur, dans une vie, à quinze ou seize ans et à quarante-deux, cela devrait suffire, non ? Et six mois la période, c'est assez long, non ? Après six mois, ça ne s'appelle plus du bonheur. Et plus de deux périodes de bonheur, ça deviendrait répétitif. Il était temps de revenir aux principes rigoristes de papa Rotheim.

Elle n'a pas imaginé un instant que Joseph Carmi pourrait reparaître rue de Cléry ; d'ailleurs, elle ne lui aurait plus ouvert sa porte. M. Marossian avait reçu la consigne de l'éloigner, s'il se présentait au magasin ou même dans les alentours.

Il est revenu, pas tout de suite, mais bien revenu, après neuf ans, neuf ans et demi pour être exact, et Mlle Rotheim, sans y penser, avait en tête le compte exact des années et des mois. Joseph Carmi ne s'est pas arrêté chez M. Marossian, n'a pas hésité devant la porte de service, il a grimpé jusqu'à l'étage de Mlle Rotheim, sûr de lui :

– On héberge toujours les sans-logis, dans cette maison ?

Elle a balbutié deux secondes… oui… non… et elle ne s'est pas donné le temps de réfléchir plus longtemps. La colère ancienne a flotté devant elle, une fraction de seconde, chassée aussi vite par l'atavisme Rotheim, la générosité impérieuse : c'était fait, elle a offert une pièce, la pièce, sans demander, du moins sur le moment, de justification.

– C'est qu'il m'en faudrait deux, des pièces, a dit Joseph Carmi. Pas pour longtemps, quelques jours, nous ne dérangerons pas. Juste le temps de nous retourner.

Ils étaient trois en tout, Joseph, deux enfants. Ils attendaient au coin de la rue des Jeûneurs, avec les bagages : si Mlle Rotheim ne voulait pas les recevoir, elle en avait le droit, ils trouveraient bien un hôtel pas cher, ils avaient encore de quoi vivre. Ils ne demandaient pas l'aumône, prêts à contribuer aux frais de la maison. Ils se retireraient, si les pensionnaires affluaient.

Ils n'avaient pas l'air d'affluer, quelque chose de mort dans la maison Rotheim, des lits faits, comme toujours depuis cinquante ans, mais pas de trace des dormeurs ; des placards ouverts et vides.

L'hiver de 1971 approchait et plus d'endroit où aller, a-t-il expliqué, une sale passe, provisoire, mais bien sale. Il n'a pas voulu s'étendre sur son départ, en 1962, ce n'était pas le moment : on ne parle pas d'un départ le jour d'un retour.

Elle a fini par savoir qu'il avait entamé assez vite une carrière d'avocat, stagiaire dans quelques cabinets, inscrit au barreau en 1965, associé à un grand cabinet, un avenir en ligne droite, à l'opposé de sa vie d'étudiant chaotique. Mais, depuis quelque temps, sa vie faisait de nouveau des lacets, le genre compliqué, doubles nœuds. Sur la route en ligne droite de 1965, il avait embarqué au passage une jeune avocate stagiaire comme lui, facile, trop beau, la carrière et tout ce qui va avec, la blonde avec un nœud de velours noir dans les cheveux, l'installation dans un appartement haussmannien, un premier enfant, Antoine, en 1966, le mariage juste avant, quelques convenances à respecter encore, dans la famille d'une demoiselle Verne ; un deuxième garçon, au plus fort de Mai-68, Hermann, né en pleine Nuit des Barricades. La mère écoutait les événements sur un petit transistor, en plein travail, regrettant d'être là, plutôt que dans les rues, avec ses amis. Elle était devenue, en deux ou trois ans, une avocate militante, de plus en plus extrémiste, liée à des mouvements féministes encore embryonnaires, mais destinés à s'épanouir.

Ces deux enfants rapprochés tombaient mal, disait-elle. Joseph Carmi avait sûrement insisté, sans lui forcer la main. Si elle avait cédé, c'est qu'elle était encore, pour peu de temps, soumise à des modèles de domination masculine et bourgeoise obsolètes. Joseph Carmi, lui, restait attiré par la respectabilité de sa carrière et les mouvements en cours le dépassaient. La participation de sa femme à diverses mouvances l'amusait, l'agaçait ; l'agaçait surtout.

Élisabeth Verne-Carmi, comme elle s'est fait appeler, à partir de ce moment-là, s'est lancée dans l'action militante la plus dure. Elle avait manqué les journées de Mai, à cause d'Hermann, elle allait se rattraper. C'est du moins l'analyse qu'en faisait Joseph, cette interprétation l'arrangeait.

Tout cela, Antoine en a eu connaissance par son père ; tout cela, Véra elle-même le sait. Pour que beaucoup de choses soient tues, il faut que quelques-unes soient dites. Antoine a bien été obligé d'expliquer à Véra l'absence de sa mère à leur mariage.

Entre ses journées d'avocate et ses soirées de militante, Élisabeth Verne survolait sa vie de famille, survolait ses enfants. Antoine disait d'ailleurs à ses copains d'école maternelle que sa mère était au ciel.

Peu de temps après le Nouvel An 1971, Élisabeth s'est levée de bonne heure, a embrassé Antoine et Hermann dans leur lit, préparé deux valises. Une vieille Panhard noire, avait affirmé Joseph Carmi, l'attendait en bas. Elle devait refuser, à partir de ce matin-là, de revoir Joseph, de revoir même Antoine et Hermann. Trop d'obstacles à sa vie authentique, c'est tout ce qu'elle avait fourni comme explication à son mari. Il semblait qu'elle se soit installée en Bretagne, après avoir quitté le barreau. Selon Joseph Carmi lui-même, elle serait partie pour une femme, une lesbienne, votre mère, répéterait-il plus tard à ses enfants, chaque fois que le sujet serait abordé. Il n'avait rien d'autre à dire sur leur vie commune, sur ses goûts, sur sa personnalité, ce seul mot, lesbienne, pour la résumer, pour la chasser de leur esprit.

– Quand je pense, ajoutait-il quelquefois, que *Les Fleurs du mal* ont failli s'appeler *Les Lesbiennes*, c'était un signe. J'aurais dû me méfier.

Il s'était bien tenu, au début, noble, le père de famille abandonné avec ses deux enfants en bas âge, incapable de s'occuper d'eux, attirait la compassion, confrères, voisins, tous un mot encourageant, un mot irritant. Il ne voulait pas entendre parler de divorce. Dans le cabinet où il exerçait, ses deux confrères, depuis le début, lui refilaient tous les dossiers de divorce, presque sa spécialité, de plus en plus sa spécialité, une spécialité insoutenable. Il a commencé à manquer des rendez-vous : se taper les jérémiades de tous les abandonnés de la capitale, tout prévisible, tous comme lui, « mon semblable, mon frère », marre de ses semblables, marre de ses frères humains. Les dossiers n'avançaient pas, les honoraires ne rentraient plus, les confrères, faux frères, songeaient à se débarrasser de leur associé poids mort : ils lui ont racheté ses parts ; il aurait de quoi voir venir, du temps pour ses enfants, en attendant de régler sa situation, de leur retrouver une mère.

Il a traîné presque une année, les gosses laissés à la nourrice, les sommes gonflaient, il ne payait pas toujours. Joseph Carmi s'était mis au vin, baudelairien, le vin, il y revenait, il se raccrochait à ce qu'il avait aimé, même si c'était douloureux : « Un soir, l'âme du vin chantait dans les bouteilles »… « Le vin du solitaire »… « Le vin de l'assassin »… tout défilait. Du nuits-saint-georges, au début, quand il en avait encore les moyens, et pour dilapider ce qui lui restait, à sa manière suicidaire, posture de dandy XIXe siècle toujours, attardé dans le XXe. À force de boire cher et de ne plus payer la nourrice ni le loyer, il a reçu les premières mises en demeure d'huissier, un vrai luxe qu'il s'offrait, disait-il, avec la même dérision.

C'est comme ça que l'idée de se faire héberger rue de Cléry lui est venue : il n'imaginait même pas, dans son arrogance avinée, que Mlle Rotheim puisse lui refuser son secours. Elle l'avait accordé à la terre entière, pourquoi pas à lui ? Avait-elle couché avec la terre entière ? Avait-elle été abandonnée par la terre entière ? Petite différence avec les autres, promesse d'un privilège, surtout pour un père de famille avec deux enfants : comment ne pas avoir pitié de lui ?

Il n'avait pas tort, Mlle Rotheim s'est laissé envahir par ces trois irresponsables, comme elle les a rapidement désignés. Même le père, à ses yeux, était mineur, on ne pouvait pas lui faire plus confiance qu'à ses enfants de cinq et trois ans. Elle les a logés à distance d'elle, au début, tout en haut, au troisième étage, le moins bien aménagé, surtout pas dans la chambre de 1962. Plus tard, ils ont eu le droit de descendre au premier, l'étage familial, l'étage originel des parents Rotheim.

Louise n'a laissé paraître aucun signe de connivence sexuelle avec Joseph Carmi : vouvoiement, ton amical, mais ferme, pas de frottement en passant, pas de regard trop appuyé. Vraiment comme s'ils n'avaient jamais couché ensemble. D'ailleurs avait-il l'intention de renouer physiquement avec Mlle Rotheim, en revenant s'installer chez elle ? Il n'en était pas tout à fait sûr. Évidemment, elle avait dépassé la cinquantaine, il avait deux petits enfants à élever, il ne s'agissait plus de mener une vie d'étudiant relâchée.

Louise Rotheim l'engageait au sérieux, à cesser de boire, à reprendre son activité d'avocat dans un autre cabinet, à régler sa situation avec sa femme. Elle se posait en directrice de conscience un peu irritante, désintéressée et distante. Il n'imaginait pas qu'elle se donnait ce rôle pour se prémunir contre le mal possible. Joseph a la trentaine, se disait-elle, il va réorganiser sa vie en peu de temps, il repartira comme la première fois, dans deux ou six mois ; surtout ne pas répéter les mêmes erreurs, la même souffrance. Et il est resté, il est toujours là, trente ans après. Si Antoine en est encore à démêler ses histoires avec Mlle Rotheim, c'est parce qu'un pauvre type s'est imposé chez elle, a imposé cette vie à ses enfants.

Tant qu'il a eu des ressources personnelles, avant d'avoir épuisé l'argent de ses parts, le reliquat d'affaires anciennes, Joseph a contribué aux dépenses courantes. Après, jusqu'à la création du RMI, il est resté à la charge de Louise, riche seulement du loyer de M. Marossian, augmenté régulièrement, avec son accord plus ou moins amical.

Mlle Rotheim s'était attachée aux enfants en quelques mois. Elle reconnaissait en elle-même, et parfois devant tout le monde, qu'elle n'avait gardé le père que pour ses enfants, l'occupation de sa nouvelle vie : les habiller, les nourrir, les faire travailler, c'était devenu son métier, elle, une demoiselle de cinquante, soixante ans. Joseph Carmi se reposait entièrement sur elle, il se gardait bien d'émettre la moindre critique sur les méthodes d'éducation, les grands principes familiaux de Mlle Rotheim. Le principal, semblait-il, était pour lui de garder sa place, un toit, un lit. Sa vie s'était immobilisée et il se disait heureux, pourvu qu'il ait la garantie de remplir son verre de vin et de relire, de temps en temps, des poèmes de Baudelaire.

Antoine et Hermann Carmi ont accepté les transformations de leur vie avec l'incompréhension et l'acuité de leur âge, sans savoir que la corde invisible, la corde de la maison Rotheim, passait désormais par eux, allait les tenir serrés un long moment. Une mère absente se voyait remplacée par une sorte de grand-mère plus attentive. Les enfants la vouvoyaient, l'appelaient Mademoiselle : c'était une étrangère, mais elle participait à leur toilette, les houspillait pour qu'ils enfilent plus vite leurs chaussettes et, à la fin, les aidait à mettre les doigts de pied au fond, le talon bien droit derrière. On vous dispute, on vous aide, la belle vie d'enfant.

La belle vie, c'était aussi les étages : des étages qui appartenaient à Mlle Rotheim, chez eux donc, mais des étages à peine meublés, avec des lits de fer, des draps rugueux, des couvertures mangées aux mites, une ampoule descendue du plafond, une salle de jeux multipliée. Mlle Rotheim leur rappelait que ces chambres étaient sacrées, qu'elles avaient sauvé plus d'un malheureux, permis de relancer des vies compromises, la leur peut-être aussi ; ils en riaient bien, si elle avait regagné son propre coin au premier étage. Ils jouaient à l'émigré malade, à l'émigré résistant, à l'émigré armé, attendant, derrière sa cage de fer, l'intrusion de la police politique ; l'histoire de l'immeuble Rotheim tournée en farce, les meilleurs moments de ces années-là.

Louise Rotheim a manifesté assez tôt sa préférence pour Antoine, en affirmant qu'il ne ressemblait pas à son père. Son regard, quand elle prononçait cette phrase ou une autre, voisine par le sens, signifiait nettement que cette dissemblance était sa plus grande qualité. Joseph

Carmi ne semblait pas entendre, pas comprendre, il était au-dessus ou, comme le disait Mlle Rotheim, à côté, oui, c'était bien lui, un homme toujours à côté. Elle l'a dénigré un peu moins, au bout de quelques années, quand leur vie bancale a pris une allure routinière.

Les enfants, les premières années, ne reconnaissaient pas nettement, dans ces remarques acerbes, les derniers affleurements d'un passé commun à leur père et à Mlle Rotheim. La demoiselle était moqueuse, c'est tout, elle se moquait de la mollesse de Joseph et de l'apathie d'Hermann.

Le cadet avait très tôt pris modèle sur son père : désintérêt pour tout, goût pour le sommeil prolongé, la satisfaction de l'estomac, l'attente vide. Il consentait à agir si son aîné l'entraînait dans les étages, le commandait, lui attribuait un rôle dans ses jeux. Il obéissait facilement à Mlle Rotheim aussi, tandis qu'Antoine refusait souvent d'exécuter certaines tâches, raison supplémentaire, pour elle, de préférer un garçon au caractère affirmé, comme celui de son propre père, disait-elle. Hermann faisait beaucoup d'efforts pour obtenir la protection de la vieille demoiselle : il lui apportait ses chaussures et le chausse-pied, lui comptait ses sucres dans le thé ou la tisane, mettait de l'ordre dans les couverts, un garçon attaché à des gestes répétitifs. Il obtenait ses récompenses, un mot, une cajolerie sur la joue, jamais d'éloges grandioses comme Antoine. Celui-là lisait tout, savait tout, curieux du reste, à la hauteur des premiers pensionnaires de la maison Rotheim, à l'époque de son père, ces hommes brillants, un peu déchus, qu'elle avait admirés pendant son enfance et son adolescence, avant de les voir disparaître et ne jamais être remplacés.

Elle était toujours prête, avec lui, à des effusions prolongées et étonnée de ses rebuffades. Elle se le demandait encore, bien plus tard : pourquoi ces refus d'obéissance, ces retraits, cet éloignement volontaire, puisqu'elle le préférait ? Il était vif, actif et, d'un seul coup, silencieux, pas du même silence que Joseph ou Hermann. Chez eux, le silence était lâche et diffus ; chez lui, plein, concentré ; le même silence qui allait déconcerter Véra Carmi déroutait déjà Mlle Rotheim. Qu'avait-il à lui cacher ou à lui reprocher ? Elle se retenait autant que possible de le traiter d'ingrat, puis elle retrouvait d'autres raisons de l'admirer, de le préférer, de le soigner aussi.

Vers neuf ou dix ans, il a développé une série de tics, sur le visage et par tout le corps. Nouveau contraste avec Joseph et Hermann, aux traits impassibles et inexpressifs, au corps et à l'esprit inertes. Antoine avait acquis la réputation d'une « boule de nerfs », les yeux plissés par saccades de quelques secondes, le front relevé et abaissé dix fois de suite, le nez soulevé par des mouvements convulsifs des lèvres, les bras, les épaules secoués à n'en plus finir. Mlle Rotheim s'inquiétait.

– Ça lui passera, disait Joseph Carmi, tous les enfants, à un moment ou à un autre, ont des tics.

Mais Hermann, lui, n'en avait pas.

– Hermann, c'est autre chose.

Elle a emmené Antoine consulter, pour découvrir la cause de ses tics et la guérir. La cause est restée obscure, les soins, à la longue, des gouttes homéopathiques, ont passé pour efficaces, puisque, un peu plus d'un an après, l'enfant était à peu près débarrassé de ses mouvements involontaires.

– J'avais bien dit que ça passerait, a avancé Joseph Carmi.

– Sans mes gouttes, il en serait toujours au même point.

La discussion, comme toutes leurs discussions, s'est arrêtée là.

Seule Véra, vingt ans plus tard, était capable de repérer une séquelle de ce temps-là, à certains mouvements de l'épaule droite. Antoine n'avait pas pris la peine de lui exposer le détail de ses tics d'enfant : il niait tout lien entre ce geste résiduel et ceux du passé, au point de nier la réalité du tic lui-même ; au point de nier aussi toute réalité dérangeante à ses yeux.

La formation des enfants, Mlle Rotheim a bien été obligée de la prendre tout entière en main. Elle ne pouvait pas compter sur leur légume de père, avachi dans son fauteuil Voltaire décoloré, parvenu, avant quarante ans, au renoncement : pas d'avenir, ni pour lui, ni pour ses enfants, un scandale pour Louise Rotheim, heureusement que je suis là. La situation l'arrangeait aussi : deux garçons à élever sans rendre de comptes à personne, surtout pas au père. Il leur fallait une éducation artistique, a-t-elle pensé. L'art vous enrichit. Pour elle, s'enrichir avait d'abord un sens pécuniaire. À force de manquer d'argent et de vivre dans son immeuble comme si elle en avait beaucoup, elle ne pouvait pas faire trois phrases sans manifester des préoccupations financières : le prix du moindre objet évoqué par l'un ou l'autre, les sommes qu'il faudrait réunir pour aménager les chambres. Et, curieusement, elle liait sans cesse l'argent et l'art, deux axes de sa vie : il fallait être un artiste pour être riche et être riche pour être un artiste, un discours obsessionnel. Devant un Rembrandt, au Louvre, elle disait :

– Vous voyez, les enfants, ça, aux enchères, ça crèverait le plafond.

Le dimanche matin, au Louvre, c'était parfois gratuit, Mlle Rotheim traînait les deux frères, section après section, dans tous les sens, éblouie par la valeur des œuvres réunies. Valeur artistique d'abord, naturellement, valeur marchande un peu aussi. Plus de vingt ans après, Antoine en est toujours là : sa sacoche, dans l'entrée, pèse de tout son poids de valeur artistique et de valeur marchande.

– Plus tard, vous serez de grands artistes, disait-elle, vous gagnerez beaucoup d'argent et vous relèverez la maison de votre pauvre Mlle Rotheim.

Elle leur en demandait la promesse, ils consentaient, dans l'ennui du dimanche matin. Hermann voulait bien, pourvu que Mlle Rotheim n'exige pas de lui trop d'efforts. Antoine n'aimait pas ces têtes figées sous des croûtes de peinture, ces paysages de campagne avec ruminants et divinités en pagaille. Il ne mentait pas, quand il disait à Véra qu'il avait vu trop de tableaux dans son enfance pour avoir retenu quoi que ce soit et avoir envie d'en revoir.

Ce qui lui a plu davantage, une fois, la révélation de son enfance, c'est le jour où il a vu son premier film. Grève des gardiens de musée, au Louvre, un dimanche sans art, donc sans valeur, Mlle Rotheim s'était rabattue sur un film dans l'après-midi. Elle ne connaissait pas grand-chose au cinéma, les films pour enfants ne lui disaient rien, le dernier film d'Alfred Hitchcock venait de sortir, on en parlait. Antoine a commencé par la fin : le dernier film de Hitchcock, *Family Plot*, 1976, *Complot de famille*, peut-être pas son meilleur, mais il ne connaissait rien des autres films du cinéaste. Même un mauvais Hitchcock reste un film impressionnant : Antoine s'était bien un peu perdu dans les péripéties, mais l'image d'une dame avancée en âge, Julia Rainbird, à la recherche d'un héritier confié à des parents adoptifs, lui avait renvoyé celle de Louise Rotheim en personne. L'art, au milieu des fantaisies d'un scénario, pouvait ressembler à la vie, il en était tout surpris. Mlle Rotheim n'avait remarqué aucune ressemblance entre le personnage et elle ; le film lui avait plu parce que les personnages couraient après l'argent d'un héritage et le diamant Rainbird. Hermann, à huit ans, n'avait pas eu le temps de lire les sous-titres et cette agitation incompréhensible sur l'écran l'avait beaucoup fatigué.

Cette première expérience en avait entraîné d'autres : Antoine surveillait les conflits sociaux dans la corporation des gardiens de musée (si Véra, dans sa volonté de relire le passé, savait à quel point, à treize ou quatorze ans, il se souciait d'eux, elle y verrait un indice propre à renforcer sa conviction), il souhaitait des grèves illimitées, en inventait, à l'occasion, pour convaincre Mlle Rotheim d'aller voir un film. Mais le cinéma, c'était payant, il fallait choisir entre manger et se distraire.

Antoine a pris l'habitude de se rendre au cinéma tout seul. On reprenait les anciens Hitchcock dans de petites salles, il se glissait dans la foule, côté sortie, il remontait le flux, se cachait dans des toilettes, attendait la fin du générique, les premiers plans, un moment plus noir dans la salle, et se jetait au premier rang. Pendant longtemps, il n'a jamais vu le début d'un Hitchcock ; presque un plaisir, être obligé de reconstituer les images manquantes. Quels plans le cinéaste avait-il imaginés pour en arriver là où nous étions ? Il les reconstruisait lui-même. Il a revu tous ces films, avec leurs commencements, plus tard, pour comparer ses souvenirs avec les images vraies. Il était bien obligé de constater le peu de concordance entre les deux, une déception perpétuelle, pas mal de vanité aussi, quand il parvenait à se convaincre que ses plans imaginaires valaient mieux que ceux de sir Alfred.

Cette frénésie de jeune cinéphile l'a conduit, au milieu des années quatre-vingt, à tenter le concours de l'IDHEC, l'école de cinéma de l'époque. Deux années de suite, il a proposé un scénario mélangeant, en cinq minutes, une histoire d'espionnage, une intrigue amoureuse et de l'humour ; trop dense pour un court métrage : il a été recalé les deux fois.

Mlle Rotheim ne savait pas trop que penser de ces ambitions cinématographiques. Elle n'était pas sûre que le cinéma soit un art et un tel choix, de la part d'Antoine, la décevait. D'un autre côté, il était bien connu que cette industrie brassait de grandes quantités d'argent. Et, si son Antoine avait persévéré et réussi dans cette voie, elle aurait fini par admettre qu'une industrie, dans certains cas, pouvait présenter une dimension quasi artistique.

Antoine Carmi a abandonné toute ambition de cet ordre, allez vous faire voir, techniciens, scénaristes, metteurs en scène, comédiens, producteurs, puisque vous n'avez pas voulu de moi, vous n'existez pas. Seul Mr Hitchcock a existé, il est d'une autre essence que vous ; le cinéma a disparu le 28 avril 1980, jour de la mort du cinéaste. C'est de cette manière qu'Antoine, devant son père, son frère et Mlle Rotheim réunis, a pris congé de la carrière artistique. Il lui en est resté un goût pour les images de cinéma et cette habitude, heureuse ou désastreuse selon les jours, de rapporter les événements de son existence à un plan, à une séquence ou à un film de Hitchcock, pour leur donner le sens ou la valeur qui leur manquait et, plus souvent, pour leur enlever leur poids de vie trop commune.

Il a entamé des études de comptabilité, pour satisfaire Mlle Rotheim. À défaut d'être un homme de l'art, il pourrait devenir un homme d'argent, maîtriser les questions monétaires, équilibrer les recettes et les dépenses, rétablir la situation financière de sa famille biologique et adoptive, de plus en plus compromise.

M. Marossian avait passé l'âge de la retraite et s'apprêtait à renoncer au commerce de tissus en gros, donc à résilier son bail commercial, le revenu unique de Mlle Rotheim.

– Vous trouverez facilement à me remplacer, répétait-il pour la rassurer.

Mais l'immeuble et le magasin étaient si dégradés que tous, rue de Cléry, savaient bien qu'on ne trouverait pas de successeur à M. Marossian, à moins d'une rénovation complète. Et comment, sans le loyer qui vous permet tout juste de manger, rénover une bâtisse pareille ?

Il existait bien des solutions, disait Mlle Rotheim, mais elle ne voulait pas y songer, du moins pas maintenant. Quelles solutions ? Des solutions. Les solutions étaient à la cave, la dernière extrémité, mais il valait mieux éviter d'en arriver là trop vite, ce serait défaire le passé Rotheim, saborder ses souvenirs personnels, tout ce qu'elle avait partagé avec les Carmi et avec eux seulement. Cela leur appartenait autant qu'à elle, elle voulait qu'ils en soient convaincus : son histoire, c'était la leur. En contrepartie, naturellement, c'est par là qu'elle les tenait, sans le dire, en le faisant bien sentir pourtant, les enfants pouvaient peut-être faire un effort, après avoir bénéficié de son secours. Leur reconnaissance prendrait les formes qu'ils souhaiteraient… En tout cas, l'avenir financier de la maison reposait sur eux.

Hermann, il ne fallait pas trop compter sur lui. Il avait atteint la terminale par miracle, sans pouvoir décrocher son bac, malgré quelques redoublements. Il copiait les attitudes de son père ; pas d'alcool, toutefois, son estomac ne le supportait pas. Il s'était plutôt mis aux joints, au contact de quelques compagnons de déroute ; il les interceptait au passage, se contentait de ceux qu'on lui offrait, pour ne pas dépenser. Un amateur lui avait fait découvrir les amphétamines, c'était devenu sa grande affaire, se procurer des amphés, son plus grand plaisir, la seule quête qui le mettait en mouvement. Mlle Rotheim avait essayé de s'opposer à ces pratiques qu'il ne gardait même pas secrètes. Elle avait renoncé, de même qu'elle laissait boire Joseph. Hermann avait de qui tenir, ce n'étaient pas des incapables pareils qui allaient remonter la maison Rotheim, elle s'en était toujours doutée, une évidence, ils allaient même accélérer sa ruine.

Le seul qui montrait un peu d'énergie, c'était Antoine, Mlle Rotheim avait bien raison de le préférer, pensait-elle. Les autres avaient besoin d'elle, bien entendu, elle ne les abandonnait pas, aucun Rotheim n'avait abandonné qui que ce soit, mais elle avait bien le droit d'avoir des préférences et, à partir de ce moment, elle n'a compté que sur lui.

Antoine Carmi aurait bien voulu sortir du cercle, il pensait que le moment était proche, mais les autres le retenaient, avec leurs mines quémandeuses : l'argent de ses premiers stages, il l'a versé intégralement à la communauté. Il ne pouvait pas leur faire défaut. Depuis l'éloignement définitif de leur mère, ils avaient formé ce noyau insécable avec Louise Rotheim, pour tenir mieux, pensaient-ils, il ne voyait pas encore comment se délier de cet engagement tacite.

Il s'est présenté au service comptabilité de la Custod Limited ; engagé, formé, remarqué, salaire honnête. La troisième année, un poste s'est libéré, secteur commercial : se sentait-il capable de le prendre ? Sa direction le pensait.

– Je ne connais rien aux peintures aéronautiques, a-t-il objecté, je ne connais même rien aux avions. Incapable de distinguer un Airbus d'un Boeing.

Il ne s'agissait pas de connaître, la connaissance, c'est secondaire, mais de vendre. Il a vendu et bien vendu. La Custod a obtenu, en partie grâce à lui, le marché des Airbus. Il a fait qualifier par le groupe aéronautique une gamme nouvelle de peinture industrielle spécifique, beau résultat, reconnaissance immédiate et proposition d'un poste plus important : couvrir l'Europe du Sud, avec un salaire et des primes comme on n'en avait pas vu depuis longtemps dans la maison Rotheim.

Antoine a renoncé à reverser tous ses gains à la famille ; une pension mensuelle suffirait, puisqu'il était toujours logé rue de Cléry, pour couvrir les besoins collectifs. Personne n'a exigé qu'il abandonne tous ses revenus au profit de la communauté, on voulait bien comprendre, mais chacun sentait que l'époque fusionnelle touchait à sa fin.

Antoine a fait ses premières missions à l'étranger, premières absences prolongées, liberté gagnée. L'existence de son père et de son frère lui paraissait d'un seul coup insupportable, abjecte même, a-t-il songé, tout en s'effrayant de cette pensée nouvelle, pas si nouvelle, en vérité, mais jamais formulée aussi clairement : abjects, ils sont abjects, Mlle Rotheim elle-même est abjecte de les avoir laissés pourrir sur pied, d'avoir peut-être encouragé son père à la boisson, à l'inertie, pour les garder tous auprès d'elle, pour ne pas vieillir toute seule dans sa grosse bâtisse sale. Elle nous a aidés, elle a profité de nous aussi, comme nous avons profité d'elle. Celui qui vous aide est un profiteur. Non, interdit de penser de cette façon : si leur vie était abjecte, il était encore plus abject de développer de pareilles idées, le pire serait même de les exprimer en présence de Mlle Rotheim.

Il s'est laissé aller, quelquefois, blessant, quand il apercevait, s'il avait évoqué les sphères nouvelles où il évoluait, les images de mine argentifère qu'il faisait naître dans leurs yeux. Hermann ou son père se cabraient, la fâcherie n'était pas loin, retenue tout de même : il ne fallait pas perdre de vue la contribution mensuelle à venir. Mlle Rotheim rétablissait la paix, en appelait au passé de l'immeuble, dont les Carmi, plus que personne, étaient les bénéficiaires et les derniers représentants. Elle a encore utilisé l'argument, le 4 avril, Antoine s'en souvient, alors que les aiguilles fluorescentes du réveil, à côté de lui, attirent sans cesse son regard (trois heures), alors que Véra, de l'autre côté, se tourne et se retourne.

– Pense à tout ce qui était avant nous, à tout ce qui s'est passé ici, tu n'as pas le droit d'arrêter tout ça. Tant que nous sommes là, tous ensemble, cette histoire continue.

Le chantage habituel, elle y revenait, sans crainte, sûre de son effet. Chantage, oui, se répétait Antoine, et il ajoutait, comme pour s'affranchir d'elle, sa fuite indispensable, *Chantage*, ou plutôt *Blackmail*, un Hitchcock de 1929, un des meilleurs de sa première période. Il a baissé la tête :

– Alors, tout ce que vous voudrez, allez-y, demandez, je verrai ce que je peux faire. Si ce n'est plus de l'argent que vous me réclamez, tout va bien. Mais je ne vois vraiment pas ce que vous pouvez me demander en dehors de l'argent.

Pourquoi leur céder encore ? Leur en devait-il autant ? Il s'en voulait toujours après, mais, sur le moment, il ne trouvait pas le moyen de leur refuser quoi que ce soit. Pour les femmes, avant Véra, il leur avait cédé aussi, plusieurs fois, dès l'époque de son engagement à la Custod. Sa première erreur : installer rue de Cléry une fille avec laquelle il commençait à construire une relation durable, une fille engagée en même temps que lui au service comptabilité et qui s'emmêlait dans les chiffres. Il lui donnait un coup de main pour la sauver des ennuis ; la tradition Rotheim, en somme, transposée à une autre époque, dans une autre situation. Dans l'entre-deux-guerres, il fallait secourir des hommes pourchassés par des pouvoirs fanatisés ; à la fin du XXᵉ siècle, sauver les individus de la tyrannie des chiffres. Antoine Carmi tenait son rôle dans son temps.

Il se donnait double travail pour éviter le renvoi à une Clara perdue dans ses dossiers, puis éperdue. Elle lui avait offert sa reconnaissance en le raccompagnant en voiture, rue de Cléry. Elle l'avait retenu, avant qu'il n'ouvre la portière, une main sur le haut de la cuisse gauche, l'autre sur l'épaule droite, pour l'attirer à elle. Ces gestes l'avaient remué, comme s'il découvrait à la banalité une qualité de prestige qui lui avait échappé. Une fille de son âge lui faisait des avances dans une voiture, comme dans un film de Hitchcock.

Clara se conduisait en amour comme avec les chiffres : elle introduisait une dimension de confusion (caresses tournoyantes, embrassades brutales, agitation) plutôt excitante, tant qu'elle ne s'appliquait pas à la sphère professionnelle.

Antoine Carmi avait pris l'habitude de la faire monter au deuxième étage. Tous ces lits bien faits, à l'ancienne, ces draps de lin d'avant-guerre, l'ordre et la rigidité du passé la mettaient dans des états dont Antoine profitait comme s'il avait eu quinze ans. Elle aimait changer de lit, faire valser les traversins et les couvertures, désordre éblouissant qu'il s'efforçait d'effacer à son départ, comme il avait redressé ses comptes, dans l'après-midi, pour lui éviter les réprimandes de la hiérarchie, pour s'éviter, le soir, celles de Mlle Rotheim.

Cette présence nouvelle, pas très discrète, irritait le premier étage, beaucoup de dérangement pour rien, grognait Joseph Carmi.

— Est-ce bien une fille pour toi, pour un garçon tel que toi ? glissait Mlle Rotheim.

— Le danger, c'est de se retrouver avec des bouches supplémentaires à nourrir, ajoutait Hermann.

Ce dénigrement perpétuel, ajouté à l'impossibilité de toujours sauver la mise à Clara, dans son service, avait eu raison de ce qu'il croyait être une passion. Le contrat à la Custod n'avait pas été renouvelé, trop de bourdes accumulées, un aplomb déplaisant pour justifier ses erreurs, celles qu'Antoine n'avait pas eu le temps de rectifier ; une fille un peu trop bête, avait-il conclu lui-même. C'était curieux, ils le disaient tous, depuis le début, qu'elle était bête, à la Custod, rue de Cléry et il avait attendu six mois avant de l'admettre, comme s'il était possible d'avoir raison contre tous les autres.

Pour la deuxième, il a bien cru que les autres, tous les autres, lui donneraient raison : bon accueil, cette fois, estime immédiate et affichée, il se sentait encouragé, il les a aimés, à ce moment-là, les Rotheim-Carmi, il allait de nouveau fusionner avec eux, une figure nouvelle s'agrégerait à la tribu, s'y fondrait à son tour, du bonheur, presque à l'état natif.

Elle était arrivée jusqu'à lui par son collègue et nouvel ami Pascal Albin, entré à la Custod un an après lui, un pur commercial, ce Pascal Albin. Quand Antoine Carmi avait intégré la même équipe, c'est avec lui qu'il s'était le mieux entendu : même âge, même envie de bousculer les installés, poussés tous les deux par la direction à faire plus de chiffre que les vieux dont il était temps de se débarrasser. Leur sphère de contrôle s'est étendue, à eux deux ils allaient couvrir l'Europe, pas encore se la partager, attention, vous travaillez pour votre société, rien que pour elle. Ils avaient beau se mettre en garde mutuellement, ils ne pouvaient pas s'empêcher, Pascal Albin surtout, de se dire qu'ils « pesaient » trois cents ou cinq cents millions de dollars, le marché qu'ils contrôlaient, que la Custod contrôlait, qu'ils contrôlaient quand même un peu, allez, il faut le dire, se faire peur, se donner un vertige, de temps en temps :

– C'est bien moi qui pèse cinq cents millions.

Antoine Carmi admirait l'aplomb de son ami. Lui, une phrase pareille, il était obligé de se forcer un peu pour la prononcer, il n'y croyait pas tout à fait, mais il n'était pas malvenu de se vanter, à la Custod et autour de la Custod, pour impressionner les autres, pour les écœurer aussi, ce plaisir nécessaire dans sa sphère de travail : être suffisamment détesté pour être mieux aimé. La sphère de Pascal Albin était plus large que celle d'Antoine Carmi, il drainait autour de lui des dizaines d'amis, de connaissances, d'intimes, selon le rang de chacun. Antoine était toujours surpris de constater que ceux qui avaient le titre d'intime étaient précisément ceux avec lesquels Albin semblait partager le moins d'intimité ; aucune profondeur entre eux, beaucoup de verres, des cocktails colorés, criards même, des rires, du sport. Antoine Carmi voulait bien participer à cette joie nouvelle pour lui, pas toujours convaincu qu'elle lui convenait, au moins elle le changeait de l'atmosphère de la rue de Cléry, de l'amertume bougonne de son père, des brefs moments d'excitation de son frère, suivis de longues périodes amorphes, de la nostalgie répétitive de Mlle Rotheim. Il côtoyait l'avenir après avoir vécu dans un passé qui n'était pas le sien. Seul l'avenir était vrai, répétaient-ils tous, tu es un garçon d'avenir, l'avenir t'appartient, nous appartient, tu pèseras tant de millions dans cinq ans, il faut voir à long terme, les courbes de l'avenir apparaissaient sur des graphiques, des projections, on pouvait y croire, il y croyait.

Il a réussi à y croire encore plus quand, dans la sphère des intimes, toujours plus vaste autour de lui, Pascal Albin lui a présenté une grande brune, une fille d'avenir, elle aussi, chargée de mission dans une grande société de retraitement des eaux. L'eau vraiment pure, un grand enjeu des siècles à venir ; l'accroissement de la population mondiale entraînait l'accroissement des besoins en eau et, particulièrement, en eau irréprochable.

Elle lui avait présenté sa carte, un geste curieux pour des intimes, avait-il pensé, mais c'était une fille comme ça, carrée. Après Clara, brouillonne au possible, une fille carrée, il pourrait essayer. Ce n'est pas cela qui l'a décidé, le geste lui-même, lui fourrer sa carte sous le nez, l'aurait plutôt refroidi, non, ce qui l'a décidé, c'est la carte elle-même : il l'a lue de travers, un vertige brutal, elle se prénommait Marine, mais, sous ses yeux, s'est formé le nom Marnie et, tout de suite, des images l'ont traversé, *Marnie*, Alfred Hitchcock, 1964, version française intitulée *Pas de printemps pour Marnie*. C'était la fin de l'hiver.

– Vous vous appelez vraiment Marnie ?

Il l'a regardée de plus près, brune, foncée. Était-il possible qu'elle soit teinte en brune, comme la Marnie du film ? C'était une blonde, Marnie, une femme double, brune au début, puis elle révélait sa blondeur, l'actrice Tippi Hedren.

– Pas Marnie, Marine, ne me dites pas qu'il y a une erreur sur ma carte.

Il l'avait relue, Marine Touchard, rien à dire, pas de Marnie.

– J'aime par-dessus tout les films de Hitchcock, s'était-il justifié en adoptant le rire en vigueur dans la sphère Albin, vous connaissez *Marnie* ?

Le titre lui disait quelque chose, elle avait dû voir le film à la télé, un soir, tard. Antoine s'en voulait, confondre Marine et Marnie, se ridiculiser aux yeux d'une fille aussi sûre d'elle. Véra lui suggérerait un jour qu'il avait dû souffrir d'une forme de dyslexie, il nierait. Il ne pouvait pas nier, en revanche, son orthographe le plus souvent altérée : elle rewritait ses articles, ses rapports, elle lui signalait, les premières fois, en dehors des fautes d'accord, de fréquentes lettres inversées :

– C'est au moins de la dysgraphie, avait-elle souligné, à défaut de dyslexie.

Il reconnaissait que l'orthographe avait été son seul point faible, dans sa scolarité, mais aucun maître, aucun professeur n'était allé jusqu'à évoquer un pareil dysfonctionnement. La fatigue, trop de travail pouvaient entraîner un relâchement de la vigilance et expliquer ces petites fautes, expliquer qu'un soir, devant un cocktail jaune et vert, il avait pu lire Marnie à la place de Marine. Il s'était senti stupide au point de ne plus guère oser lui parler, au cours des rencontres amicales organisées par Pascal Albin. Mais la stupidité, pas de meilleure arme : il a vu qu'on redonnait *Marnie* au cinéma, un cycle Hitchcock au Champo.

– Tu te souviens que je t'avais appelée Marnie ?

Un bon rire collectif avait salué une erreur désormais passée. Ils étaient allés voir *Marnie* tous les deux, une séance tardive.

– J'espère que, dans ton esprit, je n'ai rien à voir avec cette Marnie, avait-elle dit à la sortie.

En réalité, elle n'avait jamais vu le film auparavant et le personnage, associé à sa personne, lui paraissait invraisemblable. Elle préférait en rire, mais, vraiment, cette demi-folle, voleuse et frigide à cause d'une mère criminelle, était éloignée d'elle plus qu'aucun personnage de cinéma.

Antoine Carmi reconnaissait que toute ressemblance était exclue, que cela n'avait pas d'importance, juste une petite erreur de lecture initiale, petite erreur, tout de même, qui les avait conduits à se retrouver tous les deux, après minuit, à la sortie d'un cinéma. Comme elle occupait encore une chambre chez ses parents, à Rueil-Malmaison, ils avaient marché jusqu'à la rue de Cléry, deuxième étage, lit tout frais, bien fait, décor un peu spartiate, avait jugé Marine, mais elle avait à cœur de montrer, s'était dit plus tard Antoine Carmi, qu'elle n'était pas Marnie : le contact avec un corps d'homme ne lui semblait pas repoussant.

Antoine savait bien qu'aucun lien objectif ne pouvait exister entre la Marnie de Hitchcock et la Marine qui s'était déshabillée, à genoux sur son lit, avec une grande décontraction. Il n'empêche que, jusqu'au dernier moment, il s'était attendu à ce qu'elle le repousse, comme Tippi Hedren refuse Sean Connery. Mais non, Antoine Carmi devait se résigner, il ne serait jamais Sean Connery, ses ambitions cinématographiques étaient depuis longtemps enterrées. Marine avait la jouissance longue, presque trop, elle geignait sans attendre et elle ne s'arrêtait plus. Trop beau, avait pensé Antoine quelquefois, si ça se trouve, elle feint, elle en rajoute, les Marnie d'aujourd'hui surmontent leur dégoût.

Elle était devenue moins démonstrative, après quelques mois, mais toujours entière, active, sûre d'elle : Marnie s'était complètement effacée derrière Marine. Tu devrais regarder les autres vraiment en face, s'était-il dit, au lieu de plaquer sans arrêt des images artificielles sur la vie réelle. La vie réelle, pourtant, il la connaissait, la vie

115

réelle, pour lui, c'était de la peinture sur des carlingues d'avion, à l'extérieur, à l'intérieur ; la vie réelle, c'était de l'eau de plus en plus pure, protégée, nettoyée par les soins de Marine Touchard. La vie réelle, c'était, à l'extérieur, son avenir professionnel à la Custod, mais à l'intérieur, qu'est-ce que c'était, sa vie réelle ?

Il a pensé faire une fin, à vingt-cinq ans, faire une fin, c'était donner le même avenir à sa vie professionnelle et à sa vie intérieure, en proposant à Marine Touchard de l'épouser.

Elle était bien vue, rue de Cléry, jugée un peu trop bruyante au début, mais elle avait appris à se montrer plus discrète et, si elle descendait au premier étage pour partager le repas de la communauté, plutôt chaleureuse. Sa présence avait eu un effet bénéfique sur les trois autres membres du groupe. Joseph ne buvait qu'en cachette ; de toute façon, il n'était jamais ivre, juste un peu hésitant, s'il faisait quelques pas à l'étage, aucun autre signe, un alcoolisme latent. Hermann restait enfermé le plus souvent, on ne savait pas trop ce qu'il faisait.

Mlle Rotheim avait proposé d'aménager le deuxième étage pour les futurs mariés, mais Marine avait fait savoir qu'elle comptait bien s'installer avec Antoine dans un autre quartier, pas rue de Cléry. Sa première erreur aux yeux de Mlle Rotheim, rachetée rapidement dans la mesure où aucun des logements visités ne convenait. Elle a accepté, les premiers mois du mariage, de rester rue de Cléry et Mlle Rotheim ne cachait pas qu'elle comptait bien voir la situation s'éterniser : son Antoine pouvait poursuivre sa vie près d'elle, même avec Marine. Qu'est-ce qu'elle deviendrait toute seule, avec ces deux mollusques, Joseph et Hermann ?

Le mariage avait eu lieu à Rueil, du grandiose, la famille de Marine mariait sa première fille à un cadre plein de promesses, garçon de haut vol, avait précisé Joseph Carmi lui-même, lors de la première rencontre des deux familles. Mlle Rotheim avait accédé au grade de Mme Rotheim et au rang de grand-mère maternelle ; le décès de sa fille supposée, mère d'Antoine et d'Hermann, avait été rapidement évoqué, pour éviter les détails sordides et toute tristesse dans des circonstances heureuses.

Les parents de la mariée avaient réglé la moitié des frais, l'autre partie, à leur grande surprise, avait été réglée par le marié lui-même. Ce devait être sans importance, un cadre commercial, homme de haut vol, spécialisé dans les peintures aéronautiques, avait forcément l'habitude de prendre en main les affaires financières.

Le couple a passé deux ans rue de Cléry, avant de louer, dans la précipitation, un appartement étroit, rue de la Convention. La vie communautaire avait connu, au cours de ces deux années, une dégradation sournoise mais persistante. Antoine ne se rendait compte de rien, sa faiblesse, il ne comprenait pas, a fini par souligner Marine Carmi, qu'il puisse exister des rapports entre les gens. Il n'a pas vu qu'en son absence, des absences de plus en plus fréquentes, dès cette époque-là, Marine participait à la vie de la rue de Cléry, plutôt à la non-vie, à l'ennui de la rue de Cléry.

Il n'a pas saisi tout de suite les reproches qu'allait adresser Mlle Rotheim à sa femme : une fille trop curieuse, cette Marine. C'était bien, pour commencer, la curiosité, elle montrait de l'intérêt pour la famille, pour son passé, flatteur. Mais, à force, au cours de certains repas, elle s'était conduite comme une fouineuse plus que comme une curieuse. Elle profitait des états intermédiaires de Joseph Carmi pour le faire parler et le maladroit y trouvait son compte : il avait fait des commentaires déplacés sur Mlle Rotheim. Ce qui a déplu, surtout, c'est que Marine a pris possession des lieux avec beaucoup trop d'aisance, critiquant l'état général, conseillant. Elle ouvrait toutes les portes, tous les placards, inspectait les recoins. Ne pas pouvoir entrer dans la cave la chagrinait, elle a demandé à se la faire ouvrir. Mlle Rotheim lui a déconseillé d'y fourrer son nez, l'incident était proche, la mésentente a suivi.

Marine avait mis la main sur la clé au canon dentelé, fait un rapide inventaire :

– Pourquoi cachez-vous ce que vous avez de plus beau dans cette cave ? a-t-elle demandé, un soir, veille du retour d'Antoine. Vous pourriez l'exposer chez vous ou en tirer un bon prix, si vous n'en voulez plus. Antoine ne m'avait pas parlé de tous vos petits trésors. Il ne me parle de rien, Antoine, finalement. C'est incroyable de vivre presque pauvrement, comme vous le faites, avec ce qu'il faut sous les pieds.

Mlle Rotheim s'est retenue, juste un peu sèche :

– Personne n'a le droit de toucher aux affaires de mon père. Antoine ne vous laissera pas fouiller encore chez moi.

Elle a entrepris, dès le lendemain, une campagne de dénigrement de Marine auprès d'Antoine ; soir après soir, mine de rien :

– Cette fille parle de toi curieusement en ton absence, on ne dirait pas qu'elle t'aime, elle passe son temps à insister sur tes défauts... tu ne l'écoutes pas... tu ne t'intéresses pas à son travail... On en entend, le soir, quand tu voyages, tu sais.

Antoine Carmi n'a pas pris au sérieux les tensions de plus en plus marquées entre Marine et Mlle Rotheim, au point de ne pas comprendre ce qui lui arrivait, quand Marine lui a annoncé qu'elle avait trouvé ce petit logement dans le 15e arrondissement, le seul appartement disponible immédiatement. Ou il la suivait, ou il restait avec les malades de la rue de Cléry : installation en deux jours, larmes de Mlle Rotheim, promesse de ne plus médire, menaces d'en révéler encore plus à Antoine, quand elle a compris qu'il partait vraiment.

Il a cherché à ménager chacun, en rendant de fréquentes visites rue de Cléry, surtout en continuant des versements, trimestriels à partir de cette date, une somme exorbitante, a jugé Marine. Passe encore, disait-elle, qu'il ait versé des dédommagements au moment où ils habitaient chez Mlle Rotheim, mais cette époque était révolue, ce n'était pas le rôle d'un jeune couple d'entretenir trois fainéants de la même famille, surtout des fainéants qui possédaient des biens, elle les avait vus de ses yeux. Antoine était une mauviette de se laisser manœuvrer par des gens pareils.

– Tu ne comprends rien, disait Antoine, à tout ce qui existe entre Mlle Rotheim et nous. Je ne peux pas empêcher que ça compte. Qu'est-ce que je serais sans elle ? Est-ce que tu peux faire l'effort d'admettre ça une seule fois ?

Elle a refusé tout effort, contrôlé les comptes communs du couple, pour essayer, sans y parvenir, d'interdire tout versement direct ou indirect. Elle n'a pas pu éviter certaines visites d'Antoine rue de Cléry, déjà, comme Véra ; elle les a apprises de la bouche même de Mlle Rotheim qui téléphonait, les jours où elle savait Antoine absent, sous prétexte de préparer une rencontre prochaine, tout en faisant allusion à la précédente.

C'est à ce moment-là que Marine aurait pu vraiment devenir, pour Antoine, Marnie, sans doute pas aussi frigide que le personnage du film, mais pas loin, distante, révulsée à la moindre tentative de contact physique. Moins d'un an après avoir quitté la rue de Cléry, Marine se sauvait de l'appartement, rue de la Convention, demandait et obtenait le divorce à son avantage.

– Je t'avais bien dit que ce n'était pas une femme pour toi, avait lancé Mlle Rotheim qui n'avait jamais prononcé une phrase semblable, du moins pas directement. Et puis, tu vois, elle s'en va, exactement comme ta mère, dans les mêmes conditions, peut-être pour les mêmes raisons. Tout se répète sans cesse. Heureusement que je suis toujours là, moi. Tout se répète sans cesse, et tout se répétera. J'étais là pour sauver ton père et je suis toujours là pour te sauver. Encore heureux que tu n'aies pas à nous ramener deux enfants.

Antoine n'a pas admis, pour la première fois, la démonstration triomphante de Mlle Rotheim : il a refusé l'invitation au retour, gardé l'appartement de la Convention. Il a même interrompu les versements trimestriels, sous prétexte qu'il avait été condamné à verser à Marine une indemnité compensatoire énorme.

Il avait aussi espéré rompre, à cette occasion, avec Mlle Rotheim et les Carmi ; plus de corde invisible, ce serait beau, plus de lien, libre de tout. Il comprenait trop bien, à présent, les manœuvres pour éloigner Clara et Marine. Dire qu'un constructeur d'avenir comme lui, considéré comme tel à la Custod, avait passé sa vie entre les mains de destructeurs pareils. Mlle Rotheim, avec ses airs de sainte dévouée à son père, un quasi-sauveur de l'humanité, à l'entendre, elle-même continuant son œuvre pour le sauver, laissez-moi rire, elle menait une œuvre de négation, oui ! Ceux qui prétendent vous aider vous nuisent. Ils vous aident et ils vous tiennent, ils ne l'oublient jamais. Ils appellent ça la générosité, c'est commode. On la paye toujours, la générosité des autres : il a déjà pas mal payé, mais ce n'est pas terminé, on dirait que ça ne peut pas finir : il part pour Londres, voyage professionnel, officiellement ; en réalité, il va régler sa dette perpétuelle.

Il a parfois cru que c'était fait, qu'il était arrivé au bout de la dette. Mais comme il ne venait plus spontanément, ils ont commencé, rue de Cléry, à jouer de la santé de Louise Rotheim, pas toujours à la manière d'une comédie élisabéthaine, *Volpone :* elle était vraiment de plus en plus fragile, elle a même dû subir une opération des ovaires, du vrai, du vrai. Et, comme elle n'avait pas de mutuelle, Antoine a accepté de contribuer aux frais. La liberté, ce serait pour plus tard.

Ces chèques signés pour cause de maladie ont paru si miraculeux à Joseph et Hermann qu'ils ont incité Mlle Rotheim à se sentir de plus en plus souvent mal. À son âge, c'était tout naturel. Antoine a éventé le procédé dès qu'il est devenu systématique. L'ennui, c'est qu'il ne pouvait jamais savoir : quelquefois, elle était réellement malade. Il signait un chèque de toute façon. À certains moments, la santé de Mlle Rotheim lui revenait plus cher que ses versements trimestriels antérieurs. Cela n'empêchait pas les Carmi de se donner le rôle des victimes, des pauvres abandonnés par le seul de la famille à avoir connu, soulignaient-ils, une réussite économique éclatante.

Ils étaient allés jusqu'à se faire couper le téléphone pour économiser l'abonnement. Ils appelaient le riche d'une cabine, les pauvres, en urgence, au secours, au secours, laissant entendre qu'Antoine, pour plus de commodité, devrait prendre en charge la facture familiale. Il tenait bon, surtout ne pas se laisser intimider par ces êtres négatifs, ne pas se laisser entraîner vers le bas, leur déchéance, lui un cadre de haut vol. Les avions, au-dessus de nos têtes ne volaient peut-être pas grâce à lui, mais le blanc ou le gris métallisé de quelques-uns accrochait la lumière du soleil, à des milliers de pieds du sol, parce qu'il avait décroché des contrats. Être responsable de l'éclat lumineux d'une partie de la flotte aérienne, ce n'était pas à la portée du premier venu. Tout le monde s'en moquait, pourtant, c'est tout ce qu'il avait dans l'existence, à ce moment-là : lever la tête au passage des avions, suivre leur trace, capter leur scintillement, se dire : c'est moi ; enfantin, mais nécessaire, pour ne pas trop sentir la solitude.

Pour ne pas trop la sentir, il passait son temps libre au cinéma, comme à douze ou treize ans, seulement, à présent, il payait, il voyait le début des films et estimait que tous les débuts étaient ratés, que le début de sa vie était raté. Il a fini par connaître de brutales chutes de tension, une fièvre récurrente, des semaines de grande fatigue. Pas la peine de se soigner, pas le temps, les contrats, les missions, les réunions, ne pas manquer, ne pas passer pour un fainéant dépressif, un Carmi, mal vu. Il a bien été obligé de consulter, à la fin, bilan général, surmenage, probables carences :

– Vous n'avez jamais fait d'analyses de sang ? Un homme comme vous devrait toujours faire analyser son sang, c'est comme un bilan comptable de sa vie, c'est rassurant.

– Mais si les comptes ne sont pas justes ?

Il s'est présenté dans ce laboratoire du 16ᵉ arrondissement, il est tombé sur cette fille maladroite, même pas infirmière, diplômée de rien, qui a projeté son bilan comptable sur sa blouse, partout, sauf dans la seringue. L'affaire s'est arrangée pour lui, pas pour la fille. Le jour où il a récupéré ses résultats, il l'a trouvée désemparée derrière son comptoir. Il s'est senti beaucoup mieux, d'un seul coup. Le mauvais état des autres vous requinque plus vite que n'importe quel médicament.

Elle allait perdre son poste, un poste sans intérêt de toute façon, pas de quoi pleurer, et elle pleurait presque, et Antoine Carmi se sentait investi d'une responsabilité. Il avait fait couler son sang pour elle, l'imaginaire guerrier, poilu dans la tranchée, même aujourd'hui, cela remue les hommes. En plus, il avait reçu l'éducation Rotheim, il ne s'en était pas débarrassé aussi facilement. La corde invisible était peut-être usée, elle restait à portée de main, s'il fallait rattraper quelqu'un.

Il l'a sortie de son labo plus vite que prévu. Marnie, ce devait être elle, pas Marine Touchard, confusion stupide des anagrammes, la vraie Marnie, ce serait Véra, celle qui se réfugie dans les bras de Sean Connery pendant l'orage, celle qui a menti, sans intentions mauvaises : elle avait usurpé, pour son bien, la fonction d'infirmière. C'est moins grave que de voler, mais ce n'est pas plus légal. En tout cas, elle avait besoin d'aide et c'était le plus excitant. Le personnage interprété par Sean Connery épouse Marnie, alors qu'il la sait voleuse et menteuse, pour l'aider.

Véra se lève dans la nuit, elle traverse l'appartement, Antoine prend peur, elle va fouiller dans ses affaires ? Elle était si curieuse, ce soir, comme si elle doutait de ses moindres paroles. Ils sont devenus, pense-t-il, une caricature de couple en ruine. Il a ses torts, bien entendu. Attention : voilà qu'il parle comme un juge spécialisé dans les affaires familiales. Que fait-elle, Véra, dans quelle pièce est-elle ? Il ne l'entend plus, elle trafique sa sacoche, sûrement. Il est debout, il sort de la chambre, vite la surprendre : elle boit un verre d'eau, dans la cuisine, appuyée à l'évier, comme si elle venait de vomir. Ce n'est pas ça, elle boit de l'eau pour se calmer. Elle a besoin de se calmer ? Elle est toute nue, un corps pâle sous la sale lumière de la cuisine, sa mèche pend, bien emmêlée, elle le regarde par en dessous, son grain de beauté, au coin du sourcil, fait une tache plus sombre : est-ce qu'il la trouve toujours belle au moins ? Pourrait-elle encore lui faire penser à Tippi Hedren ou à Éva Marie Saint ?

— Tu ne dors pas ?

Ils se sont posé la même question idiote, presque ensemble. Ils partagent au moins ça, l'idiotie. Tout n'est pas perdu.

— À quoi tu penses, en ce moment ?

Une deuxième question vraiment idiote, une question d'amoureux débutants, c'est loin.

— Je pensais à nos débuts.

Grossier comme réponse, trop beau, mensonge pour faire plaisir, ça ne prend pas, décidément, elle ne peut plus le croire sur rien. Pourtant, c'est sa phrase la plus authentique de la soirée et de la nuit.

— Si, si, je repensais à cette époque, nous ne nous serions pas retrouvés, à une heure pareille, devant un évier en inox.

— Toi aussi, tu as besoin de revenir sur notre passé ? Et tu trouves que ce n'est pas ce que tu as cru ?

— Si, pourquoi ? Je me demandais seulement si on tombait amoureux d'une femme pour des raisons cinématographiques. Parce qu'elle a les cheveux clairs, les mèches d'une héroïne de film.

— Et alors ?

— Peut-être.

Il a raccompagné Véra au lit, une main sur sa hanche nue, sur le rebond de la fesse, un geste ferme et amoureux comme elle en aimerait plus souvent, a-t-elle pensé ; au moins comme ça, elle ne fera pas un détour par l'entrée, s'est-il dit. Ils sont de nouveau allongés, de nouveau séparés.

— Et maintenant à quoi penses-tu ?

— J'essaie de ne plus penser à rien, pour dormir.

— Tu y arrives ?

Il ne va pas lui répéter toute la nuit qu'il a voulu vivre avec elle (et avec Marine avant elle) pour des raisons cinématographiques. C'était amusant de le croire, à l'époque, cela flattait sa passion pour les images factices du cinéma. Mais un autre détail l'a attiré, chez Véra, en dehors du cinéma, en dehors aussi de l'attirance physique, chimique, c'est qu'elle avait été plus ou moins reniée par sa famille : quoi de plus heureux ? Il ne serait plus nécessaire de faire passer Mlle Rotheim pour une grand-mère veuve, rien à expliquer à personne, pas de face à sauver. Ses parents, avait-il appris, vivaient dans un petit village de Lorraine, ils n'avaient pas admis la courbe erratique des études et de la vie sentimentale de leur fille ; des rigides qui n'aimaient pas ce qu'ils nommaient sa légèreté. Ils n'avaient plus eu qu'une formule à la bouche, dès qu'elle avait eu dix-huit ans : couper les vivres. Couper les ponts, avait répondu Véra, déjà convaincue qu'on ne peut opposer à un poncif qu'un autre poncif.

Antoine n'avait pas l'intention d'en apprendre plus sur Véra. Ce n'était pas conforme aux prémices d'une relation amoureuse, où il faut donner à voir, révéler des tréfonds, exposer son enfance, ses goûts, ses attirances, ses préférences, sincère, sincère, sincère. Antoine s'est dit qu'il valait mieux en savoir le moins possible sur elle, pour qu'elle en sache le moins possible sur lui. Ce n'est pas très sincère, pas insincère non plus : de la sincérité par omission, ce serait un moyen de mieux vivre. Surtout, s'il voulait échapper au champ d'attraction magnétique du passé, il devrait se contenter d'allusions à Mlle Rotheim, à son père et à son frère, détourner Véra de ce pôle négatif.

Ils se trouveraient à égalité : elle ne lui présenterait pas sa famille lorraine, il ne la présenterait pas rue de

124

Cléry. Qu'elle ne tombe pas entre les pattes prédatrices de Mlle Rotheim, qu'elle ne soit pas manipulée, comme Clara, comme Marine, et, comme elles, détournée de lui.

Il a fondé ouvertement leur vie commune sur ce qu'il fallait taire. Elle n'était pas convaincue autant que lui de l'intérêt de ne rien se dire, mais puisqu'il l'exigeait, puisque c'était son caractère, à la fois taciturne et plein d'allant, puisqu'il ne semblait pas aimer le passé, le sien, ni celui des autres, il suffirait de vivre sans créer de passé, de le tenir pour négligeable. Pas commode ? Vivre des années ensemble sans transformer ces moments en un quelconque passé ? N'exister que par le présent et l'avenir ? Beaucoup de gens y réussissent très bien, disait Antoine, ce sont les heureux. Véra n'était pas hostile à ce principe : si elle avait quelque chose de Marnie ou de Tippi Hedren, c'était une Marnie heureuse, pas de mère prostituée et criminelle dans son inconscient, pas de frigidité maladive, elle non plus.

Pour leurs premières rencontres, dans des bars le plus souvent, Véra ne savait pas trop comment se tenir. Elle voulait toujours, les premières minutes, présenter ses excuses pour les coups de seringue mal placés.

– Qu'est-ce que vous avez dû penser de moi ? Comment ne pas être capable de trouver une veine ?

Antoine Carmi s'accusait lui-même... je n'ai pas de veines très apparentes... Il avait même exhibé son bras avec le coton, le sparadrap serré, les dégâts encore dissimulés. Pour se faire pardonner, elle avait voulu retirer ce pansement déjà vieux. Il ne l'avait toujours pas décollé, il était inutile à présent. Le creux du bras était apparu, plus clair, légèrement collant, mais aucune plaie, des hématomes déjà effacés.

– Vous voyez, vous ne m'avez pas fait beaucoup de mal, ça ne vaut pas le coup de faire des excuses.

Il avait insisté pour qu'elle passe les doigts sur les dernières traces ou sur l'absence de traces. Elle avait frotté l'endroit un long moment, la partie de son corps la plus sensible désormais, avait dit Antoine, la plus vulnérable aussi, et il avait fermé le bras sur la main, coincée dans l'étau, leur premier acte érotique. Elle luttait ou faisait semblant de lutter pour se dégager, ils riaient, l'exploration de leurs plis et de leurs replis, seulement physiques, venait de commencer. Pour les secrets, il faudrait encore attendre. Antoine offrait ses plis de surface pour mieux garder les profondeurs.

Il a emmené Véra à pied jusqu'à l'appartement de la Convention, avec la même peur que devant Marine. Et si c'était elle la vraie Marnie ? Arrête ton cinéma, Antoine.

Ils se sont touchés, sans se parler, ont accordé leurs plis, leurs recoins, avec précaution. Véra montrait le plus grand sérieux, guidait le corps d'Antoine avec la concentration d'une infirmière à l'ouvrage, a-t-il pensé, comme si elle était de nouveau chargée d'une prise de sang, une prise de sang qu'il ne fallait pas manquer, cette fois : viser juste, faire monter le liquide et le prélever dans les règles de l'art, un acte des plus simples, avec un peu d'expérience. Elle n'a pas eu à présenter ses excuses, à la fin.

Elle est revenue, soir après soir, une sorte de vie commune immédiate, sans discussion préalable : transport rapide des menus biens de Véra. Elle s'était contentée, jusqu'ici, de louer un meublé, rien de trop personnel, quelques livres, vêtements, draps et couvertures, rien d'encombrant. C'était bien, se disait Antoine Carmi, cette légèreté du passé. Il arrivait à Véra de le questionner sur le sien, il éludait, s'il le pouvait, répondait, s'il le fallait, minimisait tout ce qui avait pu lui échapper.

Antoine, sans oser se l'avouer, n'avait jamais connu un bien-être de cette nature. Ils ne se lâchaient pas beaucoup ; Véra disait parfois que, depuis qu'il lui avait coincé les doigts dans le creux de son bras, il n'avait pas desserré l'étreinte.

La première année, elle le rejoignait même dans l'une ou l'autre des capitales du Sud où il était envoyé en mission, hôtels de luxe, personnel en livrée, la Custod acceptait de payer. Ils ont mis fin à ces pratiques pas très bien vues : les missions professionnelles ne devaient pas servir de prétexte à des vacances, tournée des capitales d'art et d'architecture. Un mariage tout frais, la Custod voulait bien passer, l'enthousiasme des débuts se tasserait, le sérieux reprendrait ses droits, un collaborateur de valeur comme Antoine Carmi méritait toute confiance, s'il redevenait raisonnable. Il était préférable que Véra reste à Paris, dans l'appartement de la Convention.

Elle avait son travail, ce travail procuré par Antoine lui-même, un travail à domicile, en grande partie. Elle recevait les documents à rewriter, les consignes, elle renvoyait ses pages bien construites, bien écrites. Un travail heureux, au début, puisqu'il s'agissait d'être heureuse avec Antoine.

– Le rewriting, lui disait-elle, c'est confortable, tu n'écris rien toi-même et, à la fin, c'est toi l'auteur de tout. Le contraire d'un écrivain : il écrit tout et, au bout du compte, il n'est l'auteur de rien.

Être l'auteur de tout le journal de l'entreprise, de tous les rapports, c'était bien joli, ça n'a pas empêché la routine de s'installer : les mêmes fautes à toutes les lignes, les mêmes défauts de construction, et rester enfermée pour redresser tant de prose malmenée, malhabile. Elle se disait parfois que la condition des femmes n'avait guère changé depuis la préhistoire. L'homme, guerrier mâle, continue à étendre son territoire de chasse, Antoine caracole dans les capitales européennes, pendant que Véra, attachée à son piquet, attendant son retour, ravaude la prose des hommes. Non, elle ne le disait pas sérieusement, le travail à domicile, c'est une conquête sociale, féministe, tandis que le malheureux mâle s'use la santé à courir, voler, à travers le monde.

Antoine reconnaissait que l'idée de savoir Véra chez eux lui faisait du bien. Il imaginait qu'elle aurait pu être prise en main par Mlle Rotheim et déjà détruite. Cette Véra, il tenait à la garder, il avait peur qu'elle se sauve, son travail de rewriting, c'était un moyen de la mettre à l'abri.

À l'abri, elle l'était même au-delà de toute espérance, lui semblait-il, mettre les Rotheim-Carmi à distance s'était révélé plus facile que prévu. Pour le mariage, il ne voyait pourtant pas comment les éviter. Il leur avait indiqué qu'il avait rencontré Véra, qu'il comptait se marier avec elle. Il leur avait proposé une somme d'argent plus importante que les précédentes, comme pour acheter leur retrait. Ils avaient empoché le chèque sans accepter l'éloignement immédiat :

– Nous comptons bien assister à la cérémonie, a dit Mlle Rotheim, d'une voix presque interrogative.

Antoine n'avait pas prononcé d'interdit, mais il avait fait des mises en garde, demandé des garanties, comme s'il négociait un contrat : les sujets de conversation autorisés ou non, les attitudes permises devant Véra :

– Je vous connais trop bien, vous me démoliriez auprès d'elle en un repas, vous parleriez tout de suite de Marine, de Clara, vous vous délecteriez de toutes nos vieilles histoires, vous vous acharneriez à effrayer Véra. C'est bien simple, je vous accepte à mon mariage, si vous me promettez de ne pas parler. Je tolérerai des politesses, et encore.

Mlle Rotheim l'avait très mal pris : ce manque de confiance en elle la ferait mourir sur-le-champ. Elle en était tombée malade, avait-elle prétendu, obligée de s'aliter dans la journée, une comédie, parmi toutes les autres, avait pensé Antoine. Il reste qu'elle avait refusé d'assister au mariage et qu'elle avait fait remonter la dégradation de ses rapports avec Antoine Carmi à ce moment de leur existence, comme si aucune mésentente ne s'était encore installée. Elle en faisait porter la responsabilité entière à « cette femme », comme elle la désignait, Véra. Le malheureux Antoine n'y était pour rien, ajoutait-elle, il était la victime de « cette femme », et elle proclamait une nouvelle fois son amour pour Antoine, sa préférence pour Antoine, recomposant le passé à sa manière.

Il reconnaissait lui-même que cette absence l'avait soulagé et peiné en même temps. Joseph et Hermann Carmi avaient honoré leur parole et s'étaient soumis, au début du moins, aux exigences de leur fils et frère. Leur arrivée à la mairie du 15ᵉ arrondissement était restée comme le moment le plus important du mariage pour les invités, un petit nombre d'amis, dont Pascal Albin et quelques-uns de son entourage : deux types en costume gris un peu démodé (le père en avait prêté un à son fils), le même chapeau, un feutre gris souris, avec un bandeau gris foncé pour l'un, noir pour l'autre, le rebord penché sur l'œil droit, une inclinaison presque identique, jusqu'à ce qu'ils se découvrent pour saluer, froids et silencieux, comme promis.

La différence d'âge entre le père et le fils était à peine visible, deux jumeaux plutôt, même taille, mêmes postures, mêmes regards, même sérieux un peu sombre. Ces deux-là ne venaient pas pour s'amuser à un mariage. Ils avaient observé la cérémonie, l'échange des oui, au premier rang, mais avec un regard distant. Personne n'aurait imaginé qu'ils étaient les plus proches parents du marié. Ils ont gardé leur réserve tout au long du repas ; au dessert, tout de même, ils ont commencé à se laisser aller, parsemant leurs propos de considérations aigres, mais générales, sur la famille ; toutes ces femmes qui se sauvent, un jour ou l'autre ; tous ces hommes qui se laissent embobiner par des femmes. Antoine leur avait demandé, devant tous les autres, de ne plus boire et d'abréger leurs discours ou leur visite. Ils avaient tenu bon, jusqu'au dernier moment :

– Nous représentons ta famille, avait dit Hermann.

Et, jusqu'au bout, en évitant de s'en prendre à Antoine et à Véra, ils avaient démoli toute notion de famille, de couple, sous le rebord de leur chapeau gris, sous leur costume gris officiel ; des représentants officiels de la démoralisation familiale.

À trois heures du matin, alors que les amis se forçaient encore à exprimer une joie matrimoniale, ils s'étaient retirés en condamnant d'avance toute tentative d'union entre un homme et une femme. Antoine en aurait pleuré en public, si Véra n'avait mis sur le compte de l'alcool l'hostilité de Joseph et d'Hermann Carmi. Et puis ils étaient plutôt drôles, tous les deux, insistaient les invités, surtout ils se ridiculisaient eux-mêmes, ce n'était pas à Antoine d'en souffrir.

Drôlerie ou pas, il ne leur avait pas semblé nécessaire de renouveler ce genre de rencontre. Des dangers, des ingrats, disait Antoine, et, s'il faisait encore des visites rue de Cléry, il allait seul, pour épargner sa femme. Joseph s'était imposé deux fois rue de la Convention, Hermann un peu plus, au début. Antoine s'efforçait de les cantonner à l'entrée et de contrôler leurs conversations. Ils avaient cessé d'eux-mêmes leurs visites.

Et cette Mlle Rotheim dont ils parlaient sans cesse ? lui demandait Véra, de temps en temps, déjà un peu curieuse, sans en avoir l'air. Oui, elle existait, oui, elle avait compté, oui, elle avait organisé leur vie à tous, non, elle n'était pas sa mère, ni sa grand-mère. Et cet argent qu'il leur donnait ? Qui le contraignait à rester dans un si petit appartement, alors que ses revenus s'accroissaient et que ses fonctions lui autorisaient un standing plus prestigieux ? Ce n'était pas la peine d'en parler. Dans la longue liste de ce qui devait être tu, cela arrivait à la fin, le plus anodin, le plus méprisable, l'argent.

Véra s'était habituée à cet arrière-fond permanent, qu'elle avait elle-même longtemps estimé insignifiant, pour s'accorder à Antoine. C'était encore plus facile de ne pas aborder la question, depuis que Joseph et Hermann ne venaient plus : ils se contentaient de téléphoner d'une cabine, réclamaient Antoine. S'ils ne le trouvaient pas chez lui, ils ne justifiaient pas leur appel, ne manifestaient pas le moindre intérêt, même factice, pour Véra, aucune question, aucun commentaire, même pas une banalité, on rappellerait plus tard ou à son bureau, n'allons pas plus loin.

Véra signalait l'appel à Antoine, à son retour, il le prenait de haut, il attendrait l'appel suivant. Des semaines pourraient s'écouler, des mois, sans autre signe. De temps à autre, il se précipiterait rue de Cléry, sans expliquer pourquoi à Véra, sans le lui dire toujours, sauf s'il s'y sentait obligé, comme ce 4 avril, comme ce soir. Et, même des jours pareils, il se contentait de ne laisser filtrer que le moins nuisible à ses yeux, le plus facile, l'argent, ça passe toujours, l'argent, c'est crédible et c'était souvent vrai. Pas cette fois.

Il existait, entre Antoine et la rue de Cléry, un autre lien que Véra ignorait : le journal d'entreprise. Antoine s'était arrangé pour mettre à distance les Rotheim-Carmi, mais il s'était arrangé aussi, grâce au journal et sans en avoir une claire conscience, pour maintenir un lien avec eux.

Il leur avait fait adresser le trimestriel de la Custod, la première fois, sous prétexte qu'il y avait signé un article sur les perspectives de développement de la société dans son secteur de responsabilité, l'Europe du Sud, où elle n'était pas encore assez représentée. L'usage s'était établi, Louise Rotheim y voyait un signe affectueux de son petit Antoine : preuve qu'il ne l'oubliait pas, qu'il pensait à elle, au moins une fois tous les trois mois. Le signe affectueux aurait été teinté d'ironie et de provocation si elle avait su que Véra était chargée du travail de rewriting. Antoine adressait à ses proches un journal en grande partie récrit par une femme qu'ils méprisaient, du moins à qui ils refusaient de s'intéresser. En réalité, c'était faussement provocateur, de même que l'envoi était faussement affectueux, deux attitudes caractéristiques d'Antoine Carmi, pourrait penser Véra, un peu plus tard.

Cette lecture, ce seul lien entre les deux mondes d'Antoine, ce n'était pas grand-chose, n'aurait pas dû être grand-chose, a déterminé un pan entier de leur existence à tous. Si la sacoche trop étriquée d'Antoine Carmi menace de craquer, dans l'entrée, c'est à cause du journal interne de la Custod ; et si leur vie commune (peut-être bien aussi étriquée que sa sacoche) craque à son tour, ce sera pour la même raison.

C'est dans le numéro de janvier, expédié avec un peu de retard, que Mlle Rotheim était tombée, fin mars 2001, sur un article traduit de l'anglais et corrigé par Véra Carmi elle-même (un saboteur de première, amateur de contresens, le traducteur, heureusement qu'elle était là pour rétablir des vérités élémentaires), article concernant le Custod Institute, une fondation pour l'art financée en grande partie par la Custod Limited, au titre du mécénat.

Il n'était pas dit qu'un groupe international, marchand de peinture industrielle, devait se contenter de la valeur utilitaire de ses produits, sans leur donner une plus-value artistique. Depuis des décennies, rappelait l'article, le Custod Institute avait regroupé un ensemble d'œuvres, constitué au départ de la collection personnelle du fondateur, enrichi plus tard par des achats à travers le monde, de même que par des commandes passées aux plus grands artistes contemporains, dont certains, était-il expliqué, ne rechignaient pas à utiliser, pour leurs œuvres, de la peinture industrielle, au lieu des traditionnelles peintures à l'huile ou à l'eau. La conjonction de l'art et de la grande industrie, continuait l'auteur corrigé par Véra, donnait toute sa légitimité à l'existence d'une fondation comme le Custod Institute.

Cet article triomphal avait décidé Mlle Rotheim à convoquer Antoine le 4 avril, accessoirement jour anniversaire de son mariage avec Véra. Elle avait profité de cette grande fatigue d'un matin pour le faire accourir. Elle savait qu'il ne viendrait plus jamais pour une autre raison que sa santé, mais elle était sûre que, pour cette raison au moins, il ne la délaisserait pas complètement.

Il n'avait pas remis les pieds rue de Cléry depuis le milieu de l'année précédente : un beau chèque, sans doute, ce jour-là, mais épuisé depuis un moment, si beau pourtant qu'il était difficile d'en imaginer un plus important. Mais l'article qu'elle venait de lire continuait de la travailler, il fallait joindre Antoine le plus vite possible, l'attirer chez elle encore une fois, pour lui faire une proposition qu'il n'avait jamais entendue, une proposition, si ce Custod Institute était aussi riche qu'on le disait, qu'il ne pourrait pas refuser, au nom de toute leur histoire commune, au nom de tout le passé Rotheim, une proposition qui sauverait définitivement le passé. Elle était prête à franchir ce pas, à présent, ce qu'elle avait refusé de faire jusqu'ici, elle le ferait, à l'âge où elle était arrivée, grâce à ce Custod Institute, grâce, pensait-elle aussi, à la position d'Antoine à la Custod Limited. Elle en était tout excitée : c'est peut-être même cette agitation mentale de plusieurs jours qui avait provoqué ses malaises, le 4 avril au matin, au point qu'elle avait cru mourir, et précipité la venue d'Antoine.

Ils se tenaient dans la chambre de Louise Rotheim, ils s'observaient en silence. Antoine Carmi paraissait inabordable, moins disposé que d'autres fois à l'écouter. Il avait en tête ses « Volpone, Volpone », il les soupçonnait tous des pires arrière-pensées, alors qu'ils n'avaient qu'une toute petite arrière-pensée, et pas méchante, au contraire.

Mlle Rotheim a fini par sortir le journal de sa table de chevet, elle lui a mis l'article sous le nez :

– Tu l'as déjà lu, non ? C'est le journal interne de ta société…

Il ne le lisait jamais, sauf si lui-même ou un ami comme Pascal Albin y avait rédigé un article ou si un sujet en rapport avec ses activités à la Custod lui avait été signalé par Véra. Autrement, pas une ligne. D'ailleurs, plus personne ne lit ces journaux d'entreprise, c'est démodé, une survivance du XXe siècle.

Louise Rotheim a insisté pour qu'il lise l'article sur le Custod Institute en entier. Il s'est assis au bout du lit.

– Et alors ?

– Tu le connais cet institut ? C'est un peu un musée, non ?

– Bien sûr que je le connais, on me l'a même fait visiter à toute allure pour mon premier séminaire à Londres, quand j'ai pris la responsabilité de l'Europe du Sud. C'est le passage obligé, pour tous les visiteurs, leur Custod Institute, ils en sont fiers, à la direction anglaise, de leur Custod Institute.

– Tu ne m'en avais jamais parlé…

– Moi, les musées…

– Et tu les connais bien, ceux qui le dirigent, cet Institute ?

– Je les ai croisés, à l'occasion. Dire que je les connais bien, c'est tout autre chose.

– Avec ta situation, là-bas, ne me dis pas que tu ne les connais pas du tout…

– Ma situation… Elle n'est pas ce que vous croyez tous… Je suis un cadre parmi bien d'autres… On me fixe des objectifs, je les réalise, j'en rends compte à un petit groupe de dirigeants… Ce n'est pas l'amitié universelle. Mais qu'est-ce que vous leur voulez, à ces gens du Custod Institute ?

– Tu peux me confirmer qu'ils ont de gros moyens ? L'article dit qu'ils développent sans arrêt leur collection du XXᵉ siècle, parce qu'elle est moins riche que celle du XIXᵉ. Qu'est-ce qu'ils diraient, si tu leur proposais d'enrichir leur collection du XXᵉ siècle ? Tu fais semblant de ne pas comprendre, alors que tu comprends très bien ce que je veux te demander. Ce n'est tout de même pas toi l'idiot, dans cette famille.

– Vous avez toujours dit que vous ne les vendriez jamais. Vous disiez : tout, mais pas ça, plutôt mourir.

– Justement, mourir, j'y suis presque et je suis prête. Je pense à l'après, je me suis préparée, j'ai eu le temps de réfléchir, et je sais que je suis prête. Prête à mourir, prête à les vendre, à en vendre au moins un, et pourquoi pas les trois ? Combien crois-tu qu'ils m'en donneraient, dans ton Custod Institute ?

Les bouts de la corde, les deux extrémités du temps, la première époque Rotheim et la dernière, n'étaient pas loin de se rejoindre, le noir et blanc des débuts, la couleur de la fin, l'œuvre serait complète.

Véra attendait toute seule dans son restaurant de fruits de mer, elle fêtait toute seule le sixième anniversaire de leur mariage, Antoine Carmi lui avait dit de commencer sans lui, s'il tardait un peu, mais il n'en avait pas pour longtemps, neuf heures au plus tard. Qu'elle fasse ouvrir un chablis pour les fruits de mer, il le finirait avec elle, promis.

À presque dix heures, ils s'étaient retrouvés tous les quatre, les trois Carmi et Mlle Rotheim, devant la porte de la cave, avec son blindage vert bronze délavé.

– Ne descendez pas, Louise, dans votre état, avaient répété, à tour de rôle, Joseph et Hermann.

– De toute façon, répondait-elle, Antoine ne croit pas que je suis malade. Si je meurs dans l'escalier, il ne dira plus que c'était du cinéma.

Ils l'avaient enveloppée dans une couverture, Hermann l'avait prise dans ses bras, si menue, si légère, si enfant octogénaire, pour la déposer, avec les plus grandes précautions, devant la serrure en étoile. Elle n'arrivait pas à ajuster le canon dentelé de la clé, la faiblesse, pas de la comédie, Antoine. Joseph avait guidé la main jusqu'à ce que les dents s'encastrent dans leurs orifices respectifs et tournent, facile, comme si le barillet avait été graissé de la veille, presque en silence, enfin deux claquements simultanés, en haut et en bas, avaient libéré l'ouverture. Les gonds avaient à peine grincé, du neuf de soixante-dix ans.

– C'est tout de même singulier, a remarqué Joseph Carmi, comme s'il découvrait la cave pour la première fois, à vous écouter, Louise, M. Rotheim aimait tout le monde, accueillait le monde entier, avait confiance dans l'humanité et il avait installé chez lui, dans son sous-sol, le nec plus ultra du blindage de son époque.

– Ça donne l'esprit tranquille pour avoir confiance dans l'humanité, a répondu Mlle Rotheim.

Elle a remonté la couverture sur ses épaules, pour ne pas attraper la mort dans ce caveau :

– Déballe déjà celui-là, devant. Rappelle-toi, tu as déjà dû le voir. Regarde un peu si c'est beau, et combien ça vaudrait, au prix fort. Je suis sûre que ça intéresserait tes gens du Custod Institute. De tout l'héritage Rotheim, c'est ce qui a la plus grande valeur. Regarde le reste, c'est clinquant, mais ça, crois-moi, c'est du vrai.

Antoine a dénoué le triple nœud de ficelle, fait glisser l'étoffe bordeaux, une pièce prélevée sur un rouleau des années trente, probablement, une survivance du magasin des Rotheim, *L'Infiniment beau,* un tissu gorgé de poussière jaune à présent, qui s'élevait en nuage, dès qu'Antoine en soulevait un coin, et retombait en pluie sur ses mains. Sous le tissu, du papier d'emballage soyeux protégeait encore le tableau. Antoine Carmi l'a empoigné pour l'éclairer.

– Pas de lumière trop violente, a dit Mlle Rotheim, on ne sait jamais, ça ne voit pas le jour souvent. Tu t'en souviens ? Tu avais quel âge ? Après, je t'ai parlé du peintre, tu trouvais même que je parlais de lui trop souvent, tu ne devais déjà plus m'écouter. Au bout d'un moment, personne n'écoute personne, alors on ne se dit plus rien, c'est dommage. Regarde encore, c'est moi.

Antoine regardait, comme si c'était la première fois. Les toiles qu'on voit tous les vingt-cinq ans... Il avait du mal à la reconnaître : ce portrait de gamine sur fond sombre, la tête et le torse penchés en avant, comme si elle allait sortir du tableau pour s'en prendre au spectateur, ce visage triste, avec des taches rouges et vertes, c'était vraiment Louise Rotheim ?

– Tu ne devrais pas être surpris, je t'ai toujours dit, d'accord, c'était il y a longtemps, qu'il avait fait des portraits de moi. Tu t'en fichais, à l'époque. Aujourd'hui, je te demande d'en tirer le meilleur prix. Ça devrait se faire tout seul, avec ta position à la Custod...

Antoine s'est attardé sur les contours du personnage, sa petite taille, à défaut des traits du visage, rappelait bien Louise. En y regardant de plus près, il retrouvait aussi la demoiselle, telle qu'elle apparaissait encore au début des années soixante-dix, quand elle conservait des traces de jeunesse. L'image de ce temps-là remontait, une image à mi-chemin du temps, et elle voulait le forcer à remonter plus haut encore, au début, dans les années trente, quand ce peintre reconnu avait séjourné chez ses parents, fait des portraits d'elle. En rouge, à gros traits, sous le genou gauche de Mlle Rotheim, c'était écrit « C. Soutine ».

Antoine a pris peur, il a remballé la toile dans son papier, dans son tissu, avec sa ficelle.

– Je ne vois pas ce que je peux en faire. Je vais aller chez les Anglais et leur dire : tiens, si ça vous intéresse, j'ai des Soutine à vendre ? Et la frontière ?

– Il n'y a plus de frontières en Europe.

– Et les droits ? On ne sort pas une œuvre d'art de France comme ça. Il faut une autorisation à l'exportation, comme pour n'importe quel produit.

– L'Angleterre est le pays le plus libéral des pays libéraux. Ils n'aiment pas les droits, les impôts, rien, ils sont pour le libre-échange. Ils aiment faire circuler les hommes et les marchandises. Si ça les intéresse, ils t'arrangeront tout plus vite que tu ne l'imagines. Avec ta situation...

Ils étaient drôles, avec sa situation, ils lui prêtaient des pouvoirs de grand patron dans l'économie mondialisée, alors qu'il n'était qu'un petit vendeur international de peinture aéronautique, aéronautique seulement, de la peinture qui résiste au froid, au feu, aux variations de température, à la vitesse, au frottement de l'air, de la peinture garantie anticorrosion, pas de la peinture à l'huile, pour faire des portraits d'adolescente, enveloppés dans du papier de soie.

– Tu n'auras plus à payer pour nous. Après ça, nous ne te demanderons plus rien. Tu vois bien, nous ne voulons pas de chèque, comme les autres fois. C'est la dernière chose que je te demande. Ensuite, promis, tu seras tranquille, débarrassé de nous. Je sais bien ce que nous t'avons coûté, rassure-toi, j'ai toute ma tête, je connais le prix des choses, je sais bien que c'est devenu difficile entre nous à cause de toutes ces histoires d'argent. Je comprends plus la situation que tu ne le crois. Ce serait mieux, pour nous retrouver, si tu étais certain que nous ne te réclamerions plus un sou. Tu pourrais venir nous voir sans crainte, sans arrière-pensée. Tiens, tu nous amèneras même ta Véra, si tu veux, elle sera bien reçue, fais-moi confiance. Tout le monde, dans cette maison, a été bien reçu, depuis plus de quatre-vingts ans. On n'a demandé de comptes à personne. On venait de n'importe où, on repartait libre et bien traité. Ce n'est pas toi qui peux dire le contraire.

Antoine Carmi a poursuivi le déballage des tableaux, un deuxième portrait de Louise et une tête d'enfant en uniforme. Il est passé rapidement. Une seule toile l'affolait déjà, en avoir trois sur les bras, les négocier sur ordre, c'était au-dessus de ses forces pour la journée. Et il pensait que Véra l'attendait, il serait obligé de se justifier, un peu, il n'aimait pas avoir à le faire. Finissons-en avec ces toiles de Soutine.

Hermann a repris Mlle Rotheim dans ses bras, avec des précautions réservées à une œuvre d'art, du moins à un modèle d'œuvre d'art. Elle s'exaltait, tout au long de la remontée, tentait encore de convaincre Antoine, elle allait se trouver mal. Elle s'est recouchée, on lui a reconstruit sa pyramide d'oreillers, on lui a fait chauffer une dernière tisane.

– Alors, je compte sur toi, Antoine ? Ton prochain voyage pour Londres ?

Il n'était pas encore prévu, pas la peine de se presser, Antoine préférait faire un chèque d'ici là.

– Un chèque, si tu insistes, bon, mais promets-moi que tu vas essayer d'approcher les gens du Custod Institute, à ta prochaine visite là-bas, ça n'engage à rien, juste essayer, leur en parler, voir si ça les intéresse. Tu prendras le premier tableau, tu leur montreras. Et si ça les intéresse… S'ils veulent voir les autres…

Il ne promettait rien, il a encore regardé l'heure… Véra… il a promis à toute vitesse. On en reparlerait plus tard.

Il a avalé une étrille avec Véra, quelques bigorneaux, trois huîtres, une assiette de fruits de mer en accéléré, un verre de chablis trop frais dans le seau et le dessert, un dessert d'anniversaire au chocolat amer et au coulis de framboise, tout en expliquant son retard : il avait été question d'hospitaliser Mlle Rotheim, mais le médecin était passé, l'alerte aussi, elle allait mieux, pensons à nous, à nos six années ensemble. Pas un mot sur la demande de Louise, sur ses exigences plutôt, il fallait les taire, pensait Antoine, comme il fallait taire tout le reste, sinon Véra voudrait le connaître à son tour, ce reste, elle serait embrigadée, à son corps défendant, dans le cercle Rotheim. Il voulait l'éviter plus que tout, certain que la laisser entrer dans le cercle, ce serait la perdre. Sa plus grande peur, depuis toujours, perdre une femme, perdre les femmes, toutes les femmes.

Ils avaient heurté leurs verres, un son mat, sans écho, vraiment pas du cristal, et ils s'étaient tus, en souriant, un long moment.

Antoine et Véra ont fini par somnoler, sommeil agité, agité pour des raisons différentes. Mais leurs rêveries de demi-sommeil auraient pu se croiser, à certains moments, des rêveries presque partagées, elles auraient pu s'échanger, en tournant autour d'un même nom, Soutine. Et les toiles de Soutine, propriété de Mlle Rotheim, ses deux dernières toiles, étaient à portée de main. Elles avaient même du mal à tenir, malgré leur petit format, dans la sacoche d'Antoine, réservée aux voyages courts, ceux de Londres, pour un peu elles déborderaient, et Antoine a peur de tout ce qui déborde. Et dans son sac à dos, dans une petite poche intérieure, Véra serrait les trois cartes postales du musée. Elles ne prenaient pas autant de place. Enfin, c'était à voir, elles avaient pas mal envahi la tête de Véra, ces derniers jours. Tous les deux, Antoine et Véra, ils n'avaient jamais été si proches l'un de l'autre, tout en étant si éloignés ; ou alors, jamais si éloignés, en étant si proches. Révolution complète chez les Carmi.

Avant six heures, Antoine s'est glissé hors du lit.

– Reste au lit, Véra, surtout ne bouge pas, je me débrouillerai bien tout seul, comme toujours.

Les départs... Les retours, surtout... la vie de Véra Carmi, de plus en plus, lui semblait faite de retours, retours sur le passé commun, retour sur elle, un peu, retours d'Antoine. Il revenait toujours de quelque part, un quelque part pas toujours identifiable, c'était l'ennui. Londres, au moins, c'était sûr, il en était revenu, rien à signaler, sinon un nouveau retard, un retard de train, avait-il assuré. Les retards, les retours, ce devait être la vie banale. C'est bien, la vie banale, ce va-et-vient aléatoire des hommes, c'est rassurant. C'était rassurant de voir Antoine encore un peu soucieux, mais différent aussi, au retour de Londres, comme soulagé. Soulagé de quoi ? Était-ce bien le moment de se trouver de nouvelles questions insolubles, de se faire souffrir à plaisir ?

Des changements étaient prévus, à la Custod, avait-il consenti à expliquer, mais ce n'était pas pour tout de suite, du moyen terme, une de ses expressions professionnelles favorites, le moyen terme, avec le court et le long terme, bien entendu. Simple détail curieux, plus aucun voyage n'était prévu à court terme, alors qu'avant son départ pour Londres il avait laissé entendre qu'il serait rapidement amené à y retourner plusieurs fois. Pas de justification précise. Il rentrait même chez lui à la bonne heure, soir après soir, vrai bon mari, pas d'écart, pas de retard sensible. Véra a bien tenté un demi-mot un peu vicieux, comme ça, pour se faire peur, ou lui faire peur :

– Tu n'as pas à faire de nouvelle visite à Mlle Rotheim ? Elle va mieux ?

Il l'avait regardée un moment, avec l'œil de Cary Grant sur Joan Fontaine dans *Suspicion*, d'Alfred Hitchcock, en 1941, avant qu'elle ne l'accuse de chercher à l'empoisonner. Comment l'apaiser et la détourner de ses soupçons ?

– Ne parlons plus de Mlle Rotheim, s'il te plaît. Je ne veux plus entendre parler d'elle, elle n'aura plus un sou de moi, elle ne m'en réclamera plus avant un bout de temps, je crois bien. Tout pour nous. Et la paix, en plus, à nos anniversaires. Enfin, j'espère.

Fallait-il lui demander la raison de si bonnes intentions ? Peut-être pas : sommé de répondre, il serait bien capable d'y renoncer. Il est fait comme ça, Antoine. Et puis, pas la peine de relancer un sujet douloureux : Véra n'était pas retournée au Centre Pompidou, elle n'avait pas donné suite à son rendez-vous avec M. Alazard, elle ne quémandait plus ses conseils, encore moins ceux de Mme Achille ou de M. Wolf. Sa frénésie interrogative s'était relâchée, elle se sentait mieux, depuis le dernier retour d'Antoine, elle avait pris de la distance, se disait-elle. Ce qui s'était passé, un moment, formait un trou dans sa vie récente : un épisode dépressionnaire, comme elle le nommait elle-même, si elle y pensait encore. C'est l'aspect climatologique de l'existence ordinaire, hautes pressions, basses pressions, marées d'équinoxe, tempêtes tropicales. Voilà, en mai, était passée une tempête tropicale, des dégâts, rien d'irréparable.

Elle avait ressorti, une dernière fois, les cartes postales de son sac à dos, les reproductions de Chaïm Soutine : il était bon, a-t-elle pensé, de faire disparaître ces traces d'un creux dépressionnaire dont elle était sortie. Les exhiber maintenant, en période d'apaisement, sans raison précise, ce serait pire que tout, une maladresse de sa part : pourquoi questionner un homme des semaines après un événement, un événement supposé, si on a refusé de le faire le jour même ? Elle a détruit son arsenal, renoncé au terrorisme familial. Aussitôt après, elle a regretté d'avoir découpé ces rectangles cartonnés en petits morceaux et de les avoir jetés, comme si elle avait détruit des originaux, alors qu'il ne s'agissait que du plus bas degré de la reproduction, des cartes postales. Avec un peu de temps, l'irritation s'effacerait, s'est effacée. Elle est revenue.

C'est Paul Alazard qui a tout relancé. L'entendre… elle ne sait plus trop si la contraction du diaphragme manifestait le plaisir ou l'angoisse de l'entendre, de reconnaître sa voix de basse.

– Paul, du MNAM.

Il ne doutait de rien, comme les autres fois, un type écœurant, tout de suite collant, sa voix, son vibrato en fin de phrase, profond, vous collaient à la peau. Mais quelqu'un qui vous colle à la peau, à ras de la peau, cela vous change des hommes distants ; un type pas si écœurant, au fond.

– On a revu le ressuscité !

Cette gaieté moqueuse, sous le vibrato, était caractéristique de M. Alazard, le plus attirant en lui.

– Si, si, je vous jure, on l'a revu, en chair et en os.

C'était Mme Achille, en fin de matinée, entre son métro et le musée : l'homme l'avait dépassée pour traverser, au rouge, le boulevard Sébastopol. Mme Achille, vous connaissez Mme Achille, s'en était étouffée, pas de le voir passer au rouge, mais de constater qu'il traversait un boulevard aussi passant avec la plus grande tranquillité, sans un regard sur le côté, sans se sentir menacé par les voitures obligées de ralentir, de l'éviter, sûr de lui, a-t-elle dit, exactement comme une apparition.

Elle a pensé qu'il marcherait droit sur le Centre Pompidou, ce qu'il a semblé faire un moment. Elle l'a suivi d'un peu loin, persuadée de le retrouver aux guichets, attendant l'ouverture. Mais non, son apparition avait marché trop vite pour elle, preuve supplémentaire, selon elle, que c'en était bien une. Elle a guetté sa venue, au tout début de l'après-midi. Son intuition, disait-elle, elle savait qu'il viendrait. Pour elle, c'est le ressuscité, vous connaissez Mme Achille, elle s'échauffe vite, sa religion, sa secte surtout, les cultes de son île natale, tout ce salmigondis syncrétique.

Elle a été bien déçue, beaucoup de visiteurs, mais du tout-venant. Elle aurait voulu le toucher, son ressuscité, parce qu'elle persiste à croire, au-delà du raisonnable, qu'il est mort sous ses yeux. M. Alazard, lui, répète qu'il n'a jamais pris cet incident au sérieux, du moins pas comme Mme Achille, mais ce passage éclair du pseudo-ressuscité lui avait donné l'idée et l'envie, le prétexte, avouons-le, puisqu'elle ne s'était plus présentée elle-même au musée, de s'adresser une nouvelle fois à Véra Carmi : avait-elle obtenu des certitudes sur la présence de son mari, en mai dernier, au musée national d'Art moderne ? Sinon, avait-elle des raisons de penser qu'il pouvait se trouver dans le même quartier, ce matin, un peu avant onze heures ? À vérifier, et prière de le tenir au courant. L'échauffement de Mme Achille l'avait gagné, pas un échauffement de même nature, les résurrections l'intéressaient moyennement, sauf si elles devenaient un motif artistique dans la peinture des maîtres anciens, à laquelle il avait consacré dix années d'études, tout ça pour devenir agent de surveillance.

C'était reparti, il avait trouvé le moyen de renouer avec Véra, homme collant et attirant, il lui proposait de la retrouver, mardi, au café de la rue de Rivoli ou n'importe où ailleurs. D'ici là, le ressuscité aurait peut-être donné un nouveau signe de vie. Mme Achille en était convaincue, vous connaissez Mme Achille, ses fantasmagories haïtiennes. Pour elle, après la Résurrection vient forcément l'Ascension, elle ne voudrait pas rater ça.

– Pauvre Mme Achille, voyez de quoi nos musées sont faits, quels malades sont chargés de veiller sur l'Art moderne.

Véra Carmi n'aurait pas dû écouter M. Alazard, perroquet beau parleur, revenu perturber une situation climatique stable, avec ses suggestions fumeuses, ses cartes postales de musée et son meilleur souvenir.

– Au fait, vous les avez utilisées, mes cartes ? Non ?
Vous les avez toujours ? Non plus ? Quelle erreur ! Il faut
absolument que je vous en trouve d'autres. C'est ça,
voyons-nous, passez à la librairie du Centre Pompidou, je
ferai mettre de côté les Soutine disponibles. Ne dites pas
non…

Il insistait tellement qu'elle y est allée, pour se distraire, s'est-elle dit. Ils étaient là, comme au premier jour,
la même posture d'attente, l'essoufflement en moins,
situation plus calme, pas de vent, Mme Achille, Paul Alazard, contents de la revoir, comme si elle venait elle-
même de ressusciter ; elle, contente aussi de redonner vie
à des visages d'un moment. Puisqu'on avait revu
l'homme, ont-ils affirmé, et puisque Véra se sentait plus
maîtresse de ses nerfs, moins déprimée, moins menacée,
c'était le moment d'en avoir le cœur net, d'agir avec toute
la froideur possible, parole d'agents de musée, maîtres
d'eux-mêmes et remplis de sang-froid, et de mettre un
homme devant ses responsabilités : savoir enfin avec qui
on vit, un menteur, espérait Paul Alazard, un être saint et
immatériel rêvait encore Mme Achille. Véra les écoutait
avec le plus grand calme, comme la première fois,
comme s'ils lui parlaient de quelqu'un d'autre, avec de
l'amusement presque. Ces agents, au fond, malgré leur
sérieux, lui proposaient une sorte de jeu. Il est bon de
jouer avec son mari, de temps en temps, pour rompre la
monotonie des jours, et, si le jeu est dangereux, le plaisir
sera plus grand. Le seul risque, a-t-elle pensé, c'est que
le jeu ne prenne pas, parce qu'Antoine est forcément
étranger à toute cette histoire de tableau et de malaise et
qu'il ne comprendra pas les règles du jeu. Si un joueur
ignore les règles, tout s'arrête. Il faudrait être sûre
qu'Antoine les connaît. Comment être sûre ? Cela la
reprenait, le doute vicieux, intolérable, presque comme à
la fin du mois de mai.

Elle est rentrée chez elle avec trois cartes toutes
neuves, la même volaille, le même portrait de sculpteur,

145

le même groom, la même impression de se complaire dans ce qu'elle avait appelé, quelquefois, pour se ronger, une vie concomitante, de retrouver un comportement aberrant, de basculer dans le vide. Ce qui était nouveau, c'était sa détermination :

– Cette fois, avait répété M. Alazard, en la quittant, allez-y franchement. À froid, c'est beaucoup mieux. Vous m'en direz des nouvelles. Et n'oubliez pas de venir me les apporter ici même, ces bonnes nouvelles. Promis ?

Il était presque drôle, M. Alazard. Véra Carmi a d'abord pensé disposer ses trois cartes sur la console noire de l'entrée, ce réduit carré, sans lumière directe, un peu triste. Un peu de couleur soutinienne n'aurait pas fait de mal. Mais non, Antoine entrerait, il verrait ou ne verrait pas les cartes. À supposer qu'il les voie, il aurait le temps de se composer une mine, de trouver une formule de circonstance, indifférente. Elle devrait le saisir à l'état naissant, quand il s'approche d'elle pour l'embrasser, quand la distance entre eux, pour un instant, peut sembler abolie : l'empêcher de reprendre du champ, lui mettre sous le nez les trois cartes avec un : « Alors ? » comme l'a recommandé M. Alazard, et attendre.

Lui adresser des sommations, encore une fois, cela paraîtrait grossier, ce n'était pas dans leurs habitudes de vie commune ; plutôt l'indirect, le silence toujours, rien de définitif comme un : « Alors ? » Le coincer, mais lui laisser une chance de se sauver. Comme d'habitude, elle avait envie de l'avoir et encore plus envie de ne pas l'avoir, pour que rien ne change.

Elle a disposé la volaille, Oscar et le groom sur une table ronde, dans le coin droit de la plus grande pièce, autour du pied de lampe en fer artificiellement rouillé, comme des photos de famille qu'ils n'avaient jamais eues.

Antoine Carmi est rentré un peu plus tard que prévu, tiens, ça le reprenait ? Il avait appris que le site retenu en Espagne pour le nouvel atelier de mélange ne convenait pas, il était obligé de monter un nouveau dossier. Il s'étendait sur son travail, pour une fois, debout, alors que Véra espérait son silence, pour qu'il se concentre mieux sur les changements du paysage familier. Elle ne l'écoutait pas, c'est elle qui se tournait vers ses cartes postales, le regard aimanté par ses cartes postales.

– Qu'est-ce que tu regardes comme ça, à la fin ?

Il a suivi le trajet de ses yeux, de gauche à droite : trois taches de couleur, rouge, jaune, bleu, un chaud et froid, un choc visible à la moelle épinière. L'épaule droite a sauté, plus que l'épaule droite, le soubresaut du corps dépassait largement celui de l'épaule, le visage même a été traversé d'une vague de tics, les tics de l'enfance, dont Véra ne savait rien, remontés à la surface, pas plus de trois secondes, trois secondes saisies par Véra comme une preuve indiscutable : elle a repensé à la fin de *Jeune et innocent*, un des multiples films préférés d'Antoine, auquel il faisait souvent allusion, qu'il l'avait presque forcée à voir plusieurs fois, avec tous les commentaires possibles. Dans la dernière scène, le coupable, grimé en Noir, parce qu'il tient la batterie d'un orchestre de jazz, se trahit cependant par un battement compulsif des yeux ; travelling avant, un des plus beaux travellings de l'histoire du cinéma, à travers toute la salle de spectacle, jusqu'au tic. Travelling avant jusqu'au visage d'Antoine Carmi : il s'est repris, ses yeux ne clignent presque plus, l'épaule reste en place, léger mouvement.

– Tu peux me dire ce que c'est que cette mise en scène ?

– Juste pour voir.

– Pour voir quoi ?

– Voir si tu connais.

– Si je connais ?

– Tu connais ?

– Alors elle est venue te voir ?

– Qui ?

– Mlle Rotheim.

– Elle devait venir ?

– Elle finit toujours par arriver. Là, elle a attendu six ans pour te mettre la main dessus. Je suis sûr qu'elle a été très gentille, affectueuse. La femme d'Antoine, tu penses bien, une aubaine. Elle les a toujours aimées, les femmes

147

d'Antoine, pour mieux les manger. Tu es la seule que j'avais réussi à mettre à l'abri, c'est foutu. Elle ne savait plus comment agir sur moi, ces temps-ci, comment me rattraper, alors elle est passée par toi ? C'est simple. C'est bien elle. Et elle t'a déjà balancé l'histoire des Soutine ? Ça fait combien de temps que tu la vois ?

– Jamais vue de ma vie.

– Tu rigoles, il n'y a qu'elle pour te sortir des Soutine.

– Tu les as reconnus au premier coup d'œil, pas mal pour quelqu'un qui prétend depuis des années ne rien connaître à l'art.

– Je ne connais rien à l'art, malheureusement je ne connais que Soutine.

Deux silencieux qui commencent à se parler ont du mal à s'entendre, à se laisser parler. Antoine Carmi voulait faire dire à Véra qu'elle avait au moins croisé Mlle Rotheim, Véra n'attendait qu'une confirmation d'Antoine :

– C'est bien toi qui es allé voir des Soutine à Beaubourg, au mois de mai ? C'est bien toi qui t'es senti mal ? Dis-le, ça me soulagera. Même qu'une Haïtienne t'a cru mort et ressuscité !

Il niait, comme Véra niait avoir rencontré Mlle Rotheim. Pas de malaise, pas de musée, pas son genre, il était prêt à jurer sur tout ce qu'elle voulait. Pour la première fois en plus de six ans, Véra Carmi s'est mise en colère, une vraie, avec des cris, des aigus qui se perdent, des tremblements de tout le corps, un ressassement obtus, comme quelqu'un qui ne comprend plus rien à rien.

Un homme l'avait pourtant bien fait appeler, ce jour de mai 2001, un habitué du musée national d'Art moderne, qui s'était intéressé à Soutine. À Chaïm Soutine. Et lui, Antoine, avait l'air de bien connaître Soutine, Chaïm Soutine, alors que bien peu de gens savent qui est Soutine, à moins d'être de véritables amateurs ou connaisseurs de l'Art moderne. Tous les autres ne connaissent que Picasso, pour ne proférer sur son compte que les mêmes âneries depuis un siècle. Alors, si ces gens-là passent devant un Soutine, les gardiens de musée doivent en entendre de belles. Antoine devrait faire partie de ceux qui profèrent les mêmes âneries depuis un siècle sur Picasso et ignorent Soutine. Et il connaît Soutine, il le reconnaît même d'un simple coup d'œil, à deux mètres, sur un format carte postale.

– Et tu voudrais me faire croire que ce n'était pas toi, le type du musée, alors que tu t'es décomposé quand tu as vu mes tableaux ? Et ce matin, dans le même quartier, une femme du musée t'a reconnu. Tu n'étais pas boulevard Sébastopol, ce matin ?

Antoine Carmi se sentait débordé par la violence de Véra : elle l'aurait battu, s'il ne lui avait pas tenu les bras bien serrés, comme il avait tenu sa main, bien coincée dans le creux de son bras, pour leur premier jeu érotique, quand elle faisait semblant de le soigner, un peu infantile, le jeu. Presque aussi infantile que le nouveau jeu. Il n'était plus question de se soigner aujourd'hui, plutôt de se rendre malades mutuellement, de se soupçonner de toutes les pathologies mentales possibles, hystérie, dissimulation, paranoïa, mythomanie, en se secouant les bras jusqu'à ce que l'apaisement ou l'épuisement les gagne.

Ils se sont assis sur le canapé vert, juste à côté de la table ronde : ils gardaient, dans le coin gauche de l'œil, la tache multicolore des trois Soutine, toujours debout, les deux portraits, surtout, ressortaient, le fond bleu derrière le sculpteur Oscar Miestchaninoff et l'uniforme rouge du petit groom, avec son regard penché, mi-triste, mi-goguenard. Quand nous regardons un portrait, il nous regarde aussi : nous savons que ce n'est pas un regard vivant, mais nous ne pouvons pas nous défaire complètement de l'idée qu'il nous observe quand même un peu. C'est le plus troublant, personne ne nous voit et quelqu'un nous regarde, quelqu'un regardait Antoine et Véra Carmi, côte à côte, droits sur leurs coussins.

Antoine parlait doux, il jouait les hommes compréhensifs, pensait Véra, il expliquait qu'il avait bien senti, ces derniers temps, qu'elle ne tournait pas rond ; ces questions incomplètes et déplacées qu'elle lui posait, ces allusions si voilées qu'il ne comprenait pas où elle voulait en venir. Il n'avait pas cherché, prétendait-il, à creuser la question, il avait lui-même assez de soucis comme ça. Il ne lui rendait pas la vie bien drôle, l'éloignement, s'il partait en mission, cette absence permanente, même quand il était là.

– Tu penses que c'est moi la malade, a dit Véra Carmi, alors que je cherche depuis le mois de mai un homme malade, qui a donné notre numéro de téléphone à un agent de surveillance du Centre Pompidou. Un homme qui cherchait à voir et qui n'a pas trouvé l'un de ces tableaux de Soutine que tu as l'air de connaître mieux que moi. Un homme qu'on a revu, ce matin même, boulevard Sébastopol. Que faisais-tu, boulevard Sébastopol, à onze heures ce matin ?

L'épaule d'Antoine frémissait. Il n'était pas plus boulevard Sébastopol, ce matin, a-t-il dit, qu'il n'était au Centre Pompidou au mois de mai, c'était de la folie de s'accrocher à des convictions de ce genre.

– Tu sais bien que je tourne parfaitement rond et que je répéterai la même chose jusqu'à ce que tu me dises pourquoi tu étais au musée d'Art moderne ce jour-là.

Antoine Carmi a haussé les deux épaules, cette fois, impuissant, comme devant une patiente qui jette dans les jambes de son psychiatre la même scène obsessionnelle.

– Sois raisonnable deux secondes, si j'avais été obligé de t'appeler d'un musée, je t'aurais dit pourquoi et si je n'avais pas voulu te dire pourquoi, je ne t'aurais surtout pas fait appeler d'un musée. N'importe quel gamin pourrait construire un raisonnement aussi simple.

L'œil malicieux du groom, dans le coin, près de Véra, confirmait l'évidence. Elle a eu peur d'être prise pour une folle, tous ces regards sur elle lui disaient :

– Ça ne va vraiment pas, ma pauvre Véra.

Elle ne voulait pas se laisser manœuvrer aussi facilement :

– Mais Soutine ? Tu pensais, tout à l'heure, que j'avais parlé de Soutine avec Mlle Rotheim. Si ce n'est pas le cas, et ce n'est pas le cas, moi aussi je peux te le dire :

n'importe quel gamin comprendrait que Soutine représente quelque chose pour toi et pour Mlle Rotheim.

– Bon, tu n'es peut-être pas aussi cinglée que tu en as l'air, tu te montes seulement la tête à partir de rien, ça t'emmène un peu trop loin. Il faut que je te ramène à la maison.

Il a réussi à la protéger plus de six ans de toutes les histoires Rotheim et Carmi, pense-t-il, il s'est efforcé de s'en éloigner lui aussi, réussite plus discutable : il voulait, dans sa naïveté, bâtir une vie seulement à eux. On entre dans l'existence à deux avec un esprit de sauveur, grandiose, généreux, l'autre a toujours besoin de nous, de nous seulement, pour s'accomplir. Nous nous posons en sauveur, nous nous révélons, à l'usage, simple réparateur : nous sommes condamné à colmater les fuites, toutes les fuites. Il y a deux sortes de fuites dans une maison, pour un réparateur : tout ce qui s'échappe de chez vous et tout ce qui pénètre chez vous. Antoine a empêché que Véra ne s'échappe de chez lui, comme toutes les autres, et que les autres ne fassent irruption chez eux. Le petit réparateur, dans certains cas, se trouve débordé ; le sauveur, n'en parlons pas, il est noyé : rien d'étanche, tout le monde a commencé à leur tomber dessus. Une vie rien qu'à nous, c'est un mensonge auquel nous avons envie de croire. Mais jamais deux individus n'ont eu une vie rien qu'à eux, illusion que des gens de plus de trente ans devraient avoir perdue depuis longtemps.

Si l'existence obéit à des variations climatiques, il faut admettre que celle de Véra et d'Antoine Carmi entrait dans une phase de pluies abondantes, suivies d'inondations, avec débordement de tous les affluents, l'affluent Carmi, l'affluent Rotheim et l'affluent Soutine, le plus en amont, l'affluent Soutine, pas le moins dangereux. Pour calmer Véra, pour qu'elle arrête de le soupçonner de n'importe quoi, le petit réparateur Antoine était obligé d'en passer par là.

Soutine et Mlle Rotheim, ça va ensemble, c'était vrai, difficile de dire le contraire, a dit Antoine. Pourtant, elle n'a pas toujours parlé de lui de façon maniaque. Même Joseph Carmi, son père, n'a probablement pas entendu parler du peintre, sauf par allusions, avant son deuxième séjour rue de Cléry, quand il s'est installé avec ses deux enfants, et encore pas tout de suite. Louise Rotheim a commencé à parler de Soutine aux enfants, quand ils ont été en âge de comprendre, pour faire leur éducation artistique, prétendait-elle, surtout pour évoquer avec plaisir des souvenirs personnels, le seul moment heureux de son existence, assurait-elle, à l'intention, cette fois, de Joseph Carmi, comme pour nier devant lui que sa compagnie lui ait jamais procuré la moindre satisfaction, ou pour ne pas laisser entrevoir aux garçons une possible vie commune entre leur père et une vieille demoiselle. Son unique période heureuse s'était arrêtée avec la guerre, avant la guerre même, la suite n'étant qu'un long martyre dont elle refusait de se souvenir.

Au début de leur adolescence, Antoine et Hermann Carmi avaient l'impression qu'elle leur bourrait le crâne avec son Soutine ; elle voulait qu'ils deviennent des artistes comme Soutine, elle les appelait, surtout Antoine, « mon petit Soutine » ou « mon petit pâtissier », « mon petit enfant de chœur », ou encore « mon petit groom », toutes œuvres peintes en série par le maître.

Ces bouffées de passé plaquées sur la vie des enfants avaient le pouvoir d'irriter leur père : un homme du présent vide et immobile, ce qui l'avait précédé rue de Cléry, il ne s'en souciait pas plus que de l'avenir d'Antoine et d'Hermann. Les tensions entre lui et Mlle Rotheim restaient indirectes et ont échappé longtemps à Antoine Carmi. Le père et les fils ont pris l'habitude, durant quelques années, de la désigner entre eux sous le nom de Veuve Soutine, manière de se débarrasser, en se moquant, et de la demoiselle et de Soutine.

Mlle Rotheim avait bien vieilli, d'un coup, dans les années soixante-dix, et semblait s'être réfugiée dans le souvenir d'épisodes de sa jeunesse, comme si le temps, pour elle, s'était figé à ce moment-là et qu'elle condamnait deux enfants à revivre avec elle sa propre enfance.

Ils ont tout su du grand passé Rotheim, du généreux papa Rotheim et de ses réfugiés de partout. Soutine n'était pas tout à fait un réfugié, il faisait un peu exception, dans la tradition d'accueil de la maison, de même que Joseph Carmi, dans les années soixante, avait, à son tour, rompu l'usage : il avait connu la maison par un ancien réfugié, sans l'être lui-même ; les enfants, à plus forte raison, n'étaient pas des réfugiés non plus. Ils étaient donc un peu de la même famille, disait Mlle Rotheim, Soutine et les Carmi.

Comment Soutine avait-il connu la maison Rotheim ? Comme Joseph, par un ancien pensionnaire, et bien longtemps après sa propre arrivée à Paris, une bonne vingtaine d'années sans doute. Mlle Rotheim disait toujours que Soutine était arrivé de Lituanie avant la Première Guerre mondiale, pour étudier la peinture à Paris et vivre de la sienne. À cette époque, il n'aurait eu aucune chance de rencontrer M. et Mme Rotheim, installés rue de Cléry seulement à partir de 1918. Il s'est contenté de vivre sa misère, comme beaucoup d'autres peintres de la même période, jusqu'à ce qu'il connaisse un début de gloire et d'aisance, quand un Américain lui a acheté des dizaines de tableaux. Soutine, selon Mlle Rotheim, appelait cet Américain un faux bienfaiteur de l'art et aurait voulu l'étrangler, dans les années trente, pour récupérer une partie des tableaux acquis, parce qu'il les jugeait indignes de lui. Il tenait ce genre de propos dans ses moments les plus sombres, nombreux, disait-elle, au moment où elle l'a connu. C'est même ces moments de dépression qui l'ont conduit jusqu'à M. Rotheim.

Il se trouvait, en 1935, dans une période plus marquée que jamais de doutes sur lui-même et sur sa peinture. Il a affirmé aller de logement en logement, d'atelier en atelier, pas d'adresse durable, presque comme un réfugié, mais un réfugié de l'intérieur.

Il a croisé, probablement dans un de ses magasins, un épicier de luxe qui l'a reconnu et s'est présenté à lui comme un compatriote. Soutine ne faisait pas grand cas de son origine lituanienne ni du village juif où il était né, il se sentait d'abord, et l'a proclamé deux ou trois fois rue de Cléry, peintre parisien. Alors, qu'un inconnu veuille évoquer avec lui le pays natal l'avait plutôt agacé. Mais l'épicier avait vite compris qu'il ne fallait pas taper dans le dos de Soutine, ni essayer de pleurer avec lui sur une quelconque patrie perdue. Paris et la peinture devaient suffire à remplir leur conversation et la Lituanie rester un fond clair et lointain, pas très soutinien, présent tout de même dans des gestes ou des intonations qui leur échappaient.

L'épicier lituanien n'avait pas pu s'empêcher de raconter son arrivée à Paris en 1920, sa qualité de médecin, à l'époque. Médecine, épicerie fine, Paris permettait ces glissements pas si absurdes, disait-il quinze ans après. Il ne se souvenait même pas comment il avait pu soigner des gens. Les nourrir, c'était son métier, les guérir, il en aurait été incapable. Il se rappelait pourtant avoir accouché la femme de celui qui l'avait hébergé dans le 2e arrondissement de Paris, un endroit exceptionnel, avait-il expliqué à Soutine, toujours ouvert, à sa connaissance, toujours accueillant pour les déshérités, comme il l'était en 1920.

Soutine n'avait retenu que ce détail de la conversation, trop lourde à son goût, de l'ex-médecin lituanien. Si ce monsieur tenait à se faire valoir auprès d'un peintre reconnu, s'il voulait à tout prix mettre en avant leurs origines communes, leur réussite commune dans un pays étranger, qu'il lui donne cette adresse, qu'il lui permette de se présenter en son nom, puisqu'il venait de se sauver d'un petit appartement, qu'il n'en avait pas trouvé d'autre, un logement de ce genre, en attendant, ferait l'affaire. L'épicier s'est empressé de lui écrire un mot sur un papier à en-tête de ses magasins. Si c'était la plus grande joie qu'on pouvait procurer à un homme pareil…

L'homme qui avait mis au monde Mlle Rotheim, dont le nom est perdu, parce qu'elle ne l'a jamais connu que sous la désignation familiale du « fameux médecin accoucheur », conduisait jusqu'à sa famille et jusqu'à elle un peintre célèbre et dans un état de santé plus ou moins précaire.

Mlle Rotheim a raconté souvent l'entrée de Soutine dans la salle à manger de ses parents, se souvenait Antoine, pour son premier dîner rue de Cléry. Ce n'était pas exactement une entrée : pour n'importe quelle entrée, un homme franchit une porte et avance de quelques pas ; Soutine, lui, avait glissé le long du battant, en l'ouvrant à peine, longé le mur sur sa gauche, jusqu'à un buffet bas qui l'avait bien embarrassé et obligé à avancer d'un pas en direction de la table commune. Il la parcourait de ses grands yeux, avant de les baisser, si d'autres yeux, pour le saluer ou se faire reconnaître, couraient après les siens. Il gardait une main sur le buffet, le frottant, dans sa gêne, comme s'il voulait relever une cire fraîche.

M. Rotheim lui avait indiqué une chaise à côté de Louise : il s'y est précipité, comme s'il craignait que le siège ne se dérobe à lui. Il a marmonné deux ou trois phrases ou saluts pas très compréhensibles, le regard posé sur sa serviette, qu'il a déployée avec soin sur ses genoux, une opération longue et pénible. Il s'est tenu bien droit, sans prendre appui sur le dossier, tout au long du repas, au cours duquel il n'a pas proféré un son.

Il s'est agité, pourtant, sur la fin, l'ankylose, disait Mlle Rotheim, il a bougé le cou, de haut en bas et de droite à gauche, comme une bête coincée qui s'apprête à reculer devant un prédateur et s'efforce de le tenir encore un moment à distance. Dans ses mouvements, il a croisé le regard de Louise : elle assurait avoir vu passer un sourire furtif sur ce visage marqué ; les grosses lèvres de Soutine se seraient infléchies, puis rétractées, si, si, un sourire.

Louise Rotheim avait une quinzaine d'années, elle tombait amoureuse de tous les pensionnaires de ses parents, des hommes seuls, toujours, elle se voyait mariée avec chacun d'eux, elle s'est imaginée la femme d'un peintre, puisque ce monsieur, avait dit son père, était un artiste reconnu. Elle agissait avec lui comme avec tous les autres, pourvu qu'ils ne soient pas trop repoussants, comme il pouvait arriver quelquefois. Elle prétendait pourtant que son intérêt pour Soutine avait été d'emblée différent de celui qu'elle portait à la plupart des arrivants, moins mécanique peut-être.

Soutine, disait-elle, l'avait rendue perplexe, son mot favori, quand elle se lançait dans des récits sur lui. Perplexe, parce qu'il était plus âgé que beaucoup des pensionnaires habituels, une petite quarantaine, probablement ; perplexe aussi à cause de sa timidité enfantine ; à son âge, en plus, il avait des ongles noirs de gamin mal lavé. Ces doigts fins mais sales lui plaisaient, elle ne s'expliquait pas pourquoi, alors que sa mère l'avait élevée dans le culte de l'hygiène.

Le peintre lui semblait de petite taille, autre point de ressemblance entre eux, pensait-elle, auquel elle avait été tout de suite sensible. La plupart de ses familiers lui renvoyaient une image de petite fille un peu trop chétive, il lui était agréable de penser qu'un homme à l'air maladif, peureux en compagnie, avait dîné à côté d'elle et lui avait souri. Il avait encore bredouillé quelques politesses pour se retirer de table le premier.

Il ne s'est pas souvent attardé aux repas, même si le groupe se trouvait réduit. Il a expliqué plus tard, parce qu'il parlait beaucoup s'il acceptait le tête-à-tête, si tous les autres pensionnaires avaient disparu, que manger était une des plaies de son existence, une plaie réelle : il souffrait depuis des années d'ulcères à l'estomac. Il ajoutait même que, contrairement aux apparences, la maison Rotheim était l'endroit où il préférait dîner, dans la mesure où la nourriture y était des plus simples. Il évitait, autant qu'il le pouvait, les invitations, les repas riches, snobs ou fastueux, auxquels il était convié. La soupe de légumes de Mme Rotheim, sa soupe au lait, ses patates bouillies ou en purée convenaient bien mieux à son régime. Mme Rotheim supposait, quand il tenait ce genre de discours, qu'il cherchait seulement, à sa manière maladroite, à lui faire plaisir, à complimenter une maîtresse de maison modeste. Elle aurait été prête à améliorer l'ordinaire, pour un hôte de marque, en contrevenant aux habitudes de la maison imposées par le père, si Soutine ne l'en avait dissuadée en se mettant dans une colère disproportionnée dont Mme Rotheim était sortie effrayée. Cet homme doux et soumis, depuis son arrivée, l'avait presque menacée de ses mains pour une histoire de nourriture.

Elle s'était réfugiée auprès de son mari et Soutine lui avait présenté des excuses encore bourrues, avant de s'adresser à elle, désormais, sur le ton le plus amical dont il était capable, presque chaleureux : une brute délicate et prévenante, voilà qui était Chaïm Soutine, répétait Mlle Rotheim, trente-cinq ou quarante ans plus tard.

Il a passé trois semaines rue de Cléry, son premier séjour, au cours duquel il s'est efforcé de gêner le moins possible, comme il le disait lui-même, peu présent le jour (personne ne savait où il allait, si même il allait quelque part), ses pommes de terre avalées, il sortait le soir, rentrait dans la nuit.

M. Rotheim aurait bien aimé le retenir, comme les autres, bavarder avec lui, à la fin d'un repas, lui offrir un petit verre de schnaps : il avait manqué provoquer une nouvelle scène de brutalité. Soutine ne voulait pas entendre parler d'alcool, même pas de l'eau rougie en usage dans la maison. Son estomac toujours, ses ulcères, ces plaies ouvertes à l'intérieur de lui. Plus tard, à son deuxième ou troisième séjour, quand il s'était acclimaté, qu'il se laissait aller plus volontiers, il avait évoqué devant Mlle Rotheim les excès alcooliques de ses débuts à Paris. Il avait même pleuré quand Louise, au détour d'une conversation, avait indiqué sa date de naissance, 1920, une triste date, pour lui, la mort de Modigliani, son meilleur compagnon de peinture et de boisson. Louise le relançait de temps en temps sur Modigliani, dont elle avait déjà entendu parler, sensible au prestige de rencontrer un témoin, mais Soutine pleurait à chaque fois et se fâchait tout seul, une hostilité contre Modigliani qu'elle ne comprenait pas, mêlée à tant de tendresse. Mlle Rotheim pleurait souvent aussi et se mettait un peu en colère, quand elle parlait de Soutine. L'effet lacrymal de la peinture moderne est largement insoupçonné.

Vers la fin de la troisième semaine, Soutine ne s'était pas présenté au dîner, ni plus tard dans la nuit. La famille s'était inquiétée pour lui : dans son état reconnu comme dépressif, on l'imaginait au fond de la Seine, on se reprochait déjà de ne pas lui avoir fourni l'aide ou l'affection nécessaires, comme aux autres, sous prétexte qu'il n'était pas un authentique réfugié, tout juste arrivé en France et perdu. Lui-même, contrairement à ceux-là, affirmait n'avoir besoin de rien, sinon de tranquillité. Peut-être l'avait-on laissé trop tranquille et apprendrait-on, dans les journaux du lendemain, qu'il s'était jeté sous un autobus ou un train ?

Les journaux du lendemain ne faisaient pas leurs gros titres sur la mort d'un peintre ; les pages de faits divers ne signalaient rien de plus que les crimes et les accidents habituels. Alors, il était accroché à une pile de pont ? Il ne remonterait à la surface, méconnaissable, que dans plusieurs semaines ?

Il est apparu, dans l'embrasure de la porte, après deux mois, la même glissade sur le côté, les babines retroussées en un sourire gêné, guettant la réaction du maître de maison, prêt à rebrousser chemin s'il avait aperçu un signe de désapprobation. M. Rotheim, contrairement à ses habitudes de réserve avec les pensionnaires du moment et même les anciens, avait ouvert les bras :

– Vous êtes donc vivant ?

C'était stupide, se rappelait Mlle Rotheim, a dit Antoine Carmi, et tout le monde avait ri, même Soutine.

– Vous avez de la chance, a dit Mme Rotheim, ce soir, nous avons des pommes de terre en robe des champs.

Elle a ajouté une assiette, des couverts. Un Allemand, assis près de M. Rotheim et voyant l'accueil qu'on faisait à Soutine, a voulu lui céder sa place. Le peintre ne voulait pas provoquer de dérangement, il repasserait plus tard... Il a fallu le faire asseoir de force, lui étaler une serviette sur les genoux. Il a fini par dire :

– Je suis content de vous voir.

Et il est devenu tout rouge, comme s'il venait de se montrer grossier, puis il n'a plus parlé. Louise Rotheim l'a regardé manger : pour une fois, on aurait dit qu'il avait de l'appétit, presque du plaisir à manger. Elle le trouvait amaigri, encore plus enfantin que le premier jour ; la mèche noire qui lui barrait le front tombait plus qu'avant, comme celle d'un gosse mal peigné.

Personne n'a cherché à engager la conversation, les Rotheim le connaissaient à présent, il ne fallait pas le contraindre à parler, le questionner sur son absence, il se fermerait aussitôt, il s'enfuirait peut-être ; ça viendrait, s'il en avait envie.

Il n'a rouvert la bouche que le deuxième soir, et pour parler de peinture, ce qu'il n'avait pas fait une seule fois, au cours de son premier séjour.

– Un peintre qui refuse de parler de peinture, c'est curieux, avait dit une fois M. Rotheim, après une tentative manquée et le départ rapide de Soutine, mais cela se comprend, nous ne sommes pas des artistes, ni des connaisseurs de la peinture d'aujourd'hui. Je ne sais même pas à quoi ressemble un de ses tableaux, pourquoi irait-il m'en parler ?

Soutine a demandé s'il pouvait apporter un peu de matériel, non qu'il veuille, a-t-il précisé, s'installer longtemps chez les Rotheim, ni transformer une de leurs chambres en atelier personnel, mais il était prêt à travailler un peu, alors qu'il n'avait rien peint depuis des semaines et des semaines. M. Rotheim avait compris qu'il ne servirait à rien de faire trop de politesses à Soutine, de lui déclarer ouvert tout son immeuble, de l'inviter à profiter de toutes les facilités offertes par sa pension, le peintre se serait échappé en diagonale devant l'excès d'amitié. Il s'est contenté de donner son accord le plus froidement possible et Soutine a paru, pour la première fois depuis son arrivée rue de Cléry, soulagé, presque détendu.

Ce deuxième séjour est resté, dans le souvenir de Mlle Rotheim, comme le plus léger de Soutine. Elle l'a entendu siffler quelquefois, derrière une porte. S'il entendait un bruit, il s'arrêtait. Il avait pris ses aises, pourtant, chez les Rotheim, et il alternait les manifestations de gentillesse et les attitudes désagréables, selon son humeur. Il était capable de se plaindre de la cuisson des légumes, jamais assez réduits en bouillie, à son goût, des odeurs d'un pensionnaire, de faire une remarque désobligeante sur une robe de Mme Rotheim, dont la coupe ou la couleur, selon lui, ne convenaient pas du tout à sa personnalité. La minute suivante, il se montrait enjoué, affectueux avec tout le monde, y compris avec ceux qu'il venait de blesser et qui s'apprêtaient à riposter ou à grogner dans leur coin. M. Rotheim, pour apaiser les uns et les autres, mettait ces comportements sur le compte d'une mélancolie persistante. La seule avec laquelle il se montrait d'humeur égale, c'était la petite Louise, prétendait Mlle Rotheim.

Soutine a passé presque un mois, la deuxième fois, chez les Rotheim, donné une plus grande impression de présence, puisqu'il ne disparaissait plus la journée entière. Louise Rotheim le croisait souvent en rentrant du lycée : il arrivait à Soutine de la questionner sur ses études, ses lectures ; il lui demandait si elle avait lu Balzac et elle n'osait pas dire que Balzac l'ennuyait. Il lui a prêté *La Cousine Bette*, puis *Le Cousin Pons*, et elle a découvert que *La Cousine Bette* et *Le Cousin Pons* la passionnaient, sans comprendre tout de suite qu'ils la passionnaient parce que Soutine les lui avait mis dans les mains et qu'en lisant Balzac, le soir, dans son lit de fer identique au sien, un étage plus haut, elle voyait Soutine. Du moins, a repris Antoine, c'est l'explication qu'elle donnait dans les années soixante-dix, et encore aujourd'hui, si quelqu'un avait le malheur de la relancer sur le sujet. Elle se transformerait immédiatement, comme alors, en Veuve Soutine.

Elle passerait une heure à raconter comment le peintre avait demandé à ses parents, un dimanche matin, l'autorisation de l'emmener au Louvre, après des circonvolutions balbutiantes, des pas de côté, des glissades le long du buffet :

– Est-ce qu'elle connaît, Louise, les maîtres hollandais ? Est-ce vrai qu'elle n'a pas vu, Louise, les œuvres des maîtres français ? Il faut connaître les maîtres hollandais, il faut connaître les maîtres français.

– Eh bien ? avait répondu M. Rotheim.

– Avec vous et Mme Rotheim, je veux bien emmener Louise au Louvre voir les maîtres hollandais et les maîtres français.

– Avec nous ? Ce serait sans doute très bien, mais j'ai des comptes à tenir et Mme Rotheim, elle, c'est sa maison qu'elle doit tenir.

– Alors Louise ne pourra pas connaître les maîtres hollandais et les maîtres français ?

Mlle Rotheim aimait mimer la scène, Soutine avec ses doigts croisés et décroisés, la mèche tombante, murmurant les noms des maîtres hollandais et français, pendant que son père s'agitait comme un homme trop occupé.

– Mais emmenez-la donc au Louvre, mon cher Soutine. Ce n'est pas tous les jours qu'une jeune fille peut se faire expliquer la peinture du passé par un maître d'aujourd'hui.

– Je ne suis pas un maître d'aujourd'hui, monsieur Rotheim, pas un maître du tout.

Louise craignait que son père, pour ne pas contredire Soutine, ne lui accorde trop facilement qu'il n'était pas un maître. Elle avait déjà remarqué que sa modestie était fausse et que, tout en expliquant chaque jour qu'il avait l'intention de renoncer à la peinture, il dévoilait, l'instant d'après, si on ne protestait pas, un orgueil sans mesure, se déclarant supérieur à tous les artistes vivants et au moins l'égal de Picasso.

M. Rotheim s'était contenté de mettre dehors Soutine et sa fille, leur recommandant de ne rentrer que lorsqu'ils auraient vu le bout des maîtres hollandais et des maîtres français. Là, Mlle Rotheim fermait les yeux et refaisait sa marche dans Paris aux côtés de Soutine, 1935, leur entrée au musée, minuscules tous les deux dans ces halls trop vastes.

Et, tout droit, les Rembrandt, il fallait connaître les Rembrandt surtout, vingt minutes devant chaque tableau, s'éloigner, se rapprocher, s'arrêter, foncer sur un détail, secouer la tête, rire, faire du bruit, indisposer les visiteurs, puis le silence, pas du tout ce qu'on appelle un cours, donné par un guide ou un spécialiste de l'art. Soutine bougeait devant les tableaux, choisissait des angles où placer Louise et lui disait seulement :

– Regarde.

Son premier bonheur avec Soutine, ce n'était que cela, disait-elle en rouvrant les yeux : un homme la déplace devant des tableaux, lui prend les deux bras, par-derrière, et la pousse, un pas à droite, vingt centimètres devant, encore un peu sur le côté, là, et regarde.

Elle refaisait le parcours avec Antoine et Hermann dans les années soixante-dix, elle voulait leur montrer les maîtres du passé, comme Soutine les lui avait révélés. Elle ne devait pas retrouver les bons emplacements : les garçons ne voyaient pas l'intérêt de ces séances sans fin où elle cherchait le coup d'œil idéal et millimétré, comme elle le disait, citant Soutine, probablement. La grande honte d'Antoine, dans son adolescence : se faire manipuler les bras, pendant des quarts d'heure, jusqu'à ce que Mlle Rotheim lui dise :

– Regarde.

Et il ne voyait rien de plus à regarder qu'au premier instant. Les Courbet, les Chardin, il en a eu vite marre, tandis que Mlle Rotheim s'extasiait et parlait encore et encore de Soutine.

Des séances pareilles dans un musée, il ne fallait plus lui en parler, ce n'est pas lui qui serait allé, au mois de mai, visiter le musée national d'Art moderne, le mal des dimanches, à fuir. Mlle Rotheim n'était allée qu'une fois au Louvre avec Soutine, c'était peut-être sa chance, une seule fois et avec un type hors du commun. Tout dans les yeux, cet homme-là, selon elle, un regard, un regard comme elle n'en a jamais revu, dense, des iris énormes, braqués sur les tableaux, braqués sur elle avec la même fixité, la même pénétration, c'était ça, le mot avec Soutine : la pénétration du regard. Il voyait de l'insoupçonné sur les toiles et de l'insoupçonné dans une gamine de quinze ans.

Louise ne croyait pas que cela pourrait lui arriver, un tel regard posé sur elle, un regard d'homme enfin à l'aise, sûr de lui, alors qu'en société Soutine ne posait son regard sur rien, surtout sur personne, furtif, sans cesse à la dérive. Avec des enfants, il se sentait tout de suite mieux : Louise l'a vu plaisanter dans la rue de Cléry avec des petits voisins blagueurs, aussi enfant qu'eux. Avec des adultes, ses parents ou les pensionnaires, le sérieux revenait, la prudence, il rentrait la tête dans les épaules, politesse exagérée ou impolitesse rustaude, selon l'heure et l'humeur.

Depuis la visite au Louvre, Soutine avait une autre idée, il se tordait les mains devant les parents de Louise et repoussait chaque jour sa demande au lendemain. Il est resté plus longtemps, un soir, il a attendu que chacun ait fini son godet de schnaps :

– Vraiment, Soutine, vous n'en voulez pas ? Même pas un fond ? Pour nous accompagner ? Pour une fois que vous nous accordez votre compagnie au-delà du dessert.

Il n'a pas osé dire non.

– Un fond alors, juste un fond.

Il a reniflé le verre, comme un buveur de comptoir, une moue écœurée, il l'a reposé pour ne plus y toucher. Quand Mme Rotheim a voulu desservir et l'a engagé à finir son verre :

– J'ai terminé, regardez, plus une goutte.

La maîtresse de maison connaissait son Soutine, ce n'était pas le moment de lui prouver qu'il avait tort.

– Que diriez-vous, a enchaîné Soutine, si je faisais un portrait de Louise ?

Mme Rotheim a reposé le verre sur la table, brusque, les gouttes du fond ont sauté par-dessus bord, sur la nappe, et se sont fondues en quelques secondes dans le tissu. Le schnaps était vraiment bu.

163

– Monsieur Soutine, ce serait un grand honneur pour nous.

– Vous savez, ce ne serait pas un portrait… portrait… comment dire ? Pas une photographie en couleur. J'ai peint des fillettes et des jeunes dames, elles sont souvent surprises du résultat. Elles ne disent rien, mais je vois bien qu'elles se trouvent plus belles en vrai. Mais c'est ma peinture.

– Tout ce que vous voudrez, monsieur Soutine. Commencez demain, si vous voulez. Chez nous ? Chez nous, n'est-ce pas ?

C'est le deuxième grand bonheur de Louise avec Soutine. Il installe son matériel avec minutie, il lui faut du temps pour que tout soit disposé à son idée, il ne dit rien, il se concentre, une durée insoutenable, mais heureuse, disait Mlle Rotheim. Il avait l'air, ajoutait-elle drôlement, d'un paysan qui trait ses bêtes, prépare le beurre, la crème, les fromages en faisselle, tranquille, le temps qu'il faut pour chaque geste. Oui, vraiment, Soutine avait une façon de se tenir rustique, sauf les mains, souples et longues, pas celles d'un paysan, curieux.

À la fin, il a fait asseoir Louise sur une chaise paillée, avec une robe bleue de sa mère, d'abord, choisie par sa mère. Mais Soutine trouvait que la robe n'allait pas, elle a dû se changer trois fois, pour se retrouver habillée comme tous les jours, avec son petit gilet de laine rouge sur un col rond tout blanc.

Comme au Louvre, il l'a manœuvrée dans tous les sens. Il ne s'agissait pas de mieux voir, cette fois, mais d'être regardée : la tête, les bras, en avant, dégagée, vers moi, loin de moi, regarde à côté de moi, surtout ne me regarde pas. Et elle ne regardait que lui. Encore de longues minutes fatigantes et, au dernier moment :

– Tiens-toi, comme tu le ferais, si je n'étais pas là.

Elle pensait avoir pris un air stupide, bien ennuyée, comme si elle pouvait être naturelle, alors qu'elle n'avait jamais posé pour personne. Elle s'est agitée, découragée :

– Je n'y arriverai jamais.

– Là, ne bouge plus, a crié Soutine.

Elle se sentait avachie, rien à voir avec la bonne tenue qu'on enseignait à une jeune fille des années trente, et elle n'avait plus le droit de changer de position, interdit, c'était écrit dans le regard criminel de Soutine, un paysan épais, à la traite, et qui frapperait sa vache, si elle se montrait récalcitrante, un paysan et un fou à l'ouvrage. Elle n'a pas cillé, obéissante, même quand elle s'est rendu compte que le peintre ne l'observait plus, l'avait oubliée et poursuivait son travail de construction ou de destruction.

Elle a posé pour lui à trois reprises. Elle n'avait pas le souvenir de la moindre conversation entre eux. Soutine marmonnait des ordres, de temps en temps, maugréait tout seul dans une langue inconnue d'elle, du français mâché, a-t-elle pensé plus tard, malaxé comme sa peinture.

Il est sorti de ces séances, trois moments exceptionnels dans la vie de Louise Rotheim, pendant lesquels elle n'a rien fait, qui l'ont moulue plus que tout autre travail, deux tableaux, que ses parents jugeaient curieux au premier regard. Ils n'étaient pas sûrs d'aimer de tels portraits. Ils étaient pourtant prévenus, Soutine ne faisait pas de la peinture comme autrefois, mais, tout de même, ils avaient du mal à retrouver leur fille unique dans cette petite grenouille aux traits anguleux, aux yeux exorbités, qui avait l'air de vouloir sauter de la toile pour vous prendre par le cou et vous étrangler ; cette tête penchée, ces mains grossies par le premier plan, est-ce que Louise, pendant ses séances de pose, s'était tenue de façon aussi grossière ?

– Pourtant, a dit M. Rotheim, c'est bien elle, du moins quelque chose d'elle, quand elle écoute, qu'elle est attentive.

Il était prêt à aimer ces ondulations du corps, à se forcer à les aimer, puisqu'une œuvre d'art devait dépasser la présence du modèle. Il était possible d'admirer, surtout si le peintre mangeait à votre table, ces teintes vertes dans la peau, ce regard maladif même, sur le deuxième tableau surtout. Celui-là était moins agressif,

sans les mains. Louise n'avait pas l'allure d'une criminelle, comme sur le premier, on aurait presque dit une
vraie jeune fille de son temps, de trois quarts, en plan
rapproché, mais quelle tristesse dans l'œil ! Louise était-
elle aussi triste que Soutine la représentait ? C'était faux
et vrai en même temps, ils étaient bien ennuyés, les
parents de Louise Rotheim, devant les portraits de leur
fille.

Soutine a annoncé son départ prochain : grâce à M. et
Mme Rotheim, prétendait-il, il allait mieux, leurs bons
soins, l'atmosphère de leur maison, il avait presque
retrouvé le goût de peindre, le goût de vivre un peu aussi.
Louise aurait aimé l'entendre dire qu'il allait mieux surtout grâce à sa présence. C'était trop lui demander,
remercier les parents devait déjà lui coûter.

Il ne s'enfuyait pas de chez eux, cette fois, a-t-il ajouté,
pas la peine de surveiller les journaux. Il ne se livrerait
pas pour autant à des démonstrations d'amitié, bourru
jusqu'au bout et intimidé, comme s'il venait d'arriver.

Il a fait prendre, dans l'après-midi, ses affaires et son
matériel par un jeune coursier malingre. Mme Rotheim
a voulu faire sa chambre, en début de soirée : effarée, les
portraits étaient restés côte à côte, contre le mur, mas-
qués par le lit, oubliés par le coursier, a-t-elle pensé. Qui
pouvait dire où habitait M. Soutine, quand il ne vivait pas
chez les Rotheim ? Avait-il un appartement ? Un atelier ?
Était-il hébergé par d'autres familles ou des amis ? Comment lui rendre ses tableaux ?

– C'est peut-être une façon discrète et timide de vous
dédommager, a suggéré Louise Rotheim. Il sait qu'on ne
paye pas de loyer chez nous, il a déjà essayé de vous
payer les repas, mais papa a refusé, alors, il n'a pas trouvé
d'autre moyen de vous remercier.

M. Rotheim ne voulait pas accepter cette hypothèse, la
valeur marchande d'œuvres signées Soutine devait être
sans commune mesure avec l'hospitalité offerte : un lit
inconfortable, des repas modestes, un homme qui ne
buvait même pas de vin.

– Bien sûr, nous l'avons entouré, a dit Mme Rotheim, mais pas plus que les autres, et n'importe qui aurait fait comme nous. Ce serait plutôt à nous de lui payer les portraits de notre fille. C'est comme cela que les choses se passent, me semble-t-il. On passe commande à un artiste des portraits de sa famille, c'est de cette manière qu'il gagne sa vie.

– Oui, a dit Louise, mais ce n'est pas vous qui avez passé commande de mon portrait à Soutine, c'est lui qui s'est proposé, c'est tout différent.

– Un paiement en nature, vraiment, tu crois ? Nous ne connaissons pas assez les milieux des peintres d'aujourd'hui, mais je doute qu'ils se conduisent de cette manière. Les artistes sont toujours à la recherche d'argent, c'est bien connu. Non, non, c'est un oubli pur et simple.

Ils ont attendu quelques semaines le retour de Soutine, puis le séchage complet des huiles avant de les envelopper dans du papier de soie et de les descendre au sous-sol, derrière la porte blindée. La cave était bonne, sèche, les tableaux seraient à l'abri, en attendant que leur auteur et propriétaire vienne les récupérer.

Louise s'était lancée dans les œuvres complètes de Balzac, pour penser à Soutine, soir après soir. Les premières nuits, elle avait hoqueté, le visage écrasé dans l'oreiller, pour atténuer le bruit, pour s'étouffer elle-même aussi un peu. Quinze ans, un grand peintre l'avait touchée, au Louvre, pendant ses poses, il l'avait peinte, il s'était peut-être senti bien avec elle, elle s'était sentie bien auprès de lui, et c'était tout ?

Chaïm Soutine a fait sa troisième apparition, fin janvier, ou début de février 1936, la démarche plus penaude que jamais, une tristesse dans ses gros yeux, s'il consentait à les fixer un instant quelque part, la voix inaudible : un calicot l'avait reçu au magasin et accompagné à l'étage, en désespoir de cause :

– C'est le monsieur drôle qui est déjà venu l'année dernière, avait-il glissé à Mme Rotheim.

Le monsieur drôle portait tout l'ennui de la terre sur ses épaules voûtées. Louise et sa mère l'avaient fait asseoir avec des précautions de gardes-malades, encore une mauvaise passe pour M. Soutine. M. Rotheim l'a retrouvé plus tard, prostré au même endroit : son état a moins compté pour lui que la joie de pouvoir régler enfin l'histoire des tableaux. Un homme intègre comme lui n'aimait pas le flou qui les entourait. À qui appartenaient-ils ? Que fallait-il en faire ? Le maître venait donc récupérer son bien ? Il espérait la venue du maître depuis si longtemps et le maître trônait chez lui, ou plutôt était affalé sur une de ses chaises :

– J'étais bien ennuyé… vous allez me soulager… Imaginez, si on me les avait volées, vos toiles…

Soutine a ouvert ses grands yeux, globuleux, perplexes, vraiment, des toiles, il ne voyait pas de quoi M. Rotheim voulait parler.

– Mais si… les portraits de Louise… enfin, Soutine… deux toiles de votre main… chez nous…

Louise Rotheim a mal pris, pour commencer, cet oubli de Soutine : il avait si peu de considération pour elle qu'il en oubliait les séances de pose, qu'il méprisait ses propres œuvres, si elle y figurait.

– Négligence naturelle chez un artiste, a expliqué M. Rotheim, le soir, quand elle a dit sa colère.

– Surtout, un accès de mélancolie, a continué sa mère, profond, nous devrions l'obliger à consulter un médecin.

Soutine a refusé la présence de tout médecin, la mémoire lui est revenue plus clairement, après quelques jours de régime, de soins, quand il s'est senti mieux au milieu d'eux. M. Rotheim a remonté les toiles du sous-sol, les a dégagées de leur papier de soie. Cet emballage a fait rire Soutine, il l'a froissé entre ses doigts, en examinant à tour de rôle et de longues minutes les deux portraits :

– Ils sont bons à jeter, a grogné Soutine.

M. Rotheim a assuré plus tard qu'il avait dit :

– Ils sont bons à acheter.

Les membres de la famille n'ont jamais pu se mettre d'accord sur la question. Il reste que Soutine a refusé de les reprendre, soit parce qu'il ne leur accordait aucune valeur artistique, soit par politesse, sa politesse gênée habituelle, pour ne pas avoir l'air de récupérer ce qu'il avait, peut-être involontairement, laissé derrière lui et que ses hôtes avaient pu considérer comme un cadeau :

– Remettez-les dans leur papier et reposez-les là où ils étaient, c'est ce qui peut leur arriver de mieux.

M. Rotheim a bien essayé d'insister, Soutine commençait à se fâcher, prêt à se jeter sur ses toiles : il les aurait démembrées ou lacérées, si M. Rotheim n'avait pas cédé et accepté de les remiser dans son sous-sol, n'en parlons plus.

Cette tentative d'élimination de ses portraits, de son visage, même transformé, avait renforcé la déception de Louise Rotheim. Elle a évité de se trouver en présence de Soutine, les quatre premiers jours ; loin de lui à table, surtout ne pas lui adresser la parole. C'est lui qui s'est étonné de cette attitude auprès de Mme Rotheim :

– J'ai fâché votre fille ? Elle voudrait que je parte d'ici ?

Il n'avait pas imaginé que son jugement artistique sur sa production personnelle puisse être interprété comme un jugement sur le modèle ; même après les explications de la mère, il n'arrivait pas à comprendre les réactions de la fille.

Mlle Rotheim, cinquante ans après, ne lui en voulait plus : Soutine appartenait, pensait-elle, à une catégorie humaine différente de la nôtre, apte à saisir le plus complexe d'un être et incapable de comprendre le plus simple.

Il a pourtant changé de comportement, les jours suivants, jovial à table, disert pour la première fois, ne fuyant pas toujours la compagnie des autres pensionnaires, trois Allemands et un Autrichien, à cette époque. Parmi eux, un cinéaste lui plaisait plus que les autres, parce qu'il pérorait des demi-heures entières contre le cinéma parlant. Son affaire à lui, c'était le muet et il répétait sans relâche que le parlant avait tué à jamais le cinéma.

Antoine Carmi regrettait que Mlle Rotheim n'ait jamais été en mesure de retrouver le nom de ce cinéaste allemand, ni le moindre titre de ses films sur lesquels, pourtant, selon elle, il se montrait intarissable. La gaieté de ces moments a fini par gagner Louise. C'est la dernière période de Soutine chez les Rotheim, leur dernière période gaie : ils riaient du cinéaste avec Soutine, de ses proclamations, de ses colères. À l'entendre, il semblait qu'il avait moins fui l'Allemagne nazie que le cinéma parlant triomphant. Adolescente plutôt vive, Louise lui en avait fait la remarque, provoquant la colère la plus théâtrale qu'ait connue l'immeuble Rotheim. Le cinéaste s'était levé et, avec son accent fracassant, avait hurlé que l'avènement du national-socialisme était la conséquence directe du cinéma parlant : les dates concordaient, la fin des années vingt, le début des années trente, indiscutable :

– Imaginez Hitler muet, continuait l'artiste, il ne serait jamais arrivé au pouvoir. Mais un Hitler parlant, un cinéma parlant, voyez la catastrophe.

Soutine et Louise avaient ri si fort, tous les deux, qu'elle en avait oublié sa propre colère contre lui. Elle lui avait demandé, le lendemain matin, s'il l'emmènerait encore une fois au Louvre. Elle se rappelait qu'il lui avait promis de mieux voir les Corot et les Chardin, à la fin de leur première visite. Ils passaient trop de temps devant chaque tableau pour pouvoir épuiser un musée pareil.

Il lui a proposé d'y faire un tour le dimanche matin, mais leur marche erratique dans Paris les a conduits, comme malgré eux, vers Montparnasse, comme si la peinture, les portraits, les siens comme ceux des maîtres anciens, ne pouvaient plus être une question entre eux, n'étaient plus, même, qu'un obstacle, le souvenir d'un malentendu.

– Tes parents ne seraient pas contents, s'ils apprenaient que je t'offre un verre au Dôme ?

Ils allaient pénétrer dans le café, Soutine a changé d'apparence, son air traqué lui est retombé dessus, d'un seul coup : glissades en diagonale, regard posé par terre, il s'est précipité vers une table vide. Peu de clients, à cette heure de la matinée, certains, pourtant, avaient remarqué Soutine en compagnie de Louise, s'agitaient sur leur passage et adressaient des saluts au peintre. À l'abri derrière un portemanteau, il a retrouvé sa vivacité, plaisanté avec un garçon.

Boire une limonade avec Soutine, encore une occasion pour la vieille demoiselle de fermer les yeux, cinquante ou soixante ans après, de passer sa langue sur ses lèvres pour en éprouver l'amertume. Des connaissances étaient venues parler à l'artiste, demandaient à se faire présenter la jeune dame. « Jeune dame », ils prononçaient ces deux mots sur un ton légèrement moqueur qui l'agaçait : des mots pas faits pour elle, avait-elle pensé, sans compter ces lueurs désagréables dans ces yeux d'hommes posés sur elle et sur Soutine.

Il les évinçait, tout juste poli, sans qu'ils aient l'air de s'en offusquer : la manière d'être du peintre. Soutine commençait à regretter d'avoir amené Louise au café, mais, comme les gêneurs s'étaient retirés, ils ont fini la matinée au chaud, au fond du Dôme.

M. Rotheim s'est informé, au déjeuner, des avancées de Louise dans la connaissance générale des maîtres hollandais et français.

– Et italiens et espagnols, a-t-elle ajouté, Tintoret, le Greco, quelle matinée !

Elle s'est tournée vers Soutine pour qu'il confirme ses progrès : il hochait la tête, comme écrasé par une faute que Louise l'empêchait d'avouer. Un mauvais complice, ce Soutine, Louise voyait bien qu'il était prêt à cracher le morceau, à s'humilier et à demander pardon aux parents pour le mensonge de leur fille.

Le cinéaste du muet venait de prendre sa place à table et a emporté la conversation loin du Louvre ou du Dôme, tonitruant, jusqu'au dessert, où il a annoncé son départ pour Hollywood : il leur montrerait, aux Américains, ce

171

qu'était le vrai cinéma. Il avait quitté la France, se rappelait Mlle Rotheim, mais elle n'était pas sûre qu'il ait jamais atteint la côte ouest des États-Unis, encore moins qu'il ait réussi à monter un film là-bas, sa carrière était déjà terminée. Du moins, il avait sauvé la mise à Louise, devant ses parents, ce jour de février 1936, sans doute un des rares succès de cet artiste, suffisant pour qu'elle lui témoigne, longtemps après, sa reconnaissance.

Soutine s'était levé de table assez vite, selon son habitude, un long tour dans l'après-midi, destination inconnue. Dans un autre café ? se demandait Louise Rotheim. Avec une autre jeune dame ? Une vraie ? Il est rentré à la nuit tombante, fin de journée d'hiver, emmitouflé, retenant les portes derrière lui, posant juste le bout du pied sur le tapis des marches, comme elle l'avait vu faire à plusieurs reprises, fantomatique, autant qu'il en était capable, passé inaperçu, sauf pour Louise Rotheim. Elle guettait ce retour depuis quatre heures, elle surveillait les palpitations de la rue, les voix, les évolutions de la circulation, les appels d'air possibles dans la cage d'escalier, sous les portes de communication.

Un moment, elle s'est dit : il est là, et du même pas que lui, elle a quitté l'appartement du premier par la porte de service, monté la quinzaine de marches jusqu'au deuxième, peur de tomber sur les Allemands ou l'Autrichien, non, non, eux n'étaient pas revenus si tôt et la discrétion n'était pas leur fort, déclarations officielles à toute heure, sonorités germaniques répercutées d'étage en étage, aucun doute.

Elle est restée derrière la porte au moins cinq minutes, à essayer de saisir, à travers le battement sanguin de ses tempes, un autre bruit, la trace d'un mouvement ; la confirmation d'une présence vivante.

– Entrez, a dit la voix de Soutine, alors que Louise ne se rappelait pas avoir frappé ni produit le moindre son.

Cet homme-là devait avoir des capacités sensorielles plus développées que n'importe qui.

Elle s'est glissée par la plus petite ouverture possible de la porte, en travers, comme Soutine avait l'habitude de le faire, elle l'a cherché dans la pièce, n'a trouvé que son regard, énorme, au-dessus des barreaux du lit : il était à demi allongé, un bras derrière la tête. À l'autre bout, un pied chevauchait l'autre. Soutine a quitté cette position relâchée pour s'asseoir, dans un mouvement d'une vitesse saisissante pour un homme plutôt lent le reste du temps, sur le bord du matelas. Seul son regard avait gardé sa fixité, posé sur Louise et effrayé.

Ce qui suit est difficile à rapporter dans le détail, Mlle Rotheim ne l'a jamais raconté de façon explicite aux deux garçons. Une vieille demoiselle ne s'expose pas aussi facilement, et puis ils étaient trop jeunes, à l'époque où elle se répandait sur Soutine. Plus tard, à supposer qu'elle ait eu envie d'en dire plus, elle aurait eu du mal à se faire entendre : Antoine et Hermann ne la laissaient plus reprendre encore et encore les mêmes souvenirs sur Soutine :

– On a déjà entendu ça deux cents fois.

Alors, ce qu'elle a pu dire sur cette fin d'après-midi, en février 1936, est resté allusif. Il semble que Louise ait atteint le lit de Soutine en deux déplacements dignes de lui; probablement en diagonale, comme un fou aux échecs, avait dit une fois Mlle Rotheim, comme une folle surtout. Elle a dit, une seule fois, s'être sentie, devant lui, dépossédée d'elle-même, formule générale caractéristique d'une vieille demoiselle s'adressant à deux jeunes garçons, et un peu grandiloquente.

La frayeur initiale de Soutine n'aurait pas disparu tout de suite, il aurait été incapable d'aligner des phrases cohérentes. Elle se serait assise sur le lit, pas trop près de lui, sans savoir quoi dire. Comment se tenir avec un homme de plus de quarante ans ?

Il est possible d'imaginer que l'affaire en est restée là, que Soutine a recouvré la parole pour se lever et faire la morale à une enfant, seize ans tout juste, la renvoyant à ses parents. Mlle Rotheim n'a jamais évoqué une issue de ce genre ni aucune autre. Un dialogue a eu lieu, pourtant, l'ébauche d'un dialogue, mais Louise Rotheim devait déjà s'être approchée de Soutine, l'avait effleuré d'une manière ou d'une autre, dessus de la cuisse, caresse sur le visage plus sûrement. Soutine a mis en avant son âge, leur différence d'âge : Louise Rotheim, avec sa petite taille, sa maigreur, la platitude de ses formes, pouvait faire plus jeune que ses seize ans. Ces seize ans, elle a pu les gonfler devant la crainte, manifestée par Soutine, d'un détournement de mineure.

Mlle Rotheim a suggéré, en une seule occasion, qu'elle avait ingurgité deux bons verres de schnaps, dans le dos de son père, avant de monter chez Soutine ; elle a pu avoir des audaces dont elle aurait été incapable autrement. Elle s'est maladroitement glissée sous le nez massif du peintre pour provoquer des baisers. Il a reculé le visage, tenté de la repousser, elle s'est agrippée à ses mains, ces mains effilées dont elle a souvent parlé comme de deux appendices en contradiction avec le reste du corps. Elle a manipulé ses bras, comme il avait manipulé les siens devant les tableaux, au Louvre, ou sur sa chaise, quand il lui avait demandé de poser : il voulait obtenir d'elle, à ce moment-là, la posture idéale ; elle voulait obtenir de lui, à son tour, une posture idéale.

Elle l'a maintenu, de toutes ses forces de seize ans, pressante et malhabile : il n'aurait eu aucun mal, dans la force de son âge, à se débarrasser d'elle. S'il résistait, elle a peut-être commencé à crier, menacé d'attirer ses parents pour l'accuser de violence. Non, cela ne ressemblerait pas à Mlle Rotheim, perdre si tôt tout espoir. Mais Soutine a pu craindre un comportement de ce genre, il a eu le temps d'entrevoir un scandale, son nom dans la presse, affaire de mœurs. Louise a pleurniché, proclamations, éloquence années trente, films parlants récents, amour, depuis le premier repas commun, la mémoire de la peau, depuis qu'il l'avait touchée au Louvre, désirs nocturnes, sommeil perdu, obsession de son image, de ses mains, de ses mains surtout, de son regard sur elle, pendant qu'il la peignait ; seize ans, du schnaps dans les veines, peur de rien.

C'est difficile à croire, mais il est presque certain que Soutine a baissé les yeux devant elle, vrai timide rougissant. Mlle Rotheim, à plusieurs reprises, a laissé entendre qu'elle n'avait jamais senti de différence d'âge entre le peintre et elle, et même que leurs âges, plus d'une fois, lui avaient paru inversés. Sans doute faisait-elle allusion, sans oser se montrer trop franche, à ce moment dans la chambre de Soutine. Devant elle, c'était lui l'enfant et il y trouvait son compte.

Imaginons que, malgré son inexpérience, elle l'a entouré de ses bras maigrelets, elle a fait plier les siens, deux fois plus épais. Il a accepté ses lèvres, film d'époque, cinéma muet finissant, les plus fines des lèvres, sur les siennes, trop charnues. La brute, c'était elle, la vierge, c'était lui, jusqu'à ce qu'il se révolte : sa timidité ne devait pas faire de lui une femme soumise. C'était un homme né au XIXe siècle, élevé selon des traditions bibliques. Il avait beau s'en être échappé, avoir mené une vie d'artiste parisien libre, il devait avoir conservé des principes simples sur la place respective des hommes et des femmes. Il s'est enfin animé, ajoutant son énergie magnétique virile à l'énergie électrique femelle qui faisait dresser son duvet sur toute sa peau.

Antoine Carmi ne voyait pas cette rencontre autrement : Soutine s'était montré incapable, alors qu'il le souhaitait, de repousser une fille de seize ans, il ne lui restait plus qu'à prendre l'initiative de la suite, pour ne pas perdre la face, sa face de gros mâle, à ses propres yeux.

Il l'a jetée sur le côté, les ressorts ont grincé, vibré, c'est elle qui a pris peur. Le bruit allait alerter ses parents, l'homme avait changé de regard, plus rien de peureux, plus rien d'intimidé, un regard de méchant sûr de lui, comme lorsqu'il peignait. Quand il a fait peser la moitié de son corps sur elle, elle a pensé que ce n'était pas cela qu'elle voulait. Crier, c'était encore possible, mais il aspirait ses cris avec sa grosse bouche. Et même quand sa grosse bouche s'est promenée sur le reste de son corps, aucun cri ne pouvait plus sortir d'elle, comme si l'électricité troublante du début avait disparu, comme si elle était toute refroidie, vidée de tout désir.

175

Elle a grelotté, parce qu'il avait déboutonné ou arraché son gilet rouge, le même que sur les tableaux ; la jupe bleue lui donnait plus de mal, elle se froissait, il l'a relevée, les jambes tremblaient. Elle a demandé une couverture, il a défait le lit, plié le corps de Louise pour l'engager dans les draps, elle se laissait faire. Soutine l'a réchauffée un moment, pas trop longtemps, il était pressé. Il a pris le temps de se lever pourtant, pour prendre une serviette blanche posée sur une chaise et la glisser sous les fesses de Louise Rotheim. Défaire sa ceinture, deux boutons de chemise, ne pas se déshabiller plus, pudique, Soutine, il s'est allongé sur elle, la boucle de sa ceinture s'enfonçait dans le creux du ventre. Elle a vite oublié cette douleur : Soutine lui-même avait ôté la ceinture de ses passants, s'était enroulé dans la couverture à hauteur de la taille. A-t-elle aperçu son corps nu ? Son sexe ? Sa forme ? Sa tension ? Elle ne voyait rien, ne faisait plus rien, petite fille de seize ans sous un corps trop épais pour elle, délicat aussi, elle a insisté souvent, à demi-mot, sur la délicatesse de Soutine. Il ne voulait pas lui faire mal, pas la fracasser contre des ressorts plus ou moins démanchés ; il s'est poussé en elle, un passage trop étroit, presque fermé, ne résiste pas, Louise Rotheim, c'est Soutine, Chaïm Soutine, celui que tu veux depuis six mois, et il est là. Ce n'est pas ce qu'elle voulait ? Ce n'est jamais ce que tu veux, c'est, toujours, à la fois moins bien et mieux que ce que tu voulais, Chaïm Soutine est en train de te l'apprendre.

Elle ne savait sans doute pas trop où trouver du plaisir, il ne savait pas trop comment lui en donner sans la brutaliser davantage. Elle était si frêle sous lui, il avait peur de tout casser, de la déchirer, comme un tissu de son père, au magasin, *L'infiniment beau*, un de ces tissus en rouleaux, dans lesquels on donnait un coup de ciseaux et qu'on ouvrait d'un seul mouvement ensuite, à deux mains, dans un craquement des fibres textiles. Louise Rotheim, quand Soutine s'est relevé, est restée allongée sur le dos, molle comme un coupon de tissu.

Si elle n'a pas connu le plaisir, ce qui, à l'époque, s'appelait le plaisir, elle n'a pas ressenti pour autant de frustration, ce qui, aujourd'hui, s'appelle la frustration, c'était une autre forme de plaisir, un plaisir qu'elle pourrait encore plus facilement magnifier, le plaisir de Chaïm Soutine en elle, par elle, celui qu'elle a gardé secret, qu'elle a raconté à Antoine et Hermann Carmi sans en dire un seul mot. C'est cette absence de plaisir, bien plus qu'un vrai, qui a rempli sa vie.

Soutine l'a aidée à se relever, à moitié rieuse, à moitié en larmes, pour la mener à la cuvette et au broc d'eau froide, s'est détourné d'elle, délicat, Soutine, délicat, pendant qu'elle se lavait et qu'il bouchonnait la serviette, secouait le lit, le refermait. Elle a entendu, derrière elle, la boucle de la ceinture râper le sol, cliqueter autour de la taille du peintre.

Tout cela n'a peut-être pas eu lieu, mais, si cela n'a pas eu lieu, quelque chose a quand même eu lieu, quelque chose d'assez important pour transformer Louise Rotheim et diriger son existence jusqu'à Joseph Carmi, jusqu'à Antoine et Hermann Carmi, jusqu'à aujourd'hui. Ce qui a bien eu lieu, c'est le retour de Louise au premier étage, aussi discret que la montée au deuxième, son apparition dans la cuisine, par la porte de service, dans le noir, juste ce qu'il fallait pour masquer le rouge des joues, le rouge de tout le corps, les plaques de marbrures rouges infligées par le contact avec le corps, les vêtements rêches, la ceinture de Soutine. Elle s'est assise sur une chaise semblable à celle sur laquelle elle avait posé pour l'artiste, sa mère a allumé la lumière :

– Mais qu'est-ce que tu fais là, dans la nuit ? Et tu ne réponds pas quand je t'appelle ? Dix minutes que je te cherche et que je t'appelle... Je commençais à me demander... Quelque chose ne va pas ?

Quelque chose, oui, il s'agit toujours de quelque chose, quelque chose dont on ne peut jamais rien dire de plus. C'est encore le cinéaste du muet qui l'a sauvée : il rentrait pour sa dernière nuit rue de Cléry avant Hollywood, avec ses compères austro-allemands ; ils faisaient, tous

177

les quatre, un de ces raffuts dans l'escalier de service. Mme Rotheim s'est affolée, ce serait bientôt l'heure du dîner. Leur dernière soirée chez les Rotheim, elle voulait faire un effort pour eux, ce soir-là, les honorer un peu, branle-bas, aide-moi, Louise.

Les pensionnaires se sont présentés à l'heure habituelle, M. Rotheim tenait son bout de table, accueillait chacun avec un mot aimable, une question sur sa journée. Manquait M. Soutine ; un quart d'heure, une demi-heure ; il est vrai que le peintre n'était pas le plus ponctuel des pensionnaires ; il devait être dans sa chambre, pourtant, l'Autrichien l'avait aperçu à l'étage, en rentrant, Soutine lui avait même tourné le dos, mais il tournait facilement le dos à tout le monde.

– Va voir, Louise, s'il n'est pas malade, s'il n'a besoin de rien. Sinon, dis-lui que ça va refroidir, il aime manger chaud.

Louise n'osait pas se lever : monter dans la chambre de M. Soutine ?

– Il ne va pas te manger, a dit Mme Rotheim.

– Ça ne risque pas, a ajouté M. Rotheim, avec ses maux d'estomac.

Louise s'est retrouvée devant la porte, là-haut, elle a gratté un instant, écouté, entrouvert, aperçu le lit bien bordé et le vide autour, pas un vêtement, pas un signe de présence. Soutine a encore fichu le camp, a-t-elle pensé, et elle a senti, disait-elle, à la fois un effondrement intérieur et un soulagement.

Voilà, elle avait atteint un sommet de sa vie, qu'ils aient fait l'amour ou qu'ils aient seulement parlé dans sa chambre, elle ne pouvait que redescendre. Comment auraient-ils pu manger côte à côte devant les parents Rotheim ? Comment auraient-ils pu continuer à se voir sans rien faire ou sans se dire un mot ? Comment auraient-ils pu engager une nouvelle conversation intime ou faire quoi que ce soit ensemble, sans que les parents ne sentent que quelque chose avait changé entre eux ? Tous les cas de figure lui semblaient insurmontables : un bonheur qu'il soit parti, un abandon aussi, un abandon heureux, qui la ferait pleurer, mais qui lui permettrait de conserver à ce moment de son existence un relief spécial, à le grandir même.

Les parents ont cessé de s'étonner de ce retard, puis de cette absence : on avait annoncé un dîner un peu exceptionnel pour le départ des Allemands, cela devait avoir effrayé un homme comme Soutine. Il rentrerait tard dans la soirée, pour éviter la fête, ou il ne reviendrait pas. On était tranquilles, à présent, il avait déjà fait le coup une fois, parti sans prévenir, il ne s'était pas jeté sous le métro pour autant. On avait compris, il partait quand il allait mieux, on reconnaîtrait son visage défait, sa mèche tombante, dans un coin de porte, d'ici trois ou six mois. Un homme de son talent n'avait pas à se justifier, un homme de son caractère n'en avait pas les moyens, autant de bonnes raisons de lui pardonner ses départs brusques. Tout lui était permis, on l'aimait bien, M. Soutine.

– N'est-ce pas, Louise, que c'est un homme étonnant, sous ses dehors rébarbatifs ?

Louise Rotheim a étouffé de grosses larmes de petite fille, les mêmes grosses larmes de petite fille qu'elle versait encore à soixante ou soixante-dix ans, quand elle se lançait sur Soutine, sur le départ de Soutine.

– Même une vraie veuve ne pleurerait pas son défunt comme ça, si longtemps après, ricanait Joseph Carmi.

Veuve à seize ans, la Veuve Soutine. Elle a guetté plusieurs matins de suite le retour de l'artiste, elle est montée chaque soir à l'étage pour écouter à la porte : des voix nouvelles, des corps nouveaux, indifférents. Il était trop tôt pour avoir l'idée de se remarier. Reviens, Soutine, non, ne reviens pas.

Il s'est manifesté, sans se montrer lui-même, mais à sa manière, le samedi suivant. Une grosse voiture bien astiquée s'est garée devant le magasin, un chauffeur stylé a demandé M. Rotheim pour lui remettre un paquet et une lettre de M. Chaïm Soutine : pas d'accusé de réception, pas de réponse attendue, le chauffeur a soulevé sa cas-

179

quette une dernière fois et manœuvré, le menton haut, dans la rue de Cléry.

M. Rotheim n'en revenait pas, il a dû s'entourer de sa femme et de sa fille pour oser ouvrir la lettre et le paquet. Soutine avait rempli de petites feuilles d'une écriture large et ronde, dans un français tout à fait correct, se souvenait Mlle Rotheim, mais avec quelques fautes d'orthographe.

Il ne prenait pas la peine de s'excuser pour son départ précipité, il n'y faisait même pas allusion. Il savait, expliquait-il, que la famille Rotheim ne l'avait pas accueilli avec l'espoir d'un gain ni du moindre merci. Il avait aimé être traité ni mieux ni plus mal que les autres réfugiés, bien que leur malheur ne soit pas comparable à son aisance d'artiste. Il acceptait la règle selon laquelle les pensionnaires n'avaient à régler aucune note de frais, de logement ou de nourriture. Il complimentait au passage Mme Rotheim sur ses pommes de terre bouillies, qu'il regrettait déjà. Il se croyait autorisé, cependant, puisqu'il n'était pas un réfugié, même s'il n'avait pas la nationalité française, à faire un don strictement amical et en nature. Il connaissait, ajoutait-il, les objections de M. Rotheim : ses dons lui semblaient disproportionnés par rapport aux frais engagés ? Il se trompait, ses tableaux, en général, n'atteignaient pas les prix qu'il imaginait et, surtout, soucieux de respecter ses scrupules, il lui offrait une toile vraiment dépourvue de valeur marchande, petit format, comme les portraits de Louise, un essai ancien, plutôt qu'une œuvre. Il insistait, avec une nouvelle faute : « Rassurez-vous, un cadeau sans valeure marchande, purement amical, pour saluer les grands cœurs qui m'ont reçu chez eux. Si cela vous déplaît, concluait Soutine, je vous autorise à déchirer la toile pour qu'il n'en reste rien. Ce serait le mieux, j'aurais d'ailleurs dû le faire moi-même. Si vous n'en voulez pas pour vous et si, comme je le crains, vous n'osez pas la jeter, laissez-la à Louise, elle aime la peinture, je crois. »

Soutine avait pensé à elle, cette fois, ce cadeau offert à la famille Rotheim était destiné à Louise et à elle seulement, elle en a eu la conviction immédiate. M. Rotheim ne l'a pas compris du tout de cette manière :

– C'est un grand honneur fait à notre famille, mais c'est un honneur exagéré. M. Soutine veut nous faire croire que ses œuvres n'ont aucune valeur, mais nous savons bien que c'est un homme trop modeste, qui ne s'aime pas assez, nous ne réussirons pas à le sauver de ses souffrances, elles nous dépassent. Nous ne pouvons pas accepter un cadeau pareil. M. Soutine a bien une adresse à Paris, une galerie qui s'occupe de lui. J'irai moi-même lui rendre ses tableaux, il me comprendra.

Mme Rotheim et Louise voulaient bien regarder le tableau avant qu'on ne le rende. Louise insistait déjà pour le garder, se faisant relire la phrase où Soutine faisait allusion à elle. C'est elle, malgré son père, qui a déballé la toile : un jeune personnage en uniforme rouge, coupé au-dessus de la taille, les bras écartés, comme s'il avait les mains sur les hanches ou croisées sur le ventre, mais on ne les voyait pas. Une galette rouge aussi, galonnée de doré, était posée de travers sur son crâne, une espèce de Spirou, a dit Antoine Carmi, un groom, comme dans les grands hôtels, mais avec un air d'ennui et de mépris, assez semblable à celui de Soutine lui-même, selon Mlle Rotheim, comme s'il lui adressait un clin d'œil et lui disait, par ce petit message, qu'il l'abandonnait mais qu'il ne la laissait pas tomber. Une délicatesse dans l'indélicatesse, elle reconnaissait bien son Soutine.

C'est vrai, qu'est-ce qu'elle avait espéré de lui, petite fille de seize ans, lui un homme renommé dans les hautes sphères de l'art ? Comment avait-elle osé l'approcher ? Parce qu'il était faible et vulnérable, chaque fois qu'il apparaissait rue de Cléry ? Sans doute. Maintenant, il était redevenu le grand Soutine, bénéficiant probablement de protections dans la haute société, voiture de maître avec chauffeur à sa disposition, pas le pauvre type sale et déboussolé qu'il avait l'air d'être chez les Rotheim, alors il n'allait pas s'encombrer d'une gamine comme elle. Du moins, il lui avait laissé deux portraits d'elle et ce petit groom plus ou moins amical.

Elle a peut-être craint, les semaines suivantes, que Soutine ne lui ait laissé un autre petit groom, mais tout est rentré dans l'ordre, elle a dû être soulagée, tout en le regrettant aussi un peu.

Les tableaux sont restés sans emploi un long moment : M. Rotheim annonçait toujours qu'il allait retrouver le peintre. Mme Rotheim cherchait un endroit où les accrocher, mais il fallait les faire encadrer d'abord et le père ne se décidait pas. Louise Rotheim n'osait plus les réclamer pour elle, pour sa chambre.

Elle se rendait au Louvre, le dimanche matin, avec la peur et l'espoir de le croiser devant un Rembrandt ; elle frôlait, de temps en temps, la vitrine du Dôme, sans oser scruter trop longtemps les profondeurs et les recoins. Elle a fini par rencontrer Soutine, à la fin de l'automne 1937, sur le trottoir du boulevard Montparnasse, à peine reconnaissable : un homme distingué, en complet épais, sous un pardessus molletonné ouvert, cravaté, chemise soyeuse, un chapeau noir, larges bords, posé sur la tête comme le calot du groom. Il tenait le bras d'une grande femme ; Louise Rotheim aurait voulu les éviter, Soutine aurait préféré baisser les yeux, comme il savait si bien le faire. C'était trop tard, ils étaient l'un en face de l'autre. Il s'est contenté de présenter les deux femmes :

– Louise... Gerda...

Ils ont secoué la tête, tous les trois, comme pour s'approuver les uns les autres ou constater leur existence mutuelle, et ils n'ont rien trouvé de plus à se dire.

Louise Rotheim regrettait cette rencontre, elle avait mis fin, a-t-elle cru sur le moment, à son attachement pour Soutine, à sa domination sur elle. Enfin, elle n'en était pas si sûre : l'allure du peintre lui avait déplu, sans doute, cette tenue d'élégant ridicule, ce n'était pas son Soutine à elle, mais cette femme, cette Gerda, l'avait d'un seul coup rendue jalouse, comme elle n'avait pas imaginé pouvoir l'être. Soutine, avec sa tête de malheureux, son dos écrasé, aucune autre femme ne pouvait l'aimer comme elle ; il n'aurait dû plaire qu'à elle, et il déambulait avec cette grande Teutonne plus apprêtée, plus séduisante qu'elle ne pouvait l'être.

Salaud de Soutine, Soutine adoré, dans son journal intime, elle le désignait des deux manières, en réduisant, par prudence, son nom à l'initiale : salaud de S., S. adoré, des mois durant, convaincue en même temps qu'elle ne le croiserait plus jamais et que, plus tard, adulte établie, elle le retrouverait et n'épouserait que lui. Il ne pourrait pas s'attacher longtemps à cette grasse Allemande, il reviendrait à elle quand les questions de détournement de mineure ne se poseraient plus. Et s'il ne se présentait pas de lui-même, elle trouverait le moyen de l'approcher ; ce serait encore plus facile, si sa notoriété s'étendait encore. Rêveries de gamine de dix-sept ans, notait-elle parfois dans son petit carnet, quand l'emballement retombait.

Les trois tableaux, enveloppés, prenaient la poussière dans le sous-sol, aucun membre de la famille n'en parlait plus. M. Soutine avait rejoint la masse confuse des pensionnaires passés un jour par la rue de Cléry. Seuls comptaient, pour M. Rotheim, les nouveaux, qui avaient besoin d'un coup de main. Il n'avait pas les moyens, disait-il, de se soucier des autres, présumés sortis d'affaire. Et, si Soutine n'apparaissait plus dans l'encadrement des portes, rue de Cléry, c'est qu'il était tiré d'affaire. La maison Rotheim avait rempli son rôle, faire franchir une passe difficile à des marcheurs partis d'un point pour en rejoindre un autre. L'immeuble ne devait en aucun cas représenter une destination. Pourquoi pas ? s'insurgeait parfois Louise, mais personne ne comprenait la raison de ses mouvements d'humeur.

Au milieu de la guerre, quand il a été question de fuir, de voyager sous une fausse identité, de recevoir l'hospitalité de la campagne française, M. Rotheim a fait une dernière allusion aux toiles entreposées : fallait-il les emporter, avec d'autres objets de valeur ? Louise a insisté pour les prendre dans ses bagages. M. Rotheim a réfléchi brièvement : elle risquait d'être fouillée dans le train ou ailleurs, d'être surprise avec des œuvres que l'Occupant ne manquerait pas de considérer comme de l'art dégénéré ; c'était se condamner d'avance, et pour de la peinture ; mourir pour l'art, en 1942, ce n'était pas indispensable, les raisons de disparaître étaient déjà suffisamment nombreuses.

Louise a quitté la rue de Cléry avec le sentiment d'abandonner aussi Soutine. Salaud de Soutine, il l'avait bien laissée tomber, en son temps. Soutine adoré, elle ne pouvait pas lui faire ça, en pleine guerre, alors qu'il se cachait peut-être déjà lui-même dans une cave. Elle avait lu, bien après la guerre, que Chaïm Soutine, enfant, avait été enfermé par sa famille, dans une cave, deux jours complets, pour avoir échangé des instruments de cuisine contre des crayons de couleur. C'était un destin, chez lui, de se retrouver dans les caves. Les familles lui en voulaient, même les Rotheim le punissaient, ses toiles cadenassées dans un sous-sol. Que personne ne les voie, n'en connaisse même l'existence, pauvre Soutine.

Elle n'a entendu parler de lui qu'une fois encore, après la guerre, quand elle est revenue s'installer rue de Cléry avec sa mère. Elle vivotait grâce aux tickets de rationnement encore en usage, elle échangeait parfois des nouvelles avec M. Marossian.

– Vous vous souvenez du peintre qui logeait chez vous, avant la guerre ? lui a-t-il demandé un matin, au magasin qu'il avait commencé à louer. J'ai discuté avec un client, hier, nous en sommes venus, comme toujours, à parler des événements et des connaissances disparues. Je ne sais pas comment nous sommes tombés sur ce Soutine, à propos d'enterrement sûrement, mais il l'avait connu et comme je me souvenais bien de lui, c'était en quelle année, 36, 37 ? nous avons bavardé un peu et je me suis dit que ça vous intéresserait, que ça aurait intéressé ce pauvre M. Rotheim. Alors, voilà, ce Soutine est mort de maladie ou d'une opération mal faite ou faite trop tard, vous comprenez, en 43 ou 44, il ne s'en est pas relevé. Il paraît que Picasso et d'autres célébrités ont suivi son enterrement au cimetière Montparnasse, vous vous rendez compte ? Encore un que nous avons vu de près dans le quartier et qui n'est plus là. Nous ne pouvons même plus les compter.

M. Marossian avait plusieurs fois évoqué la mémoire d'anciens pensionnaires dont la disparition lui avait été signalée. Louise faisait semblant d'être affectée, mais Soutine, ce n'était pas pareil. Elle croyait que le temps avait passé, dix ans, des histoires d'enfance qui ne comptaient plus, qu'il fallait effacer, mais elle a basculé d'un pied sur l'autre avant de se ressaisir.

Elle a cherché sa tombe, le lendemain, au cimetière, un gardien la lui a indiquée, pas une tombe individuelle, un caveau de famille, pas de sa famille, bien entendu, de la famille d'une femme, comme le lui a expliqué le gardien, une nommée Aurenche, pas Gerda heureusement. Une nouvelle femme auprès de lui, juste avant de mourir, 1943, salaud de Soutine, une nouvelle femme et pas elle, Louise Rotheim. Soutine n'avait pas eu de chance avec les femmes : c'est elle, Louise, qui aurait dû rester auprès de lui, elle l'aurait sauvé, mieux que toutes les autres, elle en était convaincue. Elle haïssait toutes les femmes, connues et inconnues, de Soutine, les femmes en général qui vous prennent les hommes, les hommes faits pour vous, qui ne devaient exister que pour vous et dont elles vous dépossèdent. Elle n'a plus jamais dit : salaud de Soutine, Soutine mort était au-dessus de ça.

Elle l'a mythifié, d'autant plus qu'elle pouvait détester les femmes autour de lui, qu'elle rendait responsables de son malheur. Elle l'a mythifié et étouffé en elle, des dizaines d'années, sans pouvoir en parler à personne, surtout pas à sa mère. Elle n'a commencé à revenir sur lui qu'avec les deux enfants de Joseph. Antoine se souvenait de leurs visites annuelles au cimetière Montparnasse : Mlle Rotheim et les deux garçons sur la tombe de Soutine, tous les 9 août, date anniversaire de sa mort. Les frères bâillaient devant cette pierre tombale qui ne leur disait rien, pendant que Louise versait deux ou trois larmes au-dessus d'eux. Ils avaient échappé à ce rituel aussi vite que possible.

185

Mlle Rotheim disait n'avoir pas osé, depuis le jour où elle avait appris sa mort et pendant une longue période, regarder en face les toiles du peintre. Elle préférait les savoir au fond de sa cave, aussi sûrement que Soutine était au fond de son caveau. Elle n'aurait pas pu les exposer dans un salon, en faire un élément décoratif parmi les autres. Autant exposer un cadavre ou une momie dans un intérieur coquet. C'était de l'art et de la chair confondus, de la chair morte et de l'art vivant, insoutenable sur un manteau de cheminée. La poussière était préférable, la poussière accumulée sur elles, plusieurs décennies d'affilée, jusqu'à ce que la situation financière de Mlle Rotheim et de ses protégés, fragile depuis toujours, devienne insupportable, à cause d'Antoine lui-même, en grande partie : son refus de verser les sommes régulières d'autrefois. Il avait des raisons de se sentir responsable de la nouvelle situation, il l'avait provoquée, elle lui retombait dessus, rien à dire.

– Tu te souviens de notre dernier anniversaire de mariage raté ? a demandé Antoine à Véra. L'anniversaire raté. Bien sûr que tu t'en souviens, tu m'as assez bassiné avec ça l'autre jour. Et l'article sur le Custod Institute, c'est bien toi qui l'as mis en forme ? Tu t'en souviens aussi ? Tu mets les deux ensemble, l'anniversaire raté et l'article sur le Custod Institute, et tu comprends où j'ai mis les pieds.

Véra Carmi avait du mal à établir un lien entre les deux. Antoine a dû forcer sa nature : cela non plus, il n'était plus possible de le taire.

– J'étais déjà sûre que tu me racontais des histoires depuis le mois de mai, a dit Véra. Je m'en doutais un peu pour d'autres moments plus anciens. Ce 4 avril, je le sentais mal aussi. J'avais raison ? Ça promet.

En avril, a continué Antoine, Mlle Rotheim, malade ou faussement malade, lui avait demandé de vendre, au moins d'essayer de vendre le premier portrait d'elle peint par Soutine lui-même et de ne le vendre qu'au Custod

Institute, sous prétexte qu'il travaillait à la Custod, facile pour lui, avait-elle dit, un garçon avec ta situation.

– Ma situation, elle n'en démordait pas. Je lui ai proposé de le mettre en vente chez Drouot ou chez Christie's, pas de frontières à traverser. Des voleurs, selon elle, les commissaires-priseurs. Drouot, elle s'était fait escroquer dans les années soixante… d'autres objets de ses parents, dont elle attendait beaucoup. Une misère, au bout du compte. Et puis, vendu par un commissaire-priseur, le tableau risquait de finir chez un particulier. Elle, elle voulait qu'il soit dans un musée, sans avoir à faire une donation qui ne lui rapporterait rien. Elle arrivait à la fin de sa vie, elle avait vécu à moitié dans le souvenir de Soutine, à moitié pour nous, ses enfants, presque ses enfants, la moindre des récompenses, c'était que l'œuvre les sauve et figure, en échange, dans un musée. J'ai accepté, par lassitude, parce qu'elle ne m'aurait pas lâché avant que je donne mon accord. Je comptais bien me rétracter après, comme tous les accusés à la sortie d'un commissariat. Mais elle a lu l'agenda de la Custod, dans le numéro suivant du journal. Ce n'est pas toi qui l'as présenté, au moins, l'agenda de la société ? Une grande assemblée y était annoncée, courant avril, à Londres.

Joseph Carmi avait appelé Antoine trois jours avant :

– Rassure-toi, Mlle Rotheim va bien. Hermann peut te voir avant ton départ pour Londres ?

Antoine ne savait pas pourquoi il avait accepté de rencontrer son frère dans le hall de la gare, juste avant de monter dans l'Eurostar. Un vrai mystère, dire oui à ce qu'on refuse. Recevoir des mains d'Hermann un paquet plat, la toile de Soutine dans un emballage neuf, bien propre, débarrassé de cinquante années de poussière. Le tableau lui-même avait été nettoyé par Hermann. Un allumé, Hermann, mais, quand il le veut, il sait se montrer sérieux, méticuleux. La toile n'avait pas plus de quarante centimètres de côté, il a réussi à la glisser dans sa sacoche.

187

– Tu te débrouilles, mais tu le places à ce Custod Institute. Mlle Rotheim compte sur toi, Antoine, tu ne peux pas la décevoir, tu le sais bien, pas vrai, Antoine ?

Après tout, s'était dit Antoine, si ça pouvait régler toutes ces histoires, l'avenir de l'immeuble Rotheim, la succession. Si ça pouvait lui éviter d'avoir sur le dos son frère et son père qui, après la mort de Mlle Rotheim, ne manqueraient pas de se retourner vers lui, avec plus d'insistance que jamais. Encore plus démunis, privés de logement, ils l'assiégeraient, ils ruineraient ce qui restait de sa vie avec Véra. Il les connaissait trop bien.

Mais comment s'y prendre ? Demander un rendez-vous au directeur de l'Institut, déballer son paquet, sa petite histoire, et finir entre deux policemen ? Il reconnaît avoir voyagé un nœud dans le ventre, un nœud de la corde invisible : dans le tunnel sous la Manche, il s'est senti pour la première fois étouffé, prisonnier, privé d'issue de secours, comme un clandestin coincé sous le train, passeur, contrebandier débutant, une trouille de débutant, une excitation de voleur aussi.

L'Eurostar fonçait sous la mer ; à certains moments, Antoine Carmi espérait une catastrophe, un court-circuit, un effondrement du tunnel ; les secours venus de France le rapatrieraient, il aurait sauvé sa peau in extremis, la toile de Soutine aurait été écrabouillée dans la rame, sous les cailloux, engloutie par le Channel.

Mais non, bon voyage, bon voyage, il a repensé à *Bon voyage*, un petit Hitchcock de 1944, avec un évadé écossais, arrivant de France en pleine guerre, chacun sa guerre, lui, bon voyage, pas de retard, aucun incident même mineur, pas de fouille à l'arrivée, cadre respectable, pas d'inspection poussée ; attendu à l'arrivée, conduit à son hôtel où il avait retrouvé des connaissances. Pascal Albin, en particulier, arrivait d'Allemagne : ils ont attaqué la journée au champagne dans leurs chambres, vieux amis.

Bon voyage, vraiment, mieux que prévu : à la deuxième petite bouteille, Antoine Carmi a entrepris de déballer son Soutine sous les yeux de Pascal Albin :

– Qu'est-ce que tu penses de ça ? Chez moi, ils veulent que je le vende au Custod Institute, tu imagines un peu ?

– C'est un vrai ? a demandé Pascal Albin.

– Je peux t'exhiber le modèle à Paris, avec soixante-cinq ans de plus.

– Tu connais Snout ?

– Snout ? Le vieux ? L'adjoint du grand patron ?

– Un des adjoints. Une place à prendre sous peu, c'est sûr. Certains disent qu'il a largement dépassé la limite d'âge autorisée. En France, il serait déjà mis sur la touche, mais ici… Il s'accroche. Le plus intéressant pour toi, c'est que c'est un esthète, Mr Snout, le plus cultivé de nous tous, sans aucun mal, bien entendu. En cheville avec les gens du Custod Institute, grand ami de tout le monde, là-bas. Si tu veux remonter jusqu'à eux, un conseil, passe par lui.

Antoine Carmi ne conserve aucun souvenir de sa journée de travail, des propos du président sur l'avenir de la Custod, son expansion probable et indispensable, malgré une conjoncture de plus en plus défavorable, comme s'il avait cessé de comprendre l'anglais ; resté muet au déjeuner, le plus silencieux des membres de la commission à laquelle il devait participer, retrait inhabituel chez lui et sûrement mal vu. Il guettait Mr Snout, présent au côté du président, puis disparu ; revenu pour le déjeuner, à une table trop éloignée de la sienne pour lier conversation. Antoine le surveillait de loin, il a essayé de croiser sa trajectoire au cours des déplacements de la journée ; quelqu'un venait toujours de l'aborder, de le détourner, un homme très demandé, ce Mr Snout, sexagénaire mince et raffiné, un rien hautain, le genre de Cary Grant, dans *La Main au collet*, 1955, ou plutôt de James Stewart dans *Fenêtre sur cour*, 1954, un grand type à la fois sérieux et ironique, pas facile à atteindre, surtout pour parler d'autre chose que de la Custod, dont l'avenir, lui a-t-il semblé pour la première fois, ne lui importait pas autant qu'il le pensait.

C'est Mr Snout lui-même qui s'est approché d'Antoine Carmi, le deuxième jour du séminaire, dans le hall de la

Custod, alors qu'on se dégourdissait les jambes, après un nouveau déjeuner.

– Vous me regardez, depuis hier, avec une insistance, comment dois-je dire ? inquiétante ou intéressante ?

Antoine Carmi s'est senti rétrécir devant ce grand James Stewart : il ne s'était pas rendu compte qu'il ne l'avait pas lâché du regard, en réunion, aux repas. Il a nié, dans un charabia angloïde qui soulignait sa confusion.

– Vous savez, a continué Mr Snout, ce n'est pas la peine de vous excuser, je ne vois aucun inconvénient à ce que vous m'observiez, au contraire.

Tout compte fait, ce n'était pas James Stewart, plus certainement Cary Grant, l'un des plus fameux gays hollywoodiens, masqué en séducteur d'actrices. Mr Snout s'était senti dragué par Antoine Carmi et lui renvoyait un signal. Le détromper tout de suite ? Blessant, contre-productif. Jouer avec lui ? Périlleux. Engager une conversation artistique ? Le moins mensonger et le plus adapté au bonhomme. L'art est à mi-chemin du travail et de l'amour, c'était la bonne distance à respecter dans le hall en marbre d'une société internationale.

La dernière partie du séminaire allait commencer, Antoine Carmi a dû faire vite et semblant d'être un connaisseur : fauvisme, cubisme, expressionnisme, École de Paris, l'histoire de l'Art moderne au galop. Pas besoin d'étaler le peu qu'il savait, Mr Snout s'emparait de chaque mot pour s'enthousiasmer, citer des œuvres, les situer dans tous les musées du monde, précis, enveloppant Antoine de son savoir, partageant un premier plaisir avec un interlocuteur prometteur.

Et le Custod Institute ? Il avait des liens avec le Custod Institute ? Conseiller officieux, tous des amis, intarissable, Mr Snout, sur ses amis comme sur la peinture.

– Et Soutine ? a demandé Antoine Carmi. Est-ce que le Custod Institute possède des Soutine ? Pas encore ?

– Mais pourquoi des Soutine ?

Antoine a pris une respiration aussi profonde que s'il s'était apprêté à avouer un quelconque désir pour Mr Ian B. Snout :

– Ma famille possède des Soutine jamais répertoriés et voudrait les céder à une fondation privée telle que le Custod Institute.

Mr Snout a eu un mouvement de recul, nouveau regard sur Antoine Carmi, perplexe, vraiment le regard de Cary Grant, dans *La Mort aux trousses*, 1959, celui-là, quand il comprend que l'avion d'épandage qui tournait depuis un moment au-dessus des cultures fonce sur lui et sur lui seulement, pour le tuer : alors, ce petit Français le scrutait depuis deux jours non pour le séduire, mais pour lui fourguer des toiles ? Et il s'est laissé prendre à des regards même pas ambigus ? Un homme comme lui, expérimenté ? Il reconnaît les hommes intéressants de très loin, les plus dissimulés, il est impossible qu'il se trompe : c'est cet Antoine Carmi qui perturbe le jeu avec une marchandise inappropriée, il n'offre pas ce qu'il devrait offrir. Faut-il fuir pour autant ce qu'il offre ? Cary Grant va-t-il se mettre à courir devant l'avion, plonger au dernier moment pour l'éviter ?

Ian B. Snout préfère rester sur place et observer la situation. Il est redevenu James Stewart, dans *Fenêtre sur cour*, immobilisé avec sa jambe cassée, réglant son télé-objectif, ne lâchant pas ses voisins ni l'assassin possible, depuis son fauteuil. Mr Snout ne lâche plus Antoine, il veut tout savoir sur sa famille, sur ses tableaux hypothé-tiques, surtout il voudrait les voir.

– J'en ai déposé un au coffre, à mon hôtel.

– Il ne serait pas bon de se rencontrer à l'hôtel, au milieu d'autres membres du personnel de la Custod. Pour qui passerions-nous ?

Mr Snout sourit du sourire las et moqueur de Cary Grant.

– Retrouvons-nous plutôt dans un pub excentré, tout à l'heure, après la clôture du séminaire.

Mr Snout y a ses habitudes, un pub gay, aucun doute, a pensé Antoine, restons dans l'incertitude jusqu'au bout, si cela doit nous servir. Il a accepté d'aider Mlle Rotheim, il s'est forcé, mais, maintenant, comme toujours, il est engagé et il n'a pas fixé de limites à son aide.

– Au moins, elle m'aura donné ça, Mlle Rotheim, a avoué Antoine à Véra, ce bonheur inquiétant de me retrouver au pays de Sir Alfred, mon maître, de faire une promenade de conspirateur ou d'agent secret dans Londres, en taxi, entre mon hôtel et le pub de Mr Snout, un tableau enveloppé sous le bras. Quel plan, Véra, imagine, du noir et blanc, et c'est moi, là, comme dans les films anglais de Hitchcock des années trente, survolé, en légère plongée, le criminel menacé... Évidemment, un cadre commercial de l'industrie mondialisée dans cette situation, ça casse tout. Le tableau date des années trente, quand même, c'est la seule touche authentique.

Mr Snout n'était pas seul dans le pub, il s'était fait accompagner d'un ami, présenté comme un expert indépendant, travaillant, à l'occasion, pour le Custod Institute, un homme de toute confiance, de lointaine ascendance française, a-t-il précisé, Mr Turlot. Ils se sont installés dans un box à l'abri des regards, pour examiner, une demi-heure durant, la toile, la gratter doucement, dessus, dessous. Ils ont encore questionné Antoine, il a répété les mêmes histoires, celle de Soutine et de Mlle Rotheim, les séances de pose, les petits cadeaux, celle de son père, Joseph, plus brièvement, la sienne, en insistant sur ses liens avec la propriétaire des tableaux. Mr Snout et Mr Turlot lui faisaient préciser des détails, y revenaient cinq minutes plus tard, comme s'ils ne les avaient pas encore entendus, suspicieux, désagréables. Antoine se sentait un tout petit garçon pris dans une sale histoire, manipulé comme le protagoniste du *Grand alibi*, sous l'emprise de Marlene Dietrich, vieille peau commençante, en 1950, odieuse. Il s'est vu encore plus mal parti, quand les deux Britanniques se sont désintéressés de lui pour se parler à voix basse quelques minutes.

Et il avait son train à prendre, pour rejoindre Véra dans la soirée. Il n'avait jamais eu autant envie de la rejoindre, de se mettre sous sa protection. Une horloge en porcelaine, au-dessus du bar, tenait son rôle hitchcockien : en général, un attentat se prépare, une bombe va exploser dans l'autobus, à l'heure dite, des plans montrent les minutes qui s'écoulent, un poncif du cinéma, depuis les films du maître ; là, l'horloge ne signalait que le retard possible d'Antoine, le train qu'il allait manquer : dégradation des valeurs héroïques, depuis plus de soixante-dix ans.

Mr Snout a consulté une dernière fois Mr Turlot, avant de revenir à Antoine Carmi :

– Je crois que je peux vous faire une proposition dès à présent.

Antoine a perdu pied, sans manifester la moindre maîtrise héroïque : c'était donc aussi simple que cela ? On vous offrait quelques milliers de livres sterling, pas trop tout de même, on vous faisait sentir que c'était une toile mineure du peintre, pas inintéressante, mais pas de sa meilleure époque, du moins pas la plus attractive pour un placement financier. Naturellement, les questions esthétiques primaient toujours, toutefois, puisqu'on était entre financiers, on pouvait parler d'argent : Antoine a réclamé un peu plus, pour la forme ; Mr Snout a fait semblant de céder quelques dizaines de livres de plus, a proposé un versement immédiat, contre la promesse de pouvoir étudier avant tout autre les deux Soutine restants, l'un d'entre eux, d'après ce qu'en avait dit Antoine, lui semblait plus particulièrement mériter son attention. Il montrait sa bonne volonté en versant une petite somme pour ce portrait de Mlle Rotheim, qui ne la valait probablement pas, c'était un encouragement, voilà, il fallait en être satisfait, personne n'en aurait donné autant.

Antoine Carmi était secoué : bien entendu, il allait revenir rue de Cléry avec de l'argent liquide, alors qu'il s'attendait à un processus long d'expertise, de discussions, sa routine professionnelle. En même temps, la somme proposée était loin des espérances de Mlle Rotheim. Et aucun papier signé entre les deux parties ; inhabituel pour des négociateurs de la Custod. Les Anglais n'avaient pas l'intention de parler de contrat, ils avaient déjà enveloppé la toile, la tenaient à distance d'Antoine. Il avait empoché les billets, il s'en voulait de sa précipitation. Était-il possible de revenir en arrière ? La pendule du comptoir ne lui accordait plus que quelques minutes s'il voulait dormir à Paris, auprès de Véra.

– Mais la direction du Custod Institute ? a-t-il murmuré.

– Ne vous en faites pas pour la direction du Custod Institute. Contentez-vous de parler de peinture aéronautique avec vos collaborateurs. Que tout ceci reste entre nous, entre amis.

L'aiguille avait passé la limite qu'Antoine s'était accordée, plus de discussion possible, la plus calamiteuse négociation de sa carrière. Il s'est disputé avec le chauffeur de taxi, trop placide à son goût, lui a fait entendre toutes les plaintes et toutes les injures qu'il destinait aux Snout et Turlot. Dans l'Eurostar du retour, attrapé de justesse, il se disait bien qu'il s'était fait rouler de bout en bout, qu'il ne s'était pas comporté avec sa rugosité ordinaire dans les discussions d'affaires. Pour défendre les intérêts de la Custod, il brillait ; il se ridiculisait en défendant les siens : quelques billets à flanc de sacoche, c'est tout ce qu'il rapportait et il n'était même pas sûr que Snout et Turlot présenteraient, comme ils l'avaient indiqué avec mollesse, devant son insistance d'un moment, le tableau au conservateur du Custod Institute. Le musée serait même le dernier endroit où il serait visible dans les années à venir, alors que le projet de Louise Rotheim était d'accorder ce statut prestigieux à des œuvres qui relevaient en grande partie de son intimité.

Pas question de reconnaître un échec pareil devant elle. Il a développé pour elle, le lendemain matin, une version différente de la vente : reçu en personne au Custod Institute, il avait obtenu le double de l'offre initiale. Il avait deux fois honte de lui, honte de s'être fait manœuvrer par les Snout et Turlot et honte de raconter des histoires à Mlle Rotheim. Elle n'a rien dit sur le moment, il ne lui en a pas laissé le temps, homme pressé, son travail, il repasserait plus tard. Il s'est gardé de le faire les jours suivants, malgré quelques appels insistants, deux au bureau, où il a refusé de les prendre, deux rue de la Convention, un soir en son absence, occasion d'une impolitesse supplémentaire à l'égard de Véra ; la dernière fois, il a été obligé de promettre sa venue, sans fixer de date.

Il a tenu sa promesse plus tôt qu'il ne l'avait imaginé lui-même. Mr Snout lui a adressé, en mai, plusieurs messages ambigus : désir de le revoir rapidement, confiance mutuelle, réponse espérée, le style rencontres dans les petites annonces, jamais une allusion directe aux tableaux, discrétion recommandée pour déjouer la Custod Big Brother.

Une nouvelle convocation pour le siège londonien de la société est arrivée au même moment, officiellement pour rééquilibrer les secteurs européens de prospection entre Pascal Albin et lui. Antoine Carmi considérait que cette rencontre, en grande partie inutile, avait été organisée par Mr Snout lui-même. Du reste, un message avait suivi de près la convocation : Ian B. Snout lui enjoignait nettement de faire le prochain voyage « avec tout le matériel nécessaire ». Du langage codé, à présent, trouble, donc inquiétant, avait pensé Antoine Carmi, donc délicieux.

Voilà où il en était, à quel degré de perturbation, les jours de mai où Véra le soupçonnait d'une vie parallèle : elle se trompait, il ne cherchait pas à mener une autre vie, mais elle avait raison, en même temps : il traitait bien des affaires liées à Soutine, sans rapport, toutefois, avec un quelconque musée, contrairement à ce qu'elle persistait à croire, ni là-bas, ni ici. D'ailleurs, c'était bien là le problème, que les musées ne soient pas dans le coup.

Antoine était passé rue de Cléry, un soir, le soir où il était rentré si tard, sans y être appelé, contrairement à ce qu'il avait affirmé à Véra : Mlle Rotheim n'y croyait plus, elle allait se trouver mal, surtout après avoir entendu la proposition de Mr Snout. Antoine s'était décidé à faire ce que lui demandait Mr Snout, il s'agitait : Joseph et Hermann devaient, si Mlle Rotheim était toujours décidée à se séparer de ses deux dernières toiles, se dépêcher de préparer un nouveau paquet, plus présentable que les oripeaux d'avant-guerre, et discret, autant que possible. Ils attendaient ce moment depuis quelques jours, tout était prêt.

Mlle Rotheim a fait promettre à Antoine de ne pas céder sur les prix, cette fois : la première vente, elle ne le cachait pas, l'avait bien déçue, elle pouvait le dire franchement, à présent. Si le Custod Institute tenait à acquérir le second portrait de Louise et celui du jeune groom, il devait payer le prix fort :

– Ils sont riches, ces Anglais, il ne faut pas leur faire de cadeau. Et si nous voulons sauver l'immeuble de mes parents, si tu veux que nous finissions tous nos jours dans de bonnes conditions, tu dois te montrer à la hauteur. Je voudrais t'encourager, Antoine, mais je suis obligée de te dire que tu ne vends pas de la camelote pour carlingue d'avion, tu vends de la vraie peinture, de l'art et du grand art. Ne lâche pas tout comme ça, c'est un grand sacrifice pour moi, toute ma vie de jeune fille qui s'en va. Surtout, mets une dernière condition : que les tableaux soient exposés assez vite dans leur musée. Quand ce sera fait, nous ferons le voyage de Londres, ce sera peut-être le dernier pour moi, mais si je vais encore bien, j'irai voir mes Soutine accrochés pour la première fois. Soutine pourra être fier de moi.

Les exigences de Mlle Rotheim avaient effrayé Antoine et contribué à le mettre en retard. Il ne se voyait pas, sous l'œil globuleux de Mr Snout et devant la moue exigeante de Mr Turlot, dicter de telles conditions, alors qu'il se sentait dans la position d'un trafiquant ou d'un receleur débutant. Joseph et Hermann, pour finir, lui avaient remis un paquet plat, scotché, les deux derniers tableaux. Hermann avait pris son frère par le bras, un geste affectueux singulier entre eux, il l'avait entraîné à l'écart, bredouillements divers, puis une seule phrase à peu près audible :

– Fais bien attention à toi, Antoine.

Antoine Carmi s'était demandé quelles mises en garde son frère avait tenté de formuler avant d'en arriver à cette conclusion. Une conclusion simplement fraternelle, avait-il pensé, pour se rassurer, à ce détail près qu'Hermann, depuis bien longtemps, ne s'était guère montré fraternel. Antoine s'était retrouvé avec ce paquet sous le bras, comment rentrer chez lui sans dire ce qu'il transportait ? L'époque des consignes, dans les gares, était terminée depuis longtemps : où déposer, aujourd'hui, un objet qu'on ne veut pas montrer à sa femme ? En plus, il avait eu son message, des phrases un peu tordues et désordonnées, il avait juste compris qu'elle s'impatientait. Il avait attendu encore un peu, espérant que Véra soit endormie, pour le caser dans sa sacoche, son paquet, là-haut, à l'appartement. Pas de chance, elle le guettait dans le noir.

– Je ne te guettais pas.

– Je me suis demandé.

– Moi aussi, je m'en suis posé, des questions ; sur toi.

Ils se sentaient plus à l'aise, l'un à côté de l'autre, d'un seul coup. Pour un peu, ils allaient se sourire.

Dans son hôtel londonien, Antoine Carmi s'était préparé aux deux rencontres de la journée. Pascal Albin était là depuis la veille, il avait déjà eu des entretiens avec des cadres dirigeants. Il était, à ce moment-là, question de restreindre leurs sphères d'influence en Europe, de leur adjoindre un troisième agent qui couvrirait l'Est, donc une partie du Nord et du Sud, comme la Grèce qu'Antoine pourrait perdre, peut-être même l'Italie, c'était en discussion.

– Nous allons peser moins lourd, disait Pascal Albin.

– Surtout moi, si je comprends bien.

– Moi aussi, rassure-toi.

Antoine Carmi a parlé de Mr Snout, Pascal Albin a voulu voir les toiles de Soutine.

– Combien comptes-tu en tirer, cette fois ? Si tout marche bien, tu devrais me verser un petit pourcentage. Après tout, c'est moi qui t'ai orienté sur Snout. Rassure-toi, je plaisante.

Ils ont ri, comme à chaque rencontre. Dans le hall de l'hôtel, un portier en livrée violette lui a tenu la porte. C'était drôle, il n'avait jamais fait le rapprochement entre ces employés qu'il côtoyait dans certains hôtels où il descendait aux frais de la Custod et le jeune groom peint par Soutine. Il tenait sous le bras un portrait de jeune chasseur d'hôtel en uniforme et il en croisait un bien vivant, à une époque où on n'en rencontre plus guère. C'est une profession confinée aux établissements de haut standing, mais elle l'était tout autant à l'époque du peintre. Surtout, le calot se fait plus rare, c'est dommage, le plus pittoresque du costume : aujourd'hui, les portiers vont tête nue ou en casquette. Du moins, le garçon de l'hôtel conservait des galons dorés, comme le groom du tableau. Antoine Carmi souriait en le regardant, l'autre restait impassible, regardait au loin, la bouche dédaigneuse. C'est exactement cela, s'est dit Antoine, le dédain des valets pour les riches qui ne sont pas à la hauteur. Soutine avait le coup d'œil. Je devrais lui mettre sous le nez la tête de son collègue d'avant-guerre.

Il avait rendez-vous avec Mr Snout, avant midi, chez lui, dans Kensington. Seul, cette fois, un verre de Lagavulin pour l'accueil, longue dégustation commentée, avant d'en venir aux tableaux. Mr Snout s'est montré particulièrement excité quand il a tenu le portrait du groom entre les mains, un tremblement visible. La série des grooms et autres employés du même genre était célèbre, comme celle des enfants de chœur ou celle des bœufs écorchés, a dit Mr Snout, et Antoine voyait bien que ce portrait de jeune garçon l'attirait plus que la tête de Louise Rotheim, inscrite dans aucune série particulière. De la peinture accidentelle dans la carrière de Soutine, qu'il aurait probablement détruite, s'il en avait eu l'occasion, comme il l'a fait parfois.

– Vous avez la date exacte ?

Antoine n'en savait rien, même Mlle Rotheim n'aurait pas su le dire, il s'agissait d'un cadeau, alors… En revanche, le portrait de Louise, d'après ses propres récits, remontait avec certitude à 1935. Mr Snout l'a examiné rapidement avant de revenir au groom. Il se maîtrisait davantage, les mains plus fermes, le maintien plus raide, froid, surtout quand Antoine Carmi a fait valoir les exigences de la vendeuse ; dédaigneux, lui aussi, Mr Snout, aussi dédaigneux qu'un employé de grande maison, quand il a été question du Custod Institute comme destination nécessaire des œuvres.

– Je vous déconseille encore une fois d'avoir affaire au Custod Institute, surtout dans votre situation, comment dire, pas tout à fait conforme au droit de nos deux pays. Vous me comprenez ? De toute manière, vous seriez déçu, votre Mlle Rotheim serait déçue, les gens du Custod Institute sont parfaitement incompétents en matière d'art du XXe siècle. Pour le XIXe, ce serait autre chose... mais je crois que, pour de l'Art moderne, vous avez eu raison de vous adresser d'abord à moi.

– Mais je croyais que le Custod Institute et vous...

– Efforcez-vous de ne pas croire pour faire des affaires. Et pour continuer votre belle carrière à l'intérieur de notre société, où vous êtes promis à un certain avenir, surtout si nous nous entendons comme nous le faisons depuis quelques mois.

Mr Snout a proposé à Antoine de garder les tableaux jusqu'au lendemain matin, le temps de consulter son ami, l'expert Mr Turlot.

– Nous sommes, depuis notre dernière rencontre, arrivés à un degré de confiance suffisant, me semble-t-il, pour que vous me fassiez cette faveur.

Mr Snout s'exprimait avec trop d'élégance pour qu'Antoine puisse le contredire. Il cherchait déjà le moyen d'empêcher Mlle Rotheim de faire le voyage de Londres : sa santé, il faudrait faire valoir sa mauvaise santé, lui éviter un trajet long pour son âge, dangereux, l'humidité bien connue des îles Britanniques...

Il était encore trop tôt pour parler d'argent, Antoine l'avait compris, et Mr Snout lui a resservi de son Lagavulin cuivré, avec ce nez entêtant et ce goût de tourbe tout autour de la bouche. Antoine Carmi en avait la langue pâteuse et la tête déjà brumeuse.

– Mr Turlot fixera lui-même le prix, si vous n'y voyez pas d'inconvénient et si vous nous faites, comme j'en ai la conviction, parfaitement confiance.

Antoine a rejoint son hôtel en taxi, sans insulter le chauffeur ; il a croisé le portier en uniforme dans le hall, avec une inquiétude naissante : il n'était plus sûr de revoir son groom, ni en peinture ni en espèces. Il aurait bonne mine, devant Mlle Rotheim, quand il avouerait qu'il avait laissé filer les tableaux sans contrepartie, sans recours possible, sans titre de propriété, elle en mourrait, il serait responsable de sa mort.

Il se sentait un moins que rien, même pas capable de défendre son domaine à la Custod, l'après-midi. Il a abandonné, sans discuter, l'Italie en plus de la Grèce, tandis que Pascal Albin, déterminé, conservait l'Allemagne, son plus gros marché. L'un des vendeurs les plus prometteurs de la société avait perdu la main. Enfin, c'était une réorganisation à moyen terme, rien de changé pour l'année en cours, cela atténuait l'impression d'échec.

Il avait appelé Véra de l'hôtel, le soir, pour ne rien lui dire, selon leur habitude, sinon qu'il avait une dernière réunion le lendemain en fin de matinée. Il a regardé la télévision dans sa chambre une grande partie de la nuit, s'est promené de chaîne en chaîne à la recherche de vieux films. Il a réussi à voir quelques séquences de trois Hitchcock, la fin des films surtout, le dernier quart d'heure de *La Main au collet*, 1955, une bonne heure de *Lifeboat*, ce huis clos délectable de 1943 sur une barque en perdition, et, vers cinq heures du matin, un bon morceau de *L'homme qui en savait trop*, la première version, avec Peter Lorre et Pierre Fresnay, dernier film qui a ajouté à sa désolation de la nuit : il s'est senti pris en défaut, incapable de retrouver la date exacte, il hésitait entre 1933 et 1935, un désespoir de spécialiste ou de maniaque, vain, se disait-il, mais un désespoir tout de même, à quoi s'ajoutait un nouveau malaise : ne voir que la fin des films, c'était comme revenir à son adolescence, quand il se glissait dans les salles sans payer et manquait le générique.

Vingt ans de réussite s'effaçaient devant un poste de télévision, dans une chambre d'hôtel luxueuse. Il se sentait escroqué par Mr Snout ; sa zone de prospection serait réduite d'ici un an ou deux au profit d'un tiers encore inconnu, sale période. Et Véra, à Paris, qui lui faisait des remarques de demi-folle et le regardait de travers, quand il rentrait du travail. Il a fini par s'endormir devant l'écran, s'endormir devant un Hitchcock, lui, s'endormir sans avoir retrouvé la date du film, sans pouvoir dire si la fin était identique à la seconde version qu'il connaissait mieux, celle de 1956, en couleur ; 1956, la date était certaine, compensation modeste.

La matinée, s'est-il dit au réveil, allait être désastreuse, porte close chez Mr Snout ou renvoi brutal comme un groom malpropre ? Pas du tout, enfin, pas tout à fait : Mr Snout lui a ouvert en personne, l'a fait asseoir, un fauteuil bas, odeur de cuir écœurante, si l'on n'a pas mangé.

Les toiles étaient posées à plat sur une console, pas la peine de s'inquiéter, pas de vol en perspective, un homme honnête, ce Mr Snout. Ce qui attendait Antoine était pire qu'un vol :

– Comme vous le savez, a commencé Mr Snout, j'ai consulté mon ami Turlot, un des meilleurs connaisseurs de la peinture de cette période. Cela ne vous étonnera sûrement pas, il est convaincu que votre « groom » n'est pas de la main de Soutine. C'est même un faux assez grossier, non signé. Bien entendu, tous les Soutine ne sont pas signés, mais tous les autres portraits de la même série, dans les années vingt-cinq, le sont. Surtout, la pâte de la peinture n'est en rien comparable à celle du *Groom* de Paris et des deux *Chasseurs de chez Maxim's*, qui s'en rapprochent le plus et qu'il a personnellement eu l'occasion de voir et d'étudier aux États-Unis. Votre tableau est d'ailleurs un trop petit format, inhabituel dans la production du peintre à cette époque. Cela ne peut pas tromper un spécialiste.

Antoine Carmi s'est révolté, avec toute la sincérité et l'énergie dont il était capable après une deuxième nuit d'insomnie, puis il s'est tu. Mr Snout n'avait pas l'intention de le croire.

– Si vous réussissez à me convaincre de votre bonne foi, vous ne me convaincrez pas de la bonne foi de votre famille. Vous protégez des faussaires, cela me suffit.

Mr Snout circulait entre les fauteuils, toujours avec l'assurance de Cary Grant, la morgue en plus. Ce qui le mettait en colère, c'était de s'être laissé séduire, avant examen approfondi, par des faux, parce qu'il ne doutait pas que les autres portraits, tout en étant plus proches de la manière et de l'exécution soutiniennes des années trente, réalisés par un imitateur plus habile, ne soient des faux eux aussi. Comment avait-il pu se faire avoir, et Mr Turlot avec lui, au moins un temps, par des œuvres jamais répertoriées dans le moindre catalogue raisonné ?

Antoine Carmi a repris l'histoire de Mlle Rotheim, ses rencontres avec Chaïm Soutine, 1935, ou 36, à moins que ce ne soit 38, il se mélangeait d'un seul coup, comme pour la date de *L'homme qui en savait trop*, première version. C'était troublant, cette confusion, chez lui, l'esprit clair apprécié à la Custod et partout.

– Vous voyez bien, a conclu Mr Snout, vous vous perdez vous-même dans vos mensonges. Vous êtes en train de me convaincre que cette Miss Rotheim dont vous me parlez n'a jamais existé. Ce n'est pas son portrait que vous avez réussi à me vendre l'autre jour. Une affaire montée de toutes pièces, vous mériteriez que je vous dénonce sur-le-champ. Vous ne coucheriez pas à Paris ce soir.

Antoine Carmi s'est dit qu'il ne fallait pas se laisser impressionner, même par Cary Grant. Leçon du cinéma : tout doit sembler perdu pour le protagoniste afin que rien ne soit perdu et qu'il se redresse. Surtout, il valait peut-être mieux passer pour un faussaire authentique que pour une victime manipulée :

– Si je vous avais proposé une œuvre incontestable, vous me l'auriez achetée à bas prix et en toute illégalité, sans scrupule trop envahissant. Nous pourrions donc demander à partager la même cellule.

Mr Snout a souri au-dessus d'Antoine Carmi, un sourire presque affectueux :

– Nous sommes des collaborateurs de la même grande maison, tout ceci restera facilement entre nous. Je vous restitue vos faux Soutine, je vous ferai parvenir la première toile, quand vous aurez eu la bonté de me restituer les vraies livres sterling que je vous ai versées et il ne sera plus question entre nous de cette histoire. Je le regrette plus que vous ne pouvez l'imaginer. Ma collection allait s'enrichir grâce à vous et c'est moi le perdant.

Lui, le perdant, quel raffinement chez un esthète de la City, s'est dit Antoine Carmi, et il a empaqueté son groom et sa jeune fille qui n'était peut-être pas Mlle Rotheim. Il doutait d'elle à présent, Mr Snout l'avait presque convaincu : une femme qui simulait la maladie pour lui extorquer des chèques pouvait bien avoir monté une affaire de tableaux ; il n'allait pas jusqu'à remettre en cause ses rencontres avec Soutine ; mais ces cadeaux supposés ? Qui serait capable de reconnaître Mlle Rotheim dans cette gamine anguleuse et verdâtre ? Ou alors, des vrais avaient-ils été vendus autrefois et les Carmi-Rotheim auraient imaginé un bon filon ? Joseph ? Hermann ? Des intoxiqués comme eux ? Des larves pareilles ? Des parasites, toute leur vie passée sur le dos de Mlle Rotheim, puis sur le sien ? Pas assez d'envergure, les Carmi. Il ne réussissait pas à se convaincre lui-même.

Il en a pleuré dans le train, Antoine, comme il n'avait jamais pleuré, la plus grande humiliation de sa vie, se disait-il, être celui qui vend du faux sans le savoir. Rue de Cléry, il allait fracasser devant sa famille, sa fausse famille, tous ces faux, récupérer les livres de Mr Snout, ce qu'il en restait. Il ferait un nouveau voyage à Londres pour le rembourser, ou il lui adresserait un chèque, sans réclamer le retour de la première toile, sincère et honnête jusqu'au bout, il le prouverait. Il prouverait sa classe, en même temps, les Anglais n'auraient plus rien à dire, ils commenceraient peut-être à réviser leur juge-

203

ment sur lui, sur les toiles de Soutine elles-mêmes. En attendant, il fallait faire avouer à cette famille, cette fausse famille, ses tricheries.

Il a fait un dernier détour par la rue de Cléry, à sa descente du train. (Il avoue à Véra avoir inventé un retard ferroviaire pour pouvoir se débarrasser des toiles : les savoir, encore une nuit, dans sa sacoche, et Véra tout à côté, c'était au-dessus de ses forces.) Il leur a lancé leur paquet, avec des injures, il a presque démantibulé les toiles, a-t-il affirmé, la peinture sautait. Mlle Rotheim s'est défendue, elle a recommencé son histoire avec Soutine, pour le calmer, tous les détails, les séances de pose, le cadeau du groom apporté par un chauffeur, en voiture de maître. Il a été impressionné, mais pas convaincu, par l'énergie de ses protestations.

Était-il imaginable, répétait-elle, que Soutine lui-même ait offert un faux ? C'était hors de question, aucun artiste ne ferait une chose pareille.

– Ce n'est pourtant pas tout à fait exclu, a dit Joseph Carmi : d'après ce que vous nous avez toujours raconté, et vous l'avez fait, excusez-moi, Louise, plus souvent qu'à votre tour, Soutine savait que votre père était gêné à l'idée de voir rétribuer ses services ou sa bonté de cette manière ou de tout autre. Il a bien écrit, n'est-ce pas ? que son cadeau n'avait aucune valeur marchande, avec une faute d'orthographe même, comme vous n'avez jamais manqué de nous le signaler, « aucune valeure marchande », pour rassurer M. Rotheim et, dans ce cas peut-être, pour ne pas être malhonnête.

Hermann est même intervenu, avec une certaine assurance, pour dire qu'il s'était renseigné, ces derniers temps, depuis qu'il avait été amené, avec son père, à préparer les tableaux, en prévision de leur vente, qu'il avait consulté des livres, dans lesquels on affirmait que le corpus du maître était flou. On évaluait ses œuvres entre six cents et mille toiles, certaines détruites par lui, d'autres rachetées à des collectionneurs. Même des tableaux connus étaient contestés. Des amis peintres de Soutine auraient peint des toiles à sa manière et même avec son accord. On disait aussi que certaines œuvres étaient de plusieurs mains. C'était bien un peu contradictoire : un peintre sourcilleux à l'excès sur la qualité de ses propres œuvres, capable, à certaines époques, de les racheter pour les détruire, et, à d'autres moments, d'en confier la réalisation, partielle ou totale, à des tiers. Mais cet artiste, Chaïm Soutine, d'après les innombrables récits de Mlle Rotheim, n'en était pas à une contradiction près, dans son comportement d'homme, comme dans ses attitudes d'artiste. Alors...

– Vous voulez me faire avaler des trucs pareils, a dit Antoine Carmi. Vos réponses sont toutes prêtes, vous m'avez envoyé au casse-pipe en connaissance de cause. Vous aviez compris que ce tableau était douteux, vous avez préféré tenter le coup, sans rien me dire. Vous espériez que ça passe, sinon, vous aviez une justification toute simple : des mains amies... Je les connais les mains amies qui ont imité un groom avec calot d'époque, dans un style approximatif. Et vous imaginiez que j'allais réussir à tromper des spécialistes du Custod Institute ? C'est un bon vendeur, Antoine, il est capable de vendre des hectolitres de peinture industrielle, il placera bien un vermillon frelaté à des Anglais. Qu'est-ce que vous avez cru, vraiment ?

Il se souvenait que Joseph et Hermann avaient échangé un regard. Hermann avait semblé vouloir reprendre la parole, interrompu par Mlle Rotheim qui avait menacé de se sentir mal, si la discussion continuait sur le même ton. Elle s'est dressée autant qu'elle le pouvait, solennelle, pour affirmer une dernière fois que Soutine en personne avait donné à ses parents les trois tableaux, y compris le groom, et que cela suffisait à le rendre vrai, même s'il était faux.

Une naïveté retorse, s'était dit Antoine Carmi, voilà ce qui caractérisait Mlle Rotheim.

– C'est exactement ce que j'ai pensé de toi après le coup de téléphone du Centre Pompidou, a dit Véra, et après ton retour tranquille à l'appartement. Depuis, j'ai eu l'impression de vivre avec un pervers plus ou moins hostile. Ce doit être de famille.

– Mlle Rotheim et moi, nous ne sommes pas de la même famille.

– Soutine, Mlle Rotheim et toi, vous êtes une sorte de famille tout de même, tu le dis toi-même, une fausse famille, mais une famille. Tout est rattaché, on n'en sort pas. Tu n'arrives pas à croire que Mlle Rotheim ignorait que son groom était un faux, moi, je n'arrive pas à croire que tu n'étais pas au musée d'Art moderne, l'autre jour, et que tu n'as pas eu de malaise et que tu ne m'as pas fait appeler par un gardien.

– Tu en reviens toujours là, comme si c'était le plus important, alors que j'ai failli ruiner ma carrière en une journée à Londres, à cause de Soutine. C'est un avocat qui aurait dû t'appeler de ma part, pas un gardien de musée.

Véra secouait la tête : comment la convaincre ?

– C'est curieux pour un innocent, a-t-il repris, d'être accusé par tout le monde et cru par personne, traité de faussaire en art par Mr Snout, traité de faussaire de la vie par sa propre femme, comme si c'était moi qui avais fait le mal, alors que je l'ai subi, tout ça à cause d'un M. Soutine qui a croisé la route de Mlle Rotheim dans les années trente. Est-il possible d'envisager une seconde qu'un type éternue en 1936 (ou couche avec une gamine et lui fasse cadeau d'une toile) et qu'un autre type s'enrhume (ou se fasse accuser de tous les crimes) au XXIe siècle à cause de lui ? C'est stupide.

– Peut-être pas aussi stupide que ça. D'ailleurs, l'autre type en question avait attrapé plus qu'un rhume, quand il cherchait les Soutine du musée national d'Art moderne, il en a même perdu connaissance et, d'après une gardienne un peu illuminée, il en serait mort et, encore mieux, ressuscité.

– Arrête un peu, est-ce que j'ai l'air d'un ressuscité ?

– Des fois, je me demande.

206

Ils se sont tus, tout surpris de ce silence qui leur était, d'habitude, si familier. C'était donc facile de se parler ? La distance entre eux, amplifiée depuis plus d'un mois, s'était comme annulée d'un coup. Une dispute pouvait les rapprocher. Véra entrait, au moment où elle croyait en être sortie, dans la vie d'Antoine. S'il y a une résurrection, a-t-elle songé, elle est là, pas dans les fantaisies haïtiennes de Mme Achille. Elle avait l'impression d'accéder à une dimension de l'existence qui, jusqu'ici, lui avait toujours échappé.

Il faudrait encore transformer son regard sur Antoine : ses dénégations avaient l'air sincères. Enfin, peut-être pas le regarder avec trop d'insistance ; si on scrute un homme très longtemps, comme disait M. Alazard, on ne trouve guère de raison de l'aimer ou de l'admirer, à l'inverse d'une œuvre d'art, le doute s'installe. Et, tout au fond, elle ne se défaisait pas d'un dernier doute, dernier obstacle à une entente retrouvée entre eux, l'ombre d'un doute, aurait pu dire Antoine, *Shadow of a doubt*, 1943. Mais elle avait presque envie de le croire, pour se retrouver avec lui comme avant, comme à leurs débuts.

Elle était assise sur son canapé vert, en compagnie de son mari ; ils se parlaient ; il fallait qu'ils soient sincères, qu'ils arrivent à se croire sincères ; ils n'étaient pas loin de partager, grâce au même M. Soutine peut-être, après avoir été divisés à cause de lui, un grand moment de réconciliation, de fusion retrouvée. Ils connaissaient le même état que le jour où Antoine Carmi avait permis à Véra de quitter son laboratoire d'analyses médicales.

À la fin, Antoine a pris les cartes postales, il les a retournées dans tous les sens, il a examiné les mentions au verso, titres, dates, s'est concentré sur le *Groom*, 1925, signé : c'est celui-là qu'il aurait fallu vendre, pas son petit groom à lui, qui lui avait procuré la plus grande humiliation de sa vie. Pourtant, ils avaient, en dehors de leur uniforme et de leur fonction, quelques points communs, ces deux petits grooms, une fraternité dans le visage, le même angle de mâchoire un peu trop marqué, un menton triangulaire trop proéminent, une bouche de femme trop rouge, légèrement dissymétrique et moqueuse. Les têtes penchaient toutes les deux, mais, curieusement, en sens inverse ; les yeux obliques sur les deux portraits, mais plus lourds sur le vrai, tristes ; plus féroces et ironiques sur le faux : un mélange de résignation devant l'arrogance subie, les pourboires mesquins ou faussement généreux, et de mépris mordant. Vous êtes dans une comédie ou au cirque, la preuve, vous affublez des gamins comme moi de costumes pareils.

Antoine Carmi avait un doute sur les oreilles : étaient-elles aussi décollées sur le tableau de Mlle Rotheim ? De même, la position du calot rond, avec le galon jaune d'or sur tout le diamètre, différait nettement. Presque droit dans un cas, penché à la manière d'un béret de soldat, sur l'œil, chez le faux groom. Enfin, ils étaient frères tout de même, beaucoup de clinquant, beaucoup de misère, tous les deux.

La distinction la plus visible entre les deux toiles tenait au cadrage : l'officiel présentait le groom presque entier, juste coupé à mi-mollet, assis sur un siège invisible, jambes écartées, mains sur les hanches, une position vive, presque celle d'un danseur ; l'autre apparaissait en plan plus serré, visage et torse seuls apparents, avec le même mouvement de bras, deviné plus que vu, puisque les mains étaient masquées. Le corps, c'est vrai, manquait d'élan. Il était facile d'imaginer qu'un artiste autre que Soutine s'était amusé à copier l'original, avec une certaine liberté, en s'en tenant au visage, limitant le travail sur le corps, tout en courbes et retours, proposant une sorte de réduction de la grande œuvre.

Antoine Carmi ne voulait pas discuter la touche, la texture de la pâte, il aurait fallu avoir les deux tableaux sous la main ou être un expert comme Mr Turlot.

– Tu devrais montrer le tien, celui de Mlle Rotheim je veux dire, à un autre expert, a dit Véra. La caractéristique des experts, c'est qu'ils sont incapables de se mettre d'accord sur les sujets qu'ils connaissent tous le mieux. Tu finiras bien par en trouver un prêt à te certifier que rien n'est plus vrai que ton faux. Ce sera le moment de le vendre.

Soutine, avait dit aussi Hermann, selon Antoine, laissait ses amis peindre du Soutine : on pouvait imaginer que, plus de dix ans après, il ne faisait pas toujours la différence entre une œuvre de sa main et un pastiche amical. Il aurait fait lui-même cette erreur en faisant son cadeau aux Rotheim ? Un faux de ce genre ne serait-il pas, à sa manière, aussi authentique que le vrai ? Véra ne pourra formuler ou accepter cette hypothèse qu'après une longue réflexion. Pour le moment, elle est obligée de reconnaître, avec Antoine, que Mr Snout et Mr Turlot n'ont pas apprécié la copie supposée, n'ont pas formulé d'autre hypothèse que celle de l'escroquerie.

– Ça a vraiment failli mal tourner, répétait Antoine Carmi en baissant les yeux comme si Mr Snout allait pénétrer à l'instant dans leur appartement pour le condamner une nouvelle fois, en présence de Véra.

Il s'est forcé à rire, après avoir reposé sur la table la carte postale.

– C'est curieux, a dit Véra, mais il est impossible de ne pas éprouver de l'affection pour ce petit bonhomme-là.

Elle avait pris la reproduction entre deux doigts :

– Tu ne trouves pas que la bouche, les yeux, c'est un peu toi, ce truc narquois, en coin ? C'est ce que je me suis dit les semaines passées...

– Ne cherche pas des ressemblances, ni des liens familiaux, ni des résurrections. À quarante ou soixante ans de distance, tu aurais toutes les chances de te tromper. Il faudrait que je te montre l'autre, si je ne l'ai pas trop abîmé. Ça risque de ne pas être facile.

La carte postale changeait de mains, de temps à autre ; Antoine et Véra se sentaient bien avec leur groom : il faisait son office, il avait tenu une porte, la porte d'une pièce où ils se trouvaient vraiment ensemble pour la première fois depuis longtemps. Mlle Rotheim aurait dû aimer les voir dans cette situation, a pensé Antoine, elle aurait dit que c'était un effet de l'art, un effet de Soutine à travers le temps, sûrement, elle aurait pu mourir pour de bon, à cet instant.

Peut-on s'aimer, se retrouver bien à deux, grâce à une toile de maître ? C'est imaginable. Et grâce à une reproduction format carte postale d'une toile de maître ? C'est plus discutable d'un strict point de vue artistique. Et grâce à un faux ? Moralement intenable, mais pratique.

Grâce à ce faux, ou à cette carte postale, ou à l'œuvre authentique, Antoine et Véra Carmi se sont serrés dans les bras l'un de l'autre, réconciliation, se sont embrassés, caressés, agrippés l'un à l'autre sur leur canapé vert, pris d'une excitation nouvelle, de tremblements convulsifs, comme ils en avaient perdu le souvenir. Pour une fois, Antoine n'a pas réclamé le noir complet. Le plaisir pouvait être lumineux : il allait accorder à Véra tout ce qu'elle voulait, même un enfant, a-t-il dit, lui qui, depuis six ans, avait toujours refusé toute procréation, considérée comme un échec de la vie individuelle, sacrifiée à la survie collective de l'espèce et, plus particulièrement, comme un échec de la vie individuelle de ses parents, qu'il s'était promis de ne pas reproduire.

Mais si, ce soir-là, Véra était dans une période favorable, comme elle le pensait, comme il le souhaitait, il n'hésitait plus, il se prolongeait en elle, le plus loin possible en elle, et que leur vie explose ! Ils ont imaginé, plus tard dans la nuit, que leur enfant aurait la tête anguleuse du petit groom, ses yeux obliques et sa bouche petite mais charnue.

– Duquel parles-tu, a demandé Véra, du vrai ou faux ?

Véra Carmi a éprouvé la sensation de vivre un moment rond et plein, plus qu'un moment, une période, une période sphérique, comme si la vie ne suivait pas une ligne, même discontinue, même remplie de bifurcations, mais se composait de cercles juxtaposés dans toutes les directions. Il lui était donné de pénétrer dans une sphère nouvelle où elle se sentait presque calme, suspendue en l'air.

Voilà, oui, tout en elle et autour d'elle lui paraissait suspendu, plus vraiment de doute sur Antoine, plus de passé à réviser, et, surtout, plus de règles, un cycle biologique était interrompu, un autre commençait.

Même le tic d'Antoine, ce tressaillement de l'épaule, avait disparu ; du moins, elle ne le remarquait plus. Elle se disait qu'elle avait passé les derniers mois non à vivre avec lui, mais à porter un jugement sur leur vie et sur sa personne. Pour parvenir à vivre vraiment avec un homme, comme l'avait suggéré M. Alazard, il fallait suspendre tout jugement sur lui et flotter en sa compagnie, comme si les futurs père et mère baignaient eux-mêmes dans un liquide amniotique, comme si le ventre de Véra ne contenait pas qu'un minuscule embryon, mais les enveloppait tous les deux. Un grand ventre rond tout autour d'elle, Véra ne voyait plus le monde autrement, abri, bien-être, pas le moindre malaise, pas de nausée.

Elle a transporté ce ventre jusqu'à Vienne, Autriche, quinze jours en juillet, avec Antoine Carmi, une capitale et un hôtel conseillés par Pascal Albin, dont la sphère d'influence commerciale s'étendait jusque-là. Ami de tout Prague, disait-il, ami de tout Vienne, ami de tout Bratislava, l'amitié universelle d'Albin agaçait toujours Véra, mais s'il la faisait profiter de ses bonnes adresses, elle ne se plaignait pas.

Elle a même réussi à conduire Antoine dans les musées de la ville, musée des beaux-arts, galeries diverses, il avalait tout sans protestation, il aurait presque avoué y trouver du plaisir. Ils se sont surpris à chercher des Soutine : pas un seul tableau du peintre à Vienne.

– Ce n'est pas grave, a dit Véra, comme si cela avait pu être grave.

Ils ont connu un fou rire, un rire plus fou que tous leurs rires en six ans, devant la porte à battant vitrée d'un grand hôtel situé derrière le Burgtheater : debout, les mains derrière le dos, les jambes un peu écartées, posté en plein milieu d'un hall circulaire, prêt à accueillir le client, un air d'ennui, mais pas trop, faussement concentré, en uniforme vermillon, un jeune portier leur faisait face, une caricature de groom soutinien, jusqu'au calot fixé par une jugulaire, immobile, comme s'il avait traversé le siècle en gardant la même position. On croit aux bouleversements du temps, à l'accélération de l'histoire, alors que rien ne disparaît jamais, toutes les époques s'empilent les unes sur les autres, en strates serrées, déteignent, dégoulinent les unes sur les autres, on n'est jamais tranquille avec le passé. C'était un constat à la fois heureux et risible. Alors, ils riaient, de l'autre côté de la porte vitrée, à dix pas du portier d'abord impassible et soudain méprisant pour ces ploucs qui n'avaient jamais rien vu de leur vie. Ils sont partis avant de se faire chasser, parce qu'une voiture de maître se présentait.

Ils se contentaient de ces petits bonheurs, de leur vie légère, tout de même fatigante pour une future mère. Ils ont gardé la sensation d'évoluer dans une bulle protectrice même après leur retour. Deux articles à rewriter pour le journal interne de la Custod, en prévision du numéro de septembre, rien de compliqué ; pas de longs séjours auprès des agents étrangers pour Antoine Carmi ; une seule journée à Londres, au siège central, pour présenter une synthèse du semestre, des résultats guère brillants, il fallait le reconnaître, mais le marasme était universel. Mr Snout était présent à la réunion, à bonne distance, juste une poignée de main au passage, aucun échange, étrangers l'un à l'autre, comme s'il n'y avait jamais eu de groom entre eux, comme si le lien affectif et furtif établi un moment entre les deux hommes avait été aboli, comme si la dimension presque artistique de leur première rencontre n'avait jamais existé, pour se réduire à la dimension économique : combien de milliers de dollars as-tu rapportés à ta société ? Combien en manque-t-il pour que nous t'accordions une reconnaissance plus importante ? Malgré l'indifférence affichée, l'absence de toute allusion au remboursement du premier versement, croiser le regard vide de Mr Snout faisait mal à Antoine. Il est revenu noué, aussi peu bavard, ce soir-là, qu'auparavant.

Vers la fin du mois d'août, la bulle a éclaté : Véra Carmi s'est levée du lit plus tôt que les autres jours, une gêne nouvelle, et puis du sang, de plus en plus de sang. Cela arrive parfois, avait-elle lu, ce n'est pas forcément grave, cela ne remet pas en cause le cours de la grossesse.

Le médecin a conclu à une fausse couche indiscutable, un cas fréquent, a-t-il souligné, pour la rassurer, sans préjudice notable, la plupart du temps, une nouvelle tentative pourrait facilement arriver à son terme.

Le plus douloureux, pour Véra Carmi, n'a pas été l'évaporation d'un être qu'elle n'était pas encore parvenue à imaginer, mais le soulagement visible d'Antoine. Il avait proclamé son bonheur de devenir père, contesté ses refus anciens de toute paternité et, au premier avortement spontané, il ne parvenait pas à cacher sa satisfaction. Il a bien manifesté l'intention de recommencer, tout en assurant qu'il fallait, selon la médecine, laisser le corps en jachère quelque temps, le plus longtemps possible, selon lui, pour éviter la répétition de l'échec.

Le ventre vide, Véra ne sentait plus le grand ventre autour d'eux, ils étaient sortis de la sphère protectrice. Elle avait retrouvé en même temps son regard étranger sur Antoine. Alors, comédien ? Comédien ? L'éternel cinéma ? Prétendre vouloir un enfant, quand la peur de devenir père vous tient ? Jusqu'ici, il avait justifié son opposition par l'exemple de sa famille. Il craignait que Véra ne soit pas plus maternelle que sa propre mère ; il la voyait bien disparaître sans l'enfant, lui laisser toute la charge de son éducation, comme c'était arrivé à Joseph Carmi. Sa hantise, plus largement, était de voir Véra s'échapper comme Clara, comme Marine, comme Élisabeth Verne, sa mère. Il n'avait jamais su en retenir une, sauf Véra, et tout changement dans leur vie lui semblait une menace.

Il avait expliqué son revirement, au début de la grossesse de Véra, par une maturité nouvelle, renforcée par les incidents récents, la rupture plus nette avec Mlle Rotheim. Convaincant un moment, mais ce soulagement après la fausse couche, comment le justifier ? Comment ne pas l'avouer surtout ? Cinéma, comédien, se disait Véra. Quand es-tu vrai, Antoine Carmi ? Son tic à l'épaule était revenu, ce signal intermittent et presque invisible à tout autre qu'elle, une signature incontestable, plus authentique que la moindre signature de Soutine.

Il avait d'autres raisons de retrouver ses tics, d'autres raisons de s'inquiéter pour lui : des rumeurs circulaient depuis plusieurs mois sur la situation réelle de la Custod. Les résultats de la société, au cours des deux dernières années, s'étaient dégradés. Des astuces comptables avaient permis de les masquer un moment ; il fallait bien avouer la vérité, ou des demi-vérités, de temps en temps. La conjoncture, répétait la direction, dans le bulletin rewrité par Véra, l'aviation civile était entrée dans une zone de turbulences, avait-elle été obligée d'écrire ; le terrorisme, 11 septembre, des avions fracassés en plein vol, d'autres cloués au sol, faute de voyageurs, la construction aéronautique en chute ; plongée des voyagistes, des compagnies de transport, plongée mimétique des courbes boursières, tous les graphiques soumis à l'attraction terrestre, alors, forcément, une entreprise de peinture aéronautique comme la Custod était menacée par les incertitudes internationales. Mais la direction assurait que les commandes reprendraient vite, qu'on s'appuierait, pour le moment, sur les contrats d'entretien en cours : il fallait bien repeindre de temps en temps les vieux avions.

Antoine Carmi s'efforçait de sauver son propre marché, mais il remuait la terre sans faire bouger le ciel, à Madrid, Lisbonne, Rome, encore dans sa zone de contrôle. Ses agents habituels n'avaient plus que des dossiers vides à présenter. Le Madrilène en arrivait à pleurer, le Lisbonnais regrettait l'époque des grandes conquêtes commerciales et désespérait de tout avenir, le Romain annonçait, à chaque rencontre, un sursaut imminent du marché.

Ces difficultés tombaient d'autant plus mal que la société avait entrepris, une nouvelle fois, de qualifier, auprès de toutes les compagnies aériennes, une gamme de produits tout juste sortie de ses laboratoires et immédiatement privée de débouchés. La recherche de marchés à long terme se heurtait à toutes sortes de dérobades, dilatoires les premiers temps, puis de plus en plus déterminées : impossible, pour l'instant, de prévoir à cinq ans, avenir incertain, nous ne pouvons pas nous engager, nous ne signerons rien dans l'immédiat. Décidément, se disait Antoine Carmi, je n'ai pas de chance avec les signatures. Dans toutes les situations, j'aurais besoin de les exhiber et elles manquent toujours, au bas d'un tableau, au bas d'un contrat.

La cotation du titre de la Custod a été suspendue quelques jours ; une remontée hésitante, ensuite, suivie d'une rechute ; une société hollandaise a proposé, au moment où les actions de la Custod atteignaient le cours le plus bas de son histoire, de prendre une participation majoritaire. Le siège londonien refusait toute alliance ou toute manœuvre de ce genre. Une société née dans l'entre-deux-guerres, juste après la grande crise, une société qui avait prospéré pendant la Seconde Guerre mondiale et la guerre froide, qui avait connu une expansion exceptionnelle depuis les années soixante, avait surmonté la crise pétrolière, ne pouvait pas s'effondrer aussi facilement. La Custod a tenu quelques semaines encore, mais les rumeurs de rachat persistaient, les clients possibles ne voulaient plus traiter avec les équipes en place ni s'engager, même à court terme, sur des contrats nouveaux. Le groupe financier hollandais ne s'est plus manifesté jusqu'à ce que le cours de la Custod tombe plus bas que jamais, bonne à ramasser, et que la société britannique s'offre d'elle-même.

Les Hollandais volants ont fondu sur elle, promis de la remonter en préservant ses structures les plus performantes, comme le développement de nouveaux produits. Ils ont annoncé une gestion transparente, de la clarté, de l'authenticité dans les rapports à l'intérieur de l'entreprise, la préservation de l'emploi, pour peu que le personnel soit disposé à partager ces valeurs.

La première lettre de la nouvelle direction reconnaissait la longue expérience de la Custod sur le marché mondial de la peinture aéronautique, un « fleuron », bien entendu, et pressentait un « nouvel avenir », un « avenir véritable », un « avenir solide ». Le second message adressé à tout le personnel préconisait un « nettoyage en douceur ». La Custod apparaissait, après étude, comme une « vieille société prestigieuse, pleine de ressources », mais dont « les structures étaient inadaptées aux marchés aléatoires de l'avenir » : trop de lourdeur dans la gestion et dans l'organisation.

Le courrier s'est arrêté là, les Hollandais sont arrivés dans les bureaux pour démontrer qu'un regroupement des tâches était possible et nécessaire. Une seule personne mieux formée leur semblait suffisante pour accomplir le travail de quatre dans l'organisation ancienne. Ils ont commencé par retirer leurs responsabilités à quelques gestionnaires en échange de missions vagues : pour réorganiser votre service, faites-nous des propositions. Quel genre de propositions ? À vous de le découvrir, vous voilà chargé de mission.

Les chargés de mission occupaient leur temps à proposer leurs services à la concurrence et partaient. Quelques-uns se contentaient de leur rôle nouveau et attendaient une suite plus brutale. Antoine Carmi ne faisait pas partie de ceux-là : la direction hollandaise songeait à lui confier un domaine élargi ; il fallait conquérir le marché de pays émergents, le pourtour de la Méditerranée, c'était encore l'Europe du Sud ; puis, on lui a laissé entendre que le poste d'un directeur central, qui s'était dévoué à la Custod au point de manifester une hostilité ouverte et répétée à l'arrivée des Hollandais, serait bientôt à pourvoir.

Antoine Carmi s'est flatté quelques jours, auprès de Véra, d'obtenir cette promotion qui le dispenserait de ses voyages répétés, mais les obligerait à s'installer à l'étranger, une chance pour eux, peut-être. Les Hollandais étaient rudes, disait-il, mais justes, un groupe vraiment moderne. Les actions remontaient, les clients retrouvaient la confiance, les contrats suivraient.

Quelques conversations avec des collègues lui ont appris que la place du directeur londonien avait été promise à deux autres cadres. Il s'est aperçu qu'en règle générale chaque poste redéfini était offert à deux ou trois responsables différents, chacun faisant des propositions, révélant sa personnalité, s'efforçant de montrer sa supériorité. À la fin, les Hollandais tranchaient et regrettaient de ne plus rien avoir à proposer aux perdants.

Le directeur a fait valoir, après une longue négociation, ses droits au départ, largement rémunérés. Antoine Carmi a été convoqué à Londres où la nouvelle direction s'était en partie installée, avec l'intention de démanteler le siège pour regrouper les futurs services à Amsterdam. Le poste vacant et redéfini lui a été accordé, pas tout à fait officiellement, formellement, lui a-t-on précisé, le temps qu'il fasse connaître ses ambitions et ses propositions de réorganisation.

Ensuite, Antoine Carmi ne savait pas trop ce qui s'était passé, enfin il ne l'a pas compris sur le moment. Il avait rédigé, avec l'aide de Véra, une note claire, un modèle de précision, d'efficacité et d'économie, bien dans l'esprit des Hollandais, pensait-il. Bonne réception, enthousiasme affiché des premiers échelons de la hiérarchie, mais aucune note en réponse, pas de convocation, personne à joindre à Londres ou à Amsterdam.

Des informations ont fini par redescendre, d'échelon en échelon, jusqu'à lui et c'était comme si on lui annonçait la fin de l'avenir. Un rapport était parvenu au plus haut de la compagnie, un rapport circonstancié et fiable, était-il indiqué, présentant des témoignages recoupés et mettant en cause Antoine Carmi, non pour la gestion de son domaine, indiscutable, mais pour des pratiques douteuses et inacceptables à ce niveau de responsabilités.

Alors, voilà, comme Antoine l'avait dit une fois, sans savoir lui-même s'il plaisantait, le peintre Chaïm Soutine avait éternué en 1936 (ou plutôt il avait couché avec Mlle Rotheim et offert des cadeaux malsains) et ses germes empoisonnaient la vie et la carrière d'Antoine Carmi des décennies plus tard.

Selon ce qu'il avait pu apprendre un peu plus tard, le rapport dénonciateur montrait comment il avait abusé de sa position à la Custod pour approcher des membres de l'ancienne société liés au Custod Institute, dont les Hollandais étaient en train de se défaire, et organiser un trafic de toiles de maître, projet déjà contestable, mais encore plus condamnable dans la mesure où ces toiles de maître s'étaient révélées, selon les experts, être des faux. On sentait que le trafic en lui-même aurait été plus facilement pardonnable s'il avait porté sur de la marchandise authentique. Était-il raisonnable, concluait le rapport, de donner un poste de haute responsabilité à un faussaire prêt à utiliser les pouvoirs de son entreprise pour son intérêt personnel ?

Antoine Carmi a pensé que Mr Snout avait trouvé le moyen de lui faire payer, au moins symboliquement, la tromperie dont il s'était cru la victime. Il a été étonné d'apprendre que Mr Snout lui-même venait de démissionner de la direction centrale, alors qu'il semblait, depuis le rachat, mieux vu des Hollandais que beaucoup d'autres. En réalité, le rapport contre Antoine Carmi le mettait tout autant en cause comme personnage corruptible détournant à son profit des œuvres artistiques qui, si elles avaient été authentiques et proposées dans des conditions légales, auraient pu intéresser une fondation comme le Custod Institute.

Il a fallu beaucoup de temps à Antoine Carmi pour admettre que Pascal Albin était le seul auteur possible d'un tel rapport, le seul à avoir eu connaissance jusqu'au bout de la vente des Soutine, surtout de son échec. Comme Albin l'avait introduit auprès de Mr Snout, Antoine s'était cru obligé de le tenir informé du premier prix obtenu, puis des soupçons sur l'authenticité du groom, enfin du désaccord et de la rupture avec l'Anglais ; un comportement naïf pour un habitué des transactions commerciales, mais son amitié avec Pascal Albin était si ancienne, si dénuée d'intérêt personnel qu'il n'avait pas imaginé que, face aux Hollandais, son seul ami de la Custod se servirait de Soutine pour tenter d'obtenir l'ensemble du marché européen. Un homme doit en valoir quatre, répétaient les responsables néerlandais, les distinctions entre l'Europe du Nord et du Sud, de l'Est et de l'Ouest, relevaient d'une vision archaïque, le continent formait un tout qu'un seul homme serait capable de couvrir et Pascal Albin était assuré de devenir cet homme-là, avec l'aide du groom de Soutine.

Antoine Carmi a reçu une dernière convocation au siège londonien, les Hollandais lui ont lu quelques lignes du rapport avant de lui suggérer de démissionner sans délai et sans chercher à négocier des indemnités. Dans ces conditions, il ne serait pas inquiété par la justice. Antoine a demandé à se justifier, tableaux de famille, bonne foi, cadeaux du peintre Soutine lui-même, admirateur des maîtres hollandais, témoin vivant, une vieille femme un peu folle et exigeante, rien d'illégal, à la fin : il avait repris ses tableaux, ils étaient toujours chez leur propriétaire, où était le délit ? On pouvait s'entendre, il se contenterait de son poste actuel et renoncerait à celui du directeur limogé.

Son poste actuel n'existait plus, lui a-t-on fait remarquer, celui du directeur venait d'être attribué à un autre, vraiment, il n'était plus temps de transiger. Ne pas démissionner, c'était s'exposer aux tribunaux, accusations de trafic d'œuvres d'art, trafic de faux, qui plus est, corruption, tentative d'escroquerie, les avocats ne demanderaient qu'à allonger la liste ; la compagnie ne pouvait pas s'embarrasser d'un collaborateur pareil, c'était à Antoine Carmi de s'en apercevoir tout seul, il devait, au contraire, remercier la nouvelle direction pour sa mansuétude : aucune plainte ne serait déposée, promesse ferme, s'il abandonnait toute responsabilité, toute ambition dans le nouvel organigramme, toute compensation financière, s'il acceptait de disparaître en douceur.

Dans l'Eurostar du retour, sous la Manche, il a encore espéré un effondrement du tunnel, un attentat terroriste, un incendie, une voie d'eau, une catastrophe d'ampleur internationale. Les Hollandais seraient obligés de rendre hommage à un collaborateur précieux, mais le train glissait presque sans bruit. Antoine a fermé les yeux, cherché quel personnage de Hitchcock s'était trouvé dans une situation semblable. C'était une méthode risible, il le savait bien, mais la pensée de Hitchcock, depuis son adolescence, lui avait toujours été du plus grand secours. Cette fois, comme depuis quelque temps, il restait sec, Hitchcock le lâchait, mauvais signe, comme Soutine l'avait perdu.

Arrête un peu, Antoine, tu délires dans ton tunnel, pense à du sérieux, à ton avenir. Tu as démissionné, et alors ? Ni Soutine ni Hitchcock n'y changeront rien, ils appartiennent au monde de l'art et tu n'es vraiment pas dans le monde de l'art. Tu aurais dû être cinéaste et tu t'es perdu dans la macroéconomie ? Où vas-tu finir, maintenant ? Dans la microvie, a-t-il pensé, c'est tout ce qui va me rester, la microvie. En réalité, je n'ai aucune ambition sociale ou l'ambition sociale que j'ai développée pendant des années n'était absolument pas la mienne. Je l'ai construite pour sauver la maison, le noyau Rotheim-Carmi, au début, pour me sauver moi-même ensuite. J'ai connu une réussite enviable, j'y ai cru, alors que cette réussite me paraît d'un seul coup dégradante. Tu es un tout petit homme, Antoine, un petit groom embarqué dans une vie trop grande pour toi, les Hollandais t'ont remis à ta place, tu n'as plus qu'à trouver un emploi de portier pour tenir les portes aux messieurs dames qui veulent monter aux étages supérieurs. C'est dommage, aujourd'hui, personne ne me proposera un bel uniforme rouge et une galette à galon pour me mettre sur la tête.

Il faudrait exterminer tous ceux qui l'ont mené jusquelà, Pascal Albin en premier, une colère contre Pascal Albin, tout seul dans le train, c'est un exutoire. Il faudrait hurler le nom de Pascal Albin et les insultes qui vont avec. Il faudrait trouver un voyageur qui accepterait de blesser ou d'éliminer Pascal Albin à sa place, l'alibi le plus solide qui soit, tandis que lui, Antoine, accomplirait un autre crime au bénéfice de ce passager complaisant, un échange de services en somme. Parmi tous ces gens assis, il s'en trouvera bien un qui se demande comment égorger sans risque sa femme ou sa petite amie. Ce n'est pas le thème d'un film de Sir Alfred, ça ? Tout juste : *L'Inconnu du Nord-Express*, 1951, c'est bon de retrouver ses réflexes intacts. Qui veut bien assassiner pour moi Pascal Albin, messieurs dames ? Qui accepterait d'éliminer physiquement Mr Snout, Mr Turlot et la nouvelle direction hollandaise ? Arrête, Antoine, tu délires, tu n'es qu'un petit groom démissionnaire, un cadre obligé de quitter son poste, comme, un jour ou l'autre, tous les cadres mondialisés, la vie banale.

Antoine Carmi ne savait pas, et cela aurait pu lui servir de consolation, que les Hollandais, en vertu d'une tradition de justice, avaient réservé à Pascal Albin un sort semblable au sien. S'ils ne souhaitaient pas la collaboration d'un trafiquant, d'un faussaire, d'un corrompu, ils n'allaient pas davantage faire confiance à un homme capable, pour sauver sa place, de se conduire aussi ouvertement en délateur. Ils lui ont seulement accordé, en plus, des indemnités convenables : on doit toujours récompenser un service, même mauvais.

À la descente de l'Eurostar, Antoine a pensé dissimuler son nouvel état à Véra. Petit garçon miné, pris en faute, il ne saurait pas le dire, on ne doit pas parler de son travail, encore moins du manque de travail, il avait honte de lui. Si elle le questionnait sur son voyage à Londres, il lui proposerait d'aller voir un film, bon signe, en général, elle penserait qu'il avait eu le poste. Abruti, elle verrait bien à ta tête qu'ils t'ont viré, elle devine tout, Véra, elle t'a fait avouer tes trafics de Soutine, facile, à l'intuition. Tu as bien compris qu'elle te regardait de près, depuis un moment, qu'elle te décortiquait, tu n'as aucune chance de t'en tirer, il vaut mieux tout dire tout de suite. Tes habitudes de secret remontent loin, elles t'ont protégé au long des années, tu as cru en faire un art de vivre, un art de vivre à l'abri, c'est tout le contraire qui s'est produit, elles te détruisent depuis un moment, tes petites habitudes, elles te bouffent, regarde où tu en es. Et puis, Véra connaît la situation de l'ancienne Custod Limited, elle a perdu son job mal payé, peu de temps après l'arrivée des Hollandais. Un journal interne d'entreprise, sur papier glacé, à notre époque… ils ont rigolé, les Hollandais, méthodes archaïques, suspendez la parution du prochain numéro, adieu les rédacteurs, nous n'avons plus besoin de vous. Quant à la rewriteuse, payée à la pige, ils n'ont même pas su qu'elle avait existé. La rédactrice en chef s'est contentée de l'appeler au téléphone : plus rien à écrire, donc rien à récrire ; rien à dire, donc rien à redire.

Véra Carmi se doutait bien que le grand nettoyage engagé à la Custod toucherait son mari d'une manière ou d'une autre, promotion ou éviction, promotion et éviction, il avait connu les deux.

Ils se sont retrouvés tous les deux dans l'entrée, comme toujours, il a vu se soulever son gros grain de beauté, accompagnant le mouvement des sourcils : il avait l'air si décomposé que ça ? Il s'était pourtant senti, à la sortie de la gare, libéré, soulagé, comme après la vente ratée des Soutine, comme après la fausse couche de Véra ; irrité aussi : qu'est-ce qu'un homme qui se sent soulagé après les démissions, les échecs, qui se réjouit de ce qui devrait le faire souffrir ? Véra, cette fois, ne remarquait pas son soulagement, seulement son abattement.

Elle ne disait rien, elle attendait, elle avait confiance en lui, plus qu'avant, il n'avait pas le droit d'esquiver ; les lâchetés du passé, il était temps d'y renoncer, sinon il ne pourrait plus se voir lui-même en peinture. Il a essayé d'en rire, ce n'est pas de la lâcheté, le rire sur soi ; peut-être, mais c'est encore une esquive :

– Encore un coup de Soutine...

Soutine ? Pascal Albin s'était servi de Soutine contre Antoine ? Pas étonnant de sa part, Véra ne l'avait jamais aimé, il ne pouvait pas être franc, ce bègue. Le résultat ? Antoine Carmi se retrouvait dehors, sans avenir ou plutôt sans envie d'avenir.

Il est devenu irritable en quelques jours, inquiet pour Véra, disait-il seulement, pas pour lui, il ne comptait pas, mais Véra, qu'allait-elle penser d'un raté comme lui ? Il apprenait que les anciens de la Custod, les uns après les autres, avaient négocié des postes importants avec des sociétés concurrentes, s'expatriaient en Amérique du Sud, en Asie, pendant qu'il se terrait dans son petit appartement de la Convention.

– Fais comme eux, disait Véra, les gens comme toi ne devraient avoir aucun mal à se recaser. Même Albin, qui brasse de l'air à longueur d'année, a sûrement déjà retrouvé un poste de responsabilité. Arrange-toi pour ne pas tomber dans la même boîte que lui, c'est tout.

– Moi, je suis plombé. Mes histoires de tableaux circulent déjà. Les grands groupes ne sont pas si nombreux, ils sont tous au courant qu'il ne faut pas m'engager. Partout où je vais me présenter, on dira : le trafiquant de peinture ? Nous, nous avons besoin d'un vendeur de peinture, de vraie peinture, de peinture qui ne ment pas, la peinture industrielle. Dire que j'ai vendu de la peinture industrielle pendant des années et que j'ai été considéré comme honnête. Et j'ai été présenté comme un voyou du jour où j'ai essayé de placer de la peinture artistique. Quelque chose ne va vraiment pas. Je n'ai plus du tout l'intention de placer de la peinture industrielle, de courir après des contrats en pleine crise aéronautique. J'ai perdu assez d'années comme ça.

La marque d'une dépression provisoire, acceptable dans les circonstances présentes, c'est tout ce que voyait Véra Carmi dans les paroles d'Antoine. Elle connaissait cet état, elle le comprenait mieux que lui, elle s'en était sortie. Elle a même cru, après quelques jours, qu'il allait déjà mieux ; il s'était mis à démarcher de nouvelles entreprises, a-t-elle pensé, il ne s'enfermait plus dans la chambre, au contraire, toute la journée dehors, aux heures de bureau, ponctuel, rien à expliquer le soir, plusieurs séances de cinéma chaque semaine, des commentaires filmiques sans fin et enthousiastes, comme avant. Elle était prête à se laisser prendre à cette joie factice, elle en avait envie, prête à négliger ce qu'Antoine lui taisait de nouveau, puisqu'il était dans sa nature de taire l'essentiel, puisqu'il semblait impossible de le changer durablement.

Certains soirs, tout de même, elle aurait aimé savoir où il avait vraiment passé la journée. Il était possible de se moquer d'un tel goût du secret, elle n'en avait pas souffert des années entières, mais, justement, elle avait pu croire un moment que tout cela était révolu, que leurs rapports avaient évolué, quand elle l'avait provoqué avec ses cartes postales. Il aurait fallu trouver un autre moyen de le toucher, de le bouleverser, pour qu'il se donne de nouveau. Mais non, il fallait, semblait-il, revenir en arrière, comme si rien ne s'était produit : tableaux, rachat de la Custod, démission, Antoine Carmi avait déposé là-dessus deux couches bien épaisses de peinture sombre. Un effacement pathologique, se disait-elle parfois, quand il avait éludé une de ses questions vicieuses. Le reste du temps, un homme joyeux, avec pour seule préoccupation visible la sortie des films, le mercredi, comme un étudiant désœuvré, une nouvelle copie de *Rebecca*, 1940, ou des *Oiseaux*, 1963, la centième sortie de *Psychose* (1960), il pourrait s'identifier, encore une fois, à Anthony Perkins, un bonheur un peu malsain, mais une forme de bonheur possible après tout, songeait-elle.

Le cinéma n'était pas le seul abri d'Antoine Carmi contre le monde ; ses après-midi, il les passait rue de Cléry. Il s'était réconcilié avec Mlle Rotheim ; Joseph ou Hermann l'accompagnait le soir jusqu'au métro, comme à l'époque de ses études ou de ses premiers stages, comme si un grand blanc avait suivi, comme si Mlle Rotheim n'était pour rien dans l'écroulement de sa carrière. S'il ne s'était pas laissé embobiner pour vendre les Soutine à Londres, n'aurait-il pas pris la direction d'un service plus important dans le nouveau groupe ? Non, a-t-il pensé, les Hollandais auraient trouvé un autre prétexte. Ils n'avaient pas d'autre but que de placer leurs hommes, l'histoire des Soutine les avait bien arrangés et leur faisait faire l'économie des indemnités de licenciement.

Mlle Rotheim, elle, n'avait pas cessé d'aimer son petit garçon fourvoyé dans l'industrie. S'il revenait à elle, même sans argent, elle l'aiderait à vivre, comme elle l'avait aidé dans le passé, comme elle en avait aidé bien d'autres, comme sa famille l'avait toujours fait. Maintenant, Antoine était condamné à se replier sur le passé familial, il devait faire ce demi-tour, s'il voulait continuer à vivre. Il n'était plus question de marché à long terme, à cinq ou dix ans, ces visions d'avenir qui fondent l'industrie, son marché à lui, à très long terme, à vingt ou trente ans en arrière, passait par l'immeuble Rotheim.

L'avancée était devenue impossible, son seul salut c'était la reculade, le recommencement.

Il a pris quelques affaires, un matin, un sac, une valise, sa sacoche, pas plus, il a juré à Véra qu'il n'avait rien contre elle, qu'il l'aimait plus que quiconque, mais qu'il ne pouvait plus se voir, là, dans cet appartement lié à sa progression dans l'organigramme de la Custod, avec cette femme. C'était stupide, il le reconnaissait, elle n'y était pour rien, mais il ne voyait pas le moyen de s'en sortir autrement qu'en reconstituant provisoirement la cellule primordiale dont il n'aurait jamais dû s'écarter. Qu'elle le laisse seulement tranquille le temps qu'il faudrait ; il reviendrait, changé, mais il reviendrait.

Véra Carmi a bien tenté de le retenir quelques minutes pour éprouver sa détermination. Elle ne savait pas grand-chose du noyau Rotheim, a-t-elle reconnu, Antoine lui avait tu si longtemps cette histoire à laquelle il ne semblait pas lui-même s'intéresser, mais elle comprenait bien que la vieille demoiselle obtenait ce qu'elle voulait : récupérer son petit chéri, détruire leur couple, comme elle avait détruit les couples précédents. Antoine, avait-il prétendu, s'était éloigné de la rue de Cléry pour éviter cette destruction et il n'avait rien fait pour l'empêcher. Simple à comprendre, a dit Véra, Mlle Rotheim lui avait mis entre les mains des toiles de Soutine pour le griller auprès de sa hiérarchie, pour casser sa carrière et sa vie personnelle, avec l'espoir qu'il revienne partager sa vie.

– Oui, a ajouté Antoine Carmi, et c'est elle qui a fait chuter les actions de la Custod pour provoquer son rachat et me faire revenir chez elle. Ma pauvre Véra, tu te trompes complètement sur les intentions de Mlle Rotheim.

– Tu disais exactement le contraire il n'y a pas si longtemps.

– Tout a changé depuis, tu ne t'en es pas aperçue, toi qui vois tout ?

Il a refusé la proposition de Véra, attendre quelques jours encore avant de prendre ses bagages. Son épaule était agitée de ses mouvements mécaniques, plus rapprochés que jamais. Comme elle faisait une dernière tentative, une tentative physique, lui attraper un bras, pour le forcer à rester un peu, il est parti à reculons, souriant et crispé, promettant une dernière fois de revenir bientôt, dès qu'il se sentirait plus à l'aise, dès qu'il aurait retrouvé, chez les siens, le moyen de se remettre à l'endroit, une étape nécessaire, a-t-il répété jusque dans l'ascenseur.

Véra Carmi a passé quelques jours à portée de son téléphone, Antoine allait l'appeler à l'aide, annoncer son retour, il ne tiendrait pas huit jours dans le passé, au milieu de gens plus déglingués les uns que les autres, il comprendrait.

Il ne comprenait rien, il était parti pour de bon, comme Élisabeth Verne, sa mère, comme Soutine. Véra ne pouvait pas rester enfermée dans cet appartement de la Convention sans travailler, sans gagner d'argent. Plus rien à récrire depuis des mois, elle s'apercevait qu'elle avait aimé rewriter tous ces articles plus creux les uns que les autres ; elle leur avait donné une vie nouvelle, un peu de la force qui leur manquait et, à présent, aucune vie à donner, à personne. Encore heureux qu'elle n'ait pas attendu cet enfant, ce n'est pas lui qui aurait retenu Antoine Carmi, elle en était convaincue, il serait peut-être parti encore plus vite.

Que pouvait-elle faire ? Renouer avec sa propre famille ? Faire le même chemin de retour qu'Antoine ? Au moins, ils auraient la même vie tous les deux, le même projet, ce serait une façon de rester un peu ensemble. Et puis non, c'était trop loin, ses parents l'avaient reniée depuis trop longtemps, mauvaise fille, ils ne comprendraient pas pourquoi elle tenait à les revoir. Des amis anciens ? Là encore, depuis Antoine, les liens s'étaient distendus ; au fond, elle n'avait pas d'amis et pas envie de les revoir. Revenir en arrière, ce n'était vraiment pas pour elle : même sur les voitures, elle n'avait jamais compris la marche arrière ; c'est toujours différent d'un modèle à l'autre ; elle avait raté son permis trois fois à cause de la marche arrière qui ne passait jamais. Il fallait donc continuer à vivre en marche avant.

Des amis, il lui en restait, pourtant, à la réflexion, pas vraiment des amis, les agents de surveillance du musée. Ils l'avaient aidée à s'y retrouver, un moment, ils l'avaient amusée aussi, la grande prêtresse du vaudou haïtien, Mme Achille, ennemie et gardienne de l'Art moderne, et le docteur en histoire de l'art, devenu traîne-savates de l'art au Centre Pompidou, presque une seconde famille, une famille qui s'ignorait.

Elle est arrivée pour l'ouverture, en prenant son temps, cette fois, calme, une vraie visiteuse, innocente, comme si elle découvrait le Centre Pompidou pour la première fois, comme si elle n'y avait pas été convoquée d'urgence, un jour, pour constater la disparition hypothétique d'un mari supposé. Depuis, le mari réel avait vraiment disparu.

Le retour de Véra a surpris les premiers agents de surveillance qu'elle a rencontrés, ils avaient presque oublié sa silhouette ou, si elle leur rappelait quelque chose, ils avaient du mal à mettre un nom dessus. M. Wolf, bonne mémoire, a été plus rapide que les autres :

– Mais oui, la dame qui n'osait pas demander à son mari s'il venait voir des tableaux au musée, comme si c'était un crime. Elle préférait nous le demander à nous, comme si nous étions là pour ça. Surveiller des œuvres, ça nous occupe assez, s'il fallait en plus surveiller la vie des visiteurs.

Mme Achille et M. Alazard avaient changé de section, ils gardaient les peintres américains des années cinquante, les De Kooning, Gorky, Pollock, des héritiers de Soutine, à leur manière, a tout de suite proclamé M. Alazard, en faisant faire une petite visite commentée à Véra.

– Il va encore vous assommer avec sa grande culture artistique, a dit Mme Achille, toujours aussi peu aimable avec M. Alazard, chaque fois que Véra Carmi se présentait au musée.

Elle a ajouté, sur le même ton de plainte :

– Vous avez encore perdu votre mari ?

Elle ne croyait pas si bien dire et Véra a commencé à raconter ses derniers mois.

– Je vous rappelle que nous ne pouvons pas adresser la parole trop longtemps aux visiteurs, ordre de la direction, nous sommes là pour surveiller, a dit M. Wolf.

– C'est vrai, beaucoup de gens viennent au musée pour trouver des oreilles amicales, a repris Mme Achille, et prennent prétexte d'un tableau pour vous entraîner dans leurs confidences les plus intimes. Ils disent souvent que la peinture les apaise, c'est une consolation. Il faut les comprendre un peu, même s'il faut leur conseiller de trouver du secours ailleurs, un secours bien plus élevé.

– Vous n'êtes pas dans une réunion de votre secte, ici, madame Achille, a dit M. Alazard, vous allez faire fuir notre visiteuse. Si tous les agents étaient comme vous, les églises seraient sûrement pleines, mais les musées seraient vides.

Dispute au musée, une petite joie pour Véra, c'est bien ce qu'elle était venue chercher, une distraction. M. Alazard, selon son habitude, a cherché à la soustraire à la communauté pour se l'approprier. Il avait renoncé à la poursuivre depuis longtemps, même s'il avait cru, un moment, qu'elle se laisserait prendre, tout en devinant ses réserves et, peut-être, son dégoût. Cette fois, pourtant, elle revenait d'elle-même, il ne lui avait rien demandé, il n'avait pas pris le risque de l'appeler et elle ne réclamait rien elle-même, pas de renseignement impossible à trouver. Non, elle venait pour parler et semblait y trouver du plaisir. Plus encourageant, elle expliquait comment son mari l'avait quittée, si ce n'était pas une proposition, ça. Attention, c'est parfois plus compliqué, les histoires de femmes quittées, elles ne viennent pas forcément cher-cher un remplaçant ou elles ne vous voient pas tout de suite comme le meilleur remplaçant possible. Ne pas la brusquer. L'inviter dans un bar, rue de Rivoli ou ailleurs, et la laisser venir et parler.

Elle parlait beaucoup, Véra, à présent, tout ce qu'elle avait rentré, tout ce qu'elle avait tu, faute d'interlocuteur, et qu'il fallait déverser. Ils se sont rencontrés plusieurs fois et M. Alazard se forçait à la plus grande délicatesse, rien d'ambigu, pas de plaisanteries, homme solide, seulement soucieux du bien-être de Véra.

Et puis, un soir, une trouvaille : elle n'avait plus aucun revenu, s'il avait bien compris, elle ne voulait pas réclamer de pension alimentaire, par égard pour son mari, attitude discutable, selon Paul, mais qui l'honorait. Il avait réfléchi, le sort de Véra lui importait, a-t-il souligné, il avait pensé à une solution : les musées engageaient des « vacataires occasionnels », pourquoi ne pas en faire partie ? Évidemment, être à la fois vacataire et occasionnel, ce n'est pas la promesse d'une carrière durable, mais, dans sa situation, pour avoir un peu d'argent, en attendant mieux... Des conditions à l'engagement ?

– Vous savez, a-t-il dit, je n'aurais pas eu de doctorat en histoire de l'art, j'aurais été engagé tout pareil. Regardez mes collègues, ils sont aussi variés que possible. Leur seul point commun, c'est que rien ne les destinait à leur métier. Ils ont seulement passé un concours de catégorie C de la fonction publique. Mais pour les vacataires occasionnels, pas besoin de concours.

Véra Carmi, avec l'aide de Paul Alazard, s'est retrouvée en quelques jours au niveau 4 du Centre Pompidou, Art contemporain, de 1960 à nos jours, vacataire occasionnelle, quelques semaines de remplacement prévues, mais elle pourrait prétendre, si tout se passait bien, au statut de « vacataire permanent », et, plus tard, passer le concours de catégorie C.

Remplir des dossiers médicaux, rewriter des articles, surveiller des œuvres d'art, elle constatait, une fois de plus, le peu de cohérence de sa vie professionnelle, toujours dominée par le provisoire. Ses parents l'avaient prédit quinze ans avant, elle en était restée au même point. Plus grave, s'est-elle dit, pour leur donner encore raison, elle n'avait jamais été capable de trouver un emploi toute seule. Un métier, un homme, elle n'en sortait pas. L'ami médecin, le labo d'analyses médicales ; Antoine, le rewriting à la Custod ; aujourd'hui, vacataire au Centre Pompidou, grâce à Paul Alazard. Devait-elle se soumettre à ce déterminisme jusqu'au bout ? Un nouveau métier, un nouvel homme, Paul ? Pas envie, mais Paul n'attendait rien d'autre. Il descendait du cinquième au quatrième niveau, à l'heure de la pause, pour savoir si elle s'habituait bien, si elle était contente de son poste, si elle accepterait de dîner avec lui le lendemain. Elle s'efforçait de dire non, relations strictement professionnelles.

Paul Alazard s'en voulait un peu : on aide autrui avec le plus grand désintéressement, c'est entendu, mais si autrui se désintéresse de vous dès qu'il a reçu votre aide, n'êtes-vous pas un imbécile ? Il revenait quand même, de temps en temps, elle finirait par comprendre, par reconnaître sa valeur.

Véra Carmi avait mal aux jambes, à force de piétiner dans sa section, mal à la tête, au début, à force d'ennui. Elle sentait les minutes s'étirer en elle, c'était physique, elles prenaient toute la place dans son cerveau, ces minutes, elle n'était préoccupée que de l'heure. Pour échapper à cette obsession, elle essayait de ne réfléchir à rien et elle parvenait, à certains moments, à un vide complet de la pensée. Surveiller un musée, c'était pratiquer une sorte d'ascèse dont elle sortait quelquefois apaisée. D'autres jours, au contraire, c'était l'échec, le trop-plein, les pensées par-dessus la tête, les images d'Antoine, de leur vie, des derniers mois surtout, retrouver encore et toujours ce qu'elle avait manqué, pas compris assez vite ; elle quittait le musée épuisée.

Vide ou trop-plein, la seule activité dont elle se dispensait, c'était de surveiller sa section. Le ministère de la Culture la payait pour qu'elle n'accomplisse justement pas les tâches qu'il exigeait d'elle. Des visiteurs auraient pu lacérer, démolir des œuvres, mettre le feu, embarquer une toile, dans tous les cas elle aurait réagi avec retard. Si quelqu'un cherchait un renseignement, elle l'orientait sur un de ses collègues plus expérimentés, vous comprenez, je débute, je ne connais pas encore bien le musée. Elle était consciente d'être le plus inefficace des agents de musée ; elle se surprenait à circuler hors de sa section, celle de l'entrée, pour se retrouver au milieu, devant un Télémaque, son préféré du niveau 4, comme n'importe quelle visiteuse, surtout pas comme une gardienne.

– Qu'est-ce que tu fais là ? lui demandait une collègue revêche, toujours à se plaindre de la climatisation et des allergies qu'elle lui causait.

Véra retournait à son poste, errait encore un peu, repassait plus tard devant un Télémaque, continuait son chemin. Il lui arrivait de se demander, encore un jour de trop-plein, si les tableaux de ce Télémaque avaient déjà attiré des ennuis à quelqu'un, comme des toiles de Soutine avaient nui à sa propre vie, à celle d'Antoine. C'est vrai, se disait-elle, le plus grand succès artistique, ce n'est pas de figurer dans un musée ou, pire, de décorer un salon, non, le plus grand succès artistique, pour une œuvre, c'est de continuer à agir longtemps après sa création, de rendre la vie de quelqu'un heureuse ou, à défaut, de l'empoisonner. L'empoisonner, c'est encore agir sur elle. Les tableaux de Soutine ont embelli la vie de Mlle Rotheim, au moins ils avaient une signification pour elle, une signification vivante, et ils ont fini par empoisonner la vie d'Antoine et la mienne, la nôtre. Ce doit être cela, le sommet artistique pour une œuvre : embellir la vie et, en même temps, l'empoisonner. Il faut les deux, sinon, c'est de la décoration pour dadame.

Véra Carmi s'efforçait de reprendre sa place avec sérieux : je dis n'importe quoi, vraiment, je n'ai rien de mieux à faire, je déblatère sur l'art, comme M. Alazard, alors que ces gens sont perdus et cherchent l'expo photos qui est terminée depuis la semaine dernière. Agent de surveillance, le métier ne lui réussissait pas, trop de solitude dans un lieu public, je disjoncte. Comment font-ils, les autres ? Ils papotent entre eux à longueur de journée.

Voilà la solution pour survivre dans un endroit pareil, un papotage sans limite ; elle s'en sentait incapable.

Vers le soir, elle se surprenait à attendre, puisqu'elle était près de l'entrée, attendre qui ou quoi ? Elle se disait parfois qu'Antoine pourrait avoir l'idée de monter au cinquième, elle l'interpellerait au passage. Encore une idiotie : pourquoi, s'il n'y était jamais venu, y viendrait-il à présent ? Il ne savait même pas qu'elle y travaillait, raison supplémentaire. Elle guettait tout de même, elle le cherchait et elle finissait par tomber sur Paul Alazard.

Il apparaissait, à l'heure de la fermeture, en haut des marches qui relient le quatrième et le cinquième niveau, bien peigné, la barbe mieux taillée, le coutil bleu pétrole ou vert, tout juste sorti de chez le teinturier, repassé, boutonné, il apercevait Véra de loin, en attente, il imaginait qu'elle l'attendait, il entamait sa descente, large sourire, signe de la main, un Roi-Soleil empruntant son escalier d'apparat pour rejoindre ses sujets, sa sujette. Elle était obligée de rester sur place pour ne pas avoir l'air de le fuir. Pourtant, non, elle ne voulait pas se soumettre à cet homme-là, à ce Louis XIV bedonnant, qui prenait la pose et lui ouvrait les bras devant le rhinocéros cramoisi de Veilhan, brillant de tout son vernis industriel, peut-être de la peinture aéronautique, se disait Véra, chaque fois qu'elle le croisait.

Une fois, Paul Alazard a insisté pour qu'elle vienne dîner avec lui, dans son quartier, tout à côté. Il occupait, disait-il, un studio bruyant aux Halles. Il avait un peu honte, un studio vraiment minuscule, comment faire entrer là-dedans l'ex-femme d'un ex-haut cadre de l'industrie aéronautique ; elle devait avoir l'habitude du luxe, vivre dans un grand appartement. Où l'emmener, cette Véra ? Dans un restaurant en bas de chez lui.

Elle avait senti, plus que jamais, la solitude du musée, la solitude de la Convention l'écœurait d'avance, alors, un moment de compagnie, même si elle ne trouvait pas mieux que Paul Alazard, elle a accepté de le suivre : un restaurant bondé, plein de parlotes, comme des parlotes d'agents de surveillance. Elle ne voulait pas rester, elle a brusqué Paul :

– Chez toi, vite.

Trop petit le studio ? Elle n'attendait pas Versailles. Il se sentait perdu, il travaillait à un moment pareil depuis des semaines, des mois même, depuis qu'elle était arrivée en courant devant les Miró du musée, il avait tout imaginé, répété, et cela se passait autrement, trop brutalement.

Elle aurait voulu le noir complet, il ne voyait pas pourquoi. Et le noir complet, chez lui, inutile d'en parler : lampadaires, enseignes au-dessous, enseignes à côté, flashes, du vert, du bleu, du jaune, du rouge, par intermittence, plein jour en pleine nuit, et les braillements des serveurs, les engueulades entre vendeurs à la sauvette, interpellations à travers la rue, Blacks, touristes, rires. Et ça durait presque toute la nuit, a dit Paul.

– Au moins, chez toi, a dit Véra, on ne fait pas l'amour tout seul.

C'était fait, un nouveau métier, un nouvel homme ; un métier pas très intéressant, un homme pas très intéressant non plus, mais appliqué. Il veillait à ce qu'elle se sente bien, qu'elle jouisse bien, tout en ordre, agent de surveillance, d'accueil et de magasinage, son titre complet, jusque dans son lit style japonais, futon et paravent. Il l'accueillait, la magasinait et veillait sur elle, le bonheur pour lui.

Elle a pris un taxi vers trois heures, la première nuit, direction la Convention. Mais était-ce bien chez elle, la Convention ? Elle quittait le studio de Paul Alazard pour l'appartement d'Antoine Carmi, pas davantage chez elle, au bout du compte. Elle a mené cette vie quelques mois, obligeant Paul à s'en contenter. Il était prêt à chercher un logement plus grand, pour elle, pour eux. Elle le refroidissait vite, un mot désagréable, il se taisait, ne pas perdre cette femme, même si elle ne finissait pas souvent ses nuits auprès de lui.

Véra, vacataire occasionnelle, avait quitté le Centre Pompidou pour un autre remplacement, au Louvre :

Paul ne pouvait plus l'attendre à la sortie, il devait l'appeler chez elle, elle répondait quand elle le voulait, désespérant à la fin. Métier intermittent, homme intermittent, la situation lui convenait presque.

Elle traînait dans le 2e arrondissement, longeait les murs, rue de Cléry, de chaque côté. Quel immeuble appartenait à Mlle Rotheim ? Antoine n'avait jamais indiqué le numéro précis ; le nom ne figurait pas dans l'annuaire, puisque le téléphone était coupé depuis des années, il n'apparaissait sur aucune porte, aucune sonnette, aucun interphone. Immeuble décati, avait dit Antoine ? Ils étaient tous plus ou moins décatis. Ancien magasin de tissus au rez-de-chaussée ? Elle en voyait plusieurs, en activité ou vitrines poussiéreuses, ou murés, tous en perdition.

Elle espérait encore croiser Antoine, il sortirait, il entrerait ; il la verrait depuis une fenêtre, il crierait son nom d'un étage. Elle était toujours déçue, elle poussait jusqu'aux Halles. Paul Alazard suspendait sa respiration, quand elle entrait dans son studio ; il la reprenait, obligé d'avaler sa salive, la pomme d'Adam coinçait. Véra ne voyait plus de Paul, à cet instant, que cette pomme d'Adam irriguée par la salive, elle fixait toute son attention sur ce détail : l'épaule d'Antoine avait tout de même une autre allure. C'était perdu pour la soirée, elle ne se défaisait pas de ce dégoût. Elle accompagnait Paul dans son repas, sans toucher beaucoup au sien : elle regardait les bouchées franchir, une à une et à grand-peine, la pomme d'Adam ; elle gardait son verre plein, il en vidait plusieurs, elle suivait les gorgées le long de son cou ; il l'emmenait sur son futon, il déglutissait son plaisir, elle goûtait le sien du bout des lèvres, elle n'en voulait pas plus, satisfaite et un peu écœurée. Plus tard dans la nuit, elle s'éloignait des Halles, un passage rue de Cléry, rien à espérer à une heure pareille, et retour en taxi à la Convention, sa nouvelle routine.

Véra Carmi a reçu un nouvel appel à l'aide, un soir, un soir où elle n'avait pas eu envie d'admirer la pomme d'Adam de Paul Alazard. Elle a cru qu'il l'appelait encore une fois pour la faire venir aux Halles, elle a laissé sonner jusqu'à ce que le répondeur se déclenche. Elle se moquait par avance du ton implorant qu'il prendrait, soumis. Si elle le prenait en pitié, il faudrait entendre parler de nouveau de ses études en histoire de l'art, de sa vocation, de toutes ses connaissances inemployées, dont il la faisait profiter, avant d'obtenir sa récompense, Véra toute nue sur son futon, comme une Olympia de Manet, disait-il.

La voix, sur le répondeur, ne ressemblait pas à celle de Paul, une voix surprise de ne pas trouver d'interlocuteur, embrouillée, des débuts de phrases, je vous appelle pour, je voulais vous, avant de se raffermir, quand Véra a décroché, reprenons au commencement, il convient de se présenter :

– Hermann Carmi, le frère.

C'était assez simple, il avait besoin d'elle, de son secours, enfin, pas de son secours, de sa présence, et ce n'était pas lui qui avait besoin d'elle, mais son mari, Antoine, un malaise, des plus sérieux.

– À une heure pareille, a dit Véra, presque moqueuse, incrédule surtout, il n'est quand même pas enfermé dans un musée ?

– Non, pas dans un musée, a répondu Hermann, pourquoi dans un musée ?

Le mari de Véra venait d'être transporté aux urgences de l'hôpital Saint-Antoine, Hermann l'avait accompagné. Une équipe médicale l'avait pris en main, on avait demandé des renseignements sur la famille. Sa famille, c'était elle encore un peu, non ? Alors, comme il se trouvait tout seul et bien embarrassé, il avait pensé qu'elle devrait être là.

Il restait à Véra un dernier doute : c'était une plaisanterie, elle allait se présenter à l'hôpital Saint-Antoine, on lui expliquerait que le malade était déjà reparti ou qu'aucun patient du nom de Carmi n'avait été accueilli dans les services.

Il était bien enregistré, elle n'a pas eu à exposer son cas :

– Ce monsieur vous attend.

Hermann Carmi s'approchait de l'accueil, Véra a sursauté : la démarche d'Antoine, sa silhouette, la forme du visage, mais un autre air, plus défait, et encore plus fuyant. Il n'était pas possible, a-t-il dit, de voir Antoine pour le moment, service de réanimation, il attendait des nouvelles.

Ils ont passé près de deux heures sans parvenir à rencontrer une personne responsable. C'est curieux, les hôpitaux, c'est comme les musées, on a l'impression que le personnel y circule assez nombreux, ce sont des endroits publics, on accueille les visiteurs et, à certains moments, on s'y sent tout seul. Extinction des feux dans les chambres, calme, une blouse traverse le couloir par intermittence, tout au bout là-bas, vous esquissez un pas dans sa direction, un geste, un petit renseignement s'il vous plaît, trop tard, l'ombre blanche a quitté le service. Vous vous postez à un carrefour ; si un autre uniforme blanc se présente, ce sera toujours à l'exact opposé. On ne peut pourtant pas rester toute la nuit à se demander comment la situation évolue. À l'accueil, on vous renvoie dans les étages, patience, vous n'êtes pas tout seul.

Hermann s'efforce de calmer Véra ; il a une façon molle de parler, à l'opposé d'Antoine, pense Véra, mais cette lenteur est rassurante, à la fin. Il expose dans quel état il a retrouvé Antoine en début de soirée. Déjà, à l'heure du déjeuner, il ne s'était pas levé. C'est pourtant vers midi qu'il émerge habituellement. Midi ? Jamais Véra n'a vu Antoine se réveiller vers midi : tôt levé, au contraire. Mais il ne travaille plus, un homme n'est plus le même, s'il ne travaille plus, encore pire, si, comme Antoine, il est entré dans une profonde dépression :

– Il n'est pas revenu s'installer chez nous par amour de la famille Carmi-Rotheim, si ça peut vous rassurer. Il ne vous a pas lâchée non plus par désamour, je vous le garantis aussi. Je suis une petite tête, comme me dit toujours Antoine, mais je comprends même des trucs compliqués. Enfin, le résultat simple de ces trucs compliqués, c'est qu'il passe beaucoup de son temps couché, rue de Cléry, et que personne ne l'embête, chez nous, personne ne l'oblige à se soigner, c'est comme ça chez nous. Mais on se soucie quand même de lui, des fois.

Mlle Rotheim s'est inquiétée, a frappé, ouvert sa porte, il s'est renfoncé dans son traversin avec un bougonnement de dormeur dérangé. Ils ont mangé sans lui, ils lui ont demandé deux ou trois fois s'il se sentait bien, même ronchonnement indistinct. Vers six heures, ils se sont dit que ce n'était pas tout à fait normal. Ils ont mis le temps, c'est vrai, mais ils avaient des excuses : même s'il ne le faisait pas tous les jours, il était déjà arrivé à Antoine de passer la journée entière au lit ; il s'était installé une télé et un magnétoscope, il louait des cassettes de films, tous les Hitchcock qu'il pouvait trouver, il voulait les revoir, disait-il. Malheureusement, les plus anciens étaient introuvables. On l'entendait parler tout seul dans sa chambre, des fois :

– Quel plan ! C'est ça, oui, c'est exactement ça qu'il fallait faire.

Mais aujourd'hui, il était dans sa chambre et il ne regardait même pas de film. Joseph Carmi a crié près du lit de son fils, il l'a secoué, redressé ; Hermann l'a giflé à la demande de son père ; Mlle Rotheim lui demandait de ne pas faire semblant, ce n'était pas drôle, il avait passé l'âge de ces gamineries. Mais il ne ronchonnait ni ne bougonnait plus, inerte dans ses draps, les yeux fermés. Du souffle encore, le pouls léger. Et ils l'avaient laissé dans cet état depuis le matin, depuis la nuit précédente peut-être. Et même pas de téléphone à la maison, à cause de Mlle Rotheim, elle l'avait supprimé depuis des années, on vivait sans téléphone, rue de Cléry, il fallait admettre cette anomalie dans le monde contemporain.

Hermann est descendu pour appeler une ambulance d'une cabine. Il a accompagné son frère jusqu'à l'hôpital. L'interne n'a pas dit grand-chose, juste : réanimation. Il ne pouvait pas appeler Mlle Rotheim ni son père, pour les rassurer, alors il a appelé Véra.

Ils étaient bien obligés de se parler, le beau-frère et la belle-sœur, la première fois en six ans, ils tournaient sans fin autour d'Antoine.

– Vous qui le connaissez depuis plus longtemps que moi, vous savez s'il a souvent eu des malaises de ce genre ? Enfant, par exemple, ou même plus récemment.

– Rien de ce genre, rien de si grave. Non, j'ai beau chercher… Antoine, avant son retour chez nous, c'est un modèle d'hygiène de vie. Ce n'est pas drôle, l'hygiène de vie, mais il n'a jamais été très drôle, un sérieux efficace, Antoine, sauf ces derniers mois, évidemment.

– Il ne vous a jamais dit qu'il avait eu un malaise grave dans un musée ?

– Ni malaise, ni musée. Les malaises et les musées, chez nous, sont réservés à ceux qui n'ont pas la meilleure hygiène de vie. Surtout moi. Il a dû se plaindre de moi, non ? Le parasite, le fainéant, le dopé, le pas sérieux, le malade ? Non ?

– Et les appels au secours, vous êtes aussi un habitué ?

– C'est-à-dire que j'ai vécu du secours de tout le monde depuis que j'ai trois ans…

Un appel au secours, le même genre d'appel que ce soir, mais du Centre Pompidou, cela lui disait quelque chose ? C'était lui aussi ? C'est ce soir-là qu'elle a su. Hermann, tout gêné, de sa voix amollie, a reconnu qu'il avait probablement fait appeler son frère rue de la Convention, une fois, du Centre Pompidou. Il insistait, il n'était pas tout à fait sûr de ce qui était réellement arrivé à ce moment-là. Il était surpris d'apprendre que ce coup de téléphone indirect, dont il ignorait, jusqu'ici, s'il avait été passé ou non, avait eu une telle importance pour elle.

– Alors c'est vous qui couriez derrière les Soutine du Centre Pompidou ? Pour Antoine, j'imagine ?

Courir, c'était une façon de parler. Et puis Antoine n'avait rien su de ses démarches au musée. Il avançait prudemment, Hermann.

– Pas la peine d'avoir peur de lui faire du tort. Le tort est fait depuis longtemps.

Hermann a bien voulu reconnaître qu'au moment où la vente des Soutine avait été engagée, son père et lui avaient été saisis d'un doute : en dépoussiérant les toiles, en s'efforçant de les rendre, selon eux, plus présentables pour les acheteurs du Custod Institute, ils avaient remarqué l'absence de signature sur le portrait du groom, tandis que ceux de Louise Rotheim portaient un « C. Soutine » en rouge, en bas à droite. Un tableau non signé, ont-ils pensé, ne serait pas reconnu, du moins risquait d'être dévalué. Ils étaient bien ennuyés, surtout après le succès modeste de la première vente. Le groom aurait dû valoir beaucoup plus, série célèbre, et on allait en obtenir encore moins, si les acheteurs profitaient de ce détail.

L'idée leur est venue de comparer leur groom avec les toiles exposées dans les musées, en particulier celles des années vingt, où des séries d'employés d'hôtel avaient été peintes par Soutine. Hermann, à l'inverse de son frère, ne rechignait pas à pénétrer dans les musées, il était même arrivé à Louise de l'accompagner ici ou là, comme au temps de son adolescence. Il se souvenait d'avoir vu un autre groom, aussi pourpre que celui de Mlle Rotheim, mais penché d'un autre côté : dans quel musée figurait-il ? Petite mémoire, Hermann, manque d'hygiène de vie, trop de saletés avalées, il mélangeait facilement ses souvenirs et les musées. Il a d'abord refait un tour au musée d'Art moderne de la Ville de Paris où il pensait l'avoir vu une fois, ce groom : il avait bien trouvé une *Femme en rouge*, signée en cursive rouge et, tout à côté, une *Femme à la robe bleue*, presque de la même période, signature en majuscules noires. Une visite au musée de l'Orangerie avait ajouté à la confusion : le peintre signait tantôt de son nom tout court, tantôt il ajoutait l'initiale de son prénom ; il utilisait les majuscules d'imprimerie, les minuscules attachées ; parfois l'initiale en minuscule ; des signatures rouges, noires, plus rarement blanches et même bleues ; en haut, en bas, à droite, à gauche, quelquefois en travers et même à la verticale. Allez vous y retrouver avec un auteur de signatures aussi anarchique, aussi peu soucieux de régularité, de reconnaissance. De quoi décourager des faussaires ou des experts.

Il lui restait le musée national d'Art moderne, au Centre Pompidou. Il avait eu l'idée de passer à la bibliothèque d'abord, petite tête, mais de la méthode, il avait consulté rapidement des monographies sur Soutine : un groom était bien perché là-haut, c'était marqué, deux ou trois étages au-dessus de sa tête. Il a refermé les livres aussitôt, excité comme jamais, il voulait voir le tableau en vrai, en grand, en couleurs, il s'est précipité au cinquième niveau.

Il a fait un tour des salles, à toute allure, pas de groom. Il y avait bien des sortes de grooms dans les allées, en beaucoup moins élégants, des gardiens de musée : il a essayé de leur demander conseil. Des ignorants, a dit Hermann, incapables de savoir quels tableaux se trouvent ou non dans leur musée, ne connaissant même pas, pour certains, le nom de Soutine, envoyant le visiteur dans une section ou une autre, consentant au mieux à consulter des fiches sur lesquelles ils ne trouvaient jamais rien. Pas de Soutine au musée national d'Art moderne. Comment pas de Soutine, alors que c'est écrit à la bibliothèque, juste en dessous ?

Hermann s'était fâché tout seul, il n'aurait pas dû, cela lui faisait toujours le plus grand mal, mais il n'avait pas pu s'en empêcher, provoquant, avec la chaleur et l'essoufflement, un début de tachycardie peut-être, réveillant ses douleurs dorsales insurmontables, mais peu durables, selon lui, des douleurs récurrentes, pas bien graves, dont il se sortait toujours, sans consulter qui que ce soit.

– Si on commence à consulter des médecins, on est perdu, a-t-il dit.

Il s'est arrêté pour regarder autour de lui, l'hôpital.

– Je dis encore des bêtises, petite tête, c'est bien ce que dit Antoine.

Il ne se souvenait guère de la suite, mémoire défaillante, Hermann. La seule certitude, c'est qu'il était sorti du musée, dès que les douleurs s'étaient calmées et que son cœur avait retrouvé un rythme normal. Avait-il donné le numéro de la Convention à un gardien ? La fin de sa visite restait floue, il le reconnaissait. S'était-il évanoui ? Il n'en était pas convaincu. Mort ? Comment la femme de son frère pouvait-elle imaginer des stupidités pareilles ? Il était bien devant elle, non ? Alors ?

Alors, il fallait admettre qu'Hermann était l'homme du musée, un homme aussi confus d'esprit que des signatures de Soutine. M. Alazard avait parlé d'un individu d'une quarantaine d'années ; Hermann avait plutôt la trentaine, mais il faisait plus vieux, un gamin ravagé par les produits toxiques, le pauvre Hermann, plus abîmé que son aîné. Avec tout ce qu'il avait ingurgité en quinze ans, il avait eu l'occasion d'en avoir, des secousses, des malaises, douleurs fulgurantes, épisodes de tachycardie. Mais les Carmi avaient une constitution robuste, c'était reconnu, ils se relevaient toujours. Antoine le prouverait encore ce soir.

Cela devait donc s'être passé de cette manière : le petit frère à la silhouette voisine du grand frère, aux traits approchants, avait fini par sortir de son cerveau embrouillé, à la demande insistante de M. Alazard, le seul numéro de téléphone qu'il possédait par cœur, et encore, avec bien du mal, celui d'Antoine, et l'agent de surveillance était tombé sur Véra, ne s'était pas interrogé sur la qualité de la personne qu'il appelait, avait supposé par principe, un principe bien conventionnel, que la personne au bout du fil ne pouvait être que la femme de la victime. Et comme cette femme avait un mari…

Hermann Carmi était rentré rue de Cléry après son échec au Centre Pompidou, pour lui l'incident était clos, un malaise de rien du tout, comme il en connaissait deux ou trois par an, un peu plus long ou pénible que certaines fois, sans plus, un incident à peine notable, il n'était même pas sûr d'en avoir parlé en détail à son père ou à Mlle Rotheim ; le vrai scandale, selon lui, était ailleurs :

les musées étaient mal organisés, on n'y trouvait jamais ce qu'on cherchait.

Joseph et lui avaient renoncé, après cette visite, à leur projet d'un moment, qui les avait juste effleurés, comme ça, avant de leur paraître absurde, d'ajouter une fausse signature à leur groom, pour faire plus vrai. Il leur avait semblé plus sage de le laisser en l'état. Hermann avait voulu, un moment, évoquer devant Antoine leurs doutes, doutes non sur l'authenticité de l'œuvre, mais sur sa valeur marchande, puisqu'elle n'était pas répertoriée et, surtout, pas signée. Finalement, il avait renoncé à lui dire quoi que ce soit, ne sachant pas comment s'y prendre avec lui : il n'avait jamais su s'y prendre avec lui, en plus Antoine répétait qu'il était pressé, que sa femme s'inquiéterait, lui demanderait, une fois de plus, des comptes et qu'il avait horreur de ça. Hermann s'était contenté d'espérer que les acheteurs ne feraient pas trop d'histoires et ne baisseraient pas exagérément le prix sous prétexte qu'il manquait une signature.

– Je suis plus heureuse que vous ne pourriez l'imaginer, a dit Véra Carmi. C'est important, pour moi, vous savez, c'est même le plus important, être sûre qu'Antoine n'était pas cet homme frappé de malaise au musée national d'Art moderne, un jour de mai 2001, pouvoir lui faire une entière confiance, aujourd'hui.

L'incertitude lui avait pourri la vie à un certain moment, c'était idiot, mais elle ne pouvait pas s'empêcher de se fixer sur les détails les plus infimes, une épaule, une pomme d'Adam, un doute, et de les faire grossir, de ne plus voir qu'eux, et d'en souffrir, pas moyen d'y échapper.

– C'est drôle, a dit Hermann, vous êtes contente d'apprendre qu'Antoine n'a pas eu de malaise une autre fois, le jour même où il tombe malade pour de bon.

Une dame en pantalon et veste blancs a traversé le couloir dans leur direction :

– La famille de M. Carmi ? Le docteur va vous recevoir.

243

Ils ont encore attendu un moment devant une porte ; le médecin les a fait entrer et asseoir avec un sourire. Il est resté debout derrière son bureau, un type encore jeune et sec, des cheveux un peu longs sur les oreilles, pour masquer leur décollement. Il s'est d'abord fait préciser les liens respectifs de chacun avec le patient. Qui vivait avec qui ? Avec qui vit-on ? Difficile de répondre à une question pareille.

– Combien de temps M. Carmi est-il resté tout seul, sans secours ? Tout est là, a répété le docteur en se grattant l'oreille droite.

Et où s'était-il procuré tant de substances toxiques ? M. Carmi avait avalé un cocktail de médicaments dans des proportions encore indéterminées, mais impressionnantes, en particulier des amphétamines. Surtout, toutes ces substances avaient agi sur une durée assez longue, fait surprenant si M. Carmi, selon son frère, n'était pas seul chez lui.

Hermann sentait poindre des accusations derrière les interrogations du médecin, malgré sa voix neutre et douce : empoisonnement, non-assistance à personne en danger. Il a cherché à se justifier, l'armoire à pharmacie était bien fournie, rue de Cléry, une dame âgée à demeure, un père mal en point, lui-même avait des soucis de santé, bénins, mais persistants ; ensuite, il s'était soucié de son frère toute la journée, mais Antoine l'avait renvoyé plusieurs fois, toujours conscient, donc.

– Je ne vous reproche rien, a dit le médecin, les familles font ce qu'elles peuvent. Ce monsieur a eu de gros ennuis ? Une séparation récente ? N'a-t-il pas manifesté, ces derniers temps, un désir de mourir ? Des signes ? Rien ? Il faut admettre que la quantité de produits ingérés et le délai prolongé jusqu'à notre intervention ont rendu la médecine impuissante. Madame… Monsieur…

Il se frottait l'oreille gauche à présent, Véra ne remarquait plus que cette paire d'oreilles décollées.

– Voilà ce qui s'est passé, a-t-il repris, désolé, madame… monsieur…

Véra a quitté les oreilles, un éveil brutal : elle voulait voir Antoine sur-le-champ. Le médecin a proposé d'attendre le lendemain matin, le temps qu'on prépare le corps.

– Non, tout de suite.

Il a cédé, il les a accompagnés en personne, avec une infirmière. Il craignait le choc, une scène d'hystérie en plein service, à l'heure la plus calme. Hermann et Véra se sont accrochés l'un à l'autre devant le corps d'Antoine. Sur quoi était-il allongé ? Ce n'était pas un lit et un grand tissu blanc retombait de chaque côté. Ne ressortait que le visage, creusé et verdâtre, des teintes délavées, comme les aimaient les artistes du XXᵉ siècle, quand ils faisaient des portraits. Ils ont peint des têtes mortes. La bouche d'Antoine était pincée, son sourire, son faux sourire, cette position naturelle des lèvres, dont il avait toujours nié qu'elle soit un sourire et qui lui donnait, pourtant, son air narquois, Véra le retrouvait presque avec plaisir, à cet instant.

Elle s'est penchée vers lui, il est vivant, a-t-elle pensé, ce n'est pas possible autrement. Si je le regarde longtemps, je vais voir l'épaule sauter sous le tissu blanc. Il va revenir, cela arrive quelquefois. Je me suis moquée de Mme Achille avec Paul, enfin Paul se moquait d'elle, mais elle était sérieuse, pas folle, elle a assisté à des séances rituelles, dans son île natale, elle a vu des cas de résurrection, elle l'a juré devant nous. Je la crois, je veux la croire, pourquoi n'est-elle pas auprès de moi, Mme Achille, avec son vaudou, avec ses saints du septième jour ? Lève-toi, Antoine. Hermann s'est bien relevé au musée. Il n'était pas mort ? Mme Achille affirmait qu'il l'était pour de bon et qu'il est revenu. Allez, relève-toi, Antoine.

Le médecin a fait sortir Véra en douceur :

– Vous reviendrez demain, cela ira mieux.

– Mieux pour qui ?

Il a demandé à Hermann de ne pas la laisser seule pour la nuit.

– Je peux vous faire confiance ?

245

Il le regardait de toute sa hauteur, il avait repris son oreille droite entre deux doigts, pour réfléchir, sûrement. On voyait bien qu'il n'avait aucune confiance en Hermann. Il avait tort, Hermann obéissait toujours. Il a conduit Véra rue de Cléry, exposé la situation à son père. Mlle Rotheim s'est relevée, elle voulait mourir immédiatement pour son petit Antoine. Hermann l'a empêchée de se lancer dans un éloge funèbre devant Véra. Mais Véra avait envie d'entendre parler du petit Antoine, celui qui lui avait échappé, le petit de Mlle Rotheim, dans les années soixante-dix. Elles ont parlé dans sa chambre, une partie de la nuit, elles ont pleuré ensemble, elles ont ri aussi, à deux ou trois reprises, s'est indigné Hermann.

Sur le répondeur de l'appartement, Paul Alazard avait laissé cinq messages, tout au long de la soirée et de la nuit, de plus en plus angoissés, de plus en plus implorants. C'était cette même voix qui avait annoncé à Véra Carmi, la première fois, le malaise de son mari supposé et le malaise avait fini par arriver, voix de malheur. Elle ne l'a pas appelé sur son portable, mais chez lui, parce qu'elle savait qu'à midi il faisait ses rondes au musée, avec Mme Achille. Elle avait préparé ses phrases pour le répondeur : ne plus l'appeler, ne plus chercher à la voir, définitif, amitiés aux agents du musée.

Elle venait de commencer une vacation au musée d'Art moderne de la Ville de Paris, pas loin du Trocadéro, elle a prévenu qu'elle serait, ce jour-là et les suivants, plus occasionnelle que son statut ne le permettait. D'ailleurs la veste prune qu'on l'obligeait à porter pour arpenter les salles lui déplaisait, elle n'appréciait pas non plus le bavardage endormi des autres agents, elle n'aimait pas les visiteurs : ils regardaient, ils ne voyaient rien, ils passaient. Ils ne devraient pas se contenter de circuler devant des tableaux et des sculptures, et pourtant ils passent.

Elle a adressé son préavis au propriétaire de l'appartement ; elle ne pourrait plus vivre rue de la Convention. Elle se donnait des tâches de ce genre, pour ne pas préparer l'enterrement, pour ne pas y penser. Il était différé, le temps qu'une enquête établisse bien le suicide, des responsabilités éventuelles, après autopsie. Des questions prudentes ont été posées : démission, licenciement, rupture, approvisionnement en substances illégales ? Un cas anodin de suicide économique et sentimental, on voit ça tous les jours. Personne ne serait allé chercher, dans l'arrière-plan du tableau, dans ses lignes de fuite, le groom et Soutine, alors que, pour Véra, le groom et Soutine comptaient plus que tout le reste, sa manie des détails annexes et amplifiés, son idée de la vérité. Les Rotheim-Carmi eux-mêmes se sont bien gardés de revenir là-dessus. Ils ne comprenaient vraiment pas ce qui s'était passé, ont-ils répété des jours et des jours. Aucune action de justice n'a été engagée, aucun doute sur la mort d'Antoine, même s'il n'avait pas laissé de document exprimant son intention. Restait un certain flou sur la provenance des produits ingérés, un flou satisfaisant pour tout le monde.

La cérémonie s'est trouvée réduite, pas d'annonce, aucune présence autre que celle des deux femmes et des deux hommes de la famille, pas de religion, une petite place au cimetière du Montparnasse, à côté de Mme Rotheim, la mère de Louise, la place qu'aurait dû occuper son père, s'il n'était mort et n'avait été enterré dans la Creuse pendant la guerre et jamais rapatrié, par économie.

Ensuite, encore quelques jours de démarches, notaire, comptes bancaires, abonnements à résilier, et Véra Carmi a loué un petit camion pour vider l'appartement. Elle s'est un peu perdue entre la rue des Jeûneurs et la rue du Sentier, dans le 2e arrondissement. Elle n'était jamais passée par là qu'à pied, avec les sens uniques elle ne s'y retrouvait plus : elle a demandé sa route à un groupe d'hommes massés au carrefour des deux rues, sur les trottoirs, en attente, en attente de quoi ? D'embauche, semblait-il, des Turcs peut-être, des Pakistanais aussi, d'autres nationalités, des traînards venaient s'ajouter au groupe. Ce serait son nouveau quartier, son entourage, tous ces hommes à moustache noire, les mains dans les poches.

Elle a retrouvé, grâce à eux, la rue de Cléry.

– Installez-vous quelque temps chez moi, avait dit Mlle Rotheim, le temps du deuil. Après, nous verrons.

Elle avait tout de suite aimé Véra, regretté qu'Antoine ait refusé de la lui présenter tout au long de ces années. Elle valait bien mieux, a-t-elle dit plusieurs fois, que les précédentes femmes d'Antoine Carmi. Celles-là, elle n'en gardait pas un bon souvenir. Il était bon qu'il se soit débarrassé d'elles pour trouver Véra. Véra, c'était autre chose.

L'aurait-elle aimée autant, si Antoine avait été vivant ? Elle l'aimait pour la mort d'Antoine, mais elle l'aimait vraiment. Elle n'aurait pas besoin de détruire le couple, c'était déjà fait. Elle lui a préparé elle-même une chambre au deuxième étage, une chambre inemployée depuis des décennies. La maison n'accueillait plus personne depuis si longtemps.

– C'était la chambre de Soutine ? a demandé Véra.

Mlle Rotheim n'a pas entendu la question posée trop bas, son ouïe avait beaucoup baissé, ces derniers temps ; ou elle a fait semblant de ne pas entendre.

Elle avait fermé la chambre d'Antoine au premier, Véra a tenu à se la faire ouvrir. Antoine avait laissé quelques portes fermées derrière lui de son vivant, c'était son défaut principal, elle regrettait de ne pas l'avoir forcé à changer sur ce point. Il restait des vêtements, peu, sa valise, sa sacoche à code secret, vide, et, sur une tablette au bout du lit, sa télé et son magnétoscope. Une cassette était restée engagée dans l'appareil, Antoine n'était pas allé jusqu'au bout du film, il n'avait pas vu le dernier quart d'heure. Véra a appuyé sur « eject », c'était *Vertigo*, *Sueurs froides* en français, un des meilleurs Hitchcock, un des quarante meilleurs, comme disait souvent Antoine, 1958, avait-il coutume d'ajouter. Elle a remis la cassette, pour en regarder un bout, petit retour en arrière, pour voir les dernières images que son mari avait eues sous les yeux. Et que montraient-elles ces images ? Des suicides, des vrais, des faux. Il devait se complaire dans un état morbide alimenté par les images de Hitchcock. Il y avait aussi une scène au musée de San Francisco : Kim Novak contemplait un portrait de femme qui lui ressemblait. Elle, au moins, avait trouvé le tableau qu'elle cherchait. Dans la vraie vie, l'ennui, c'est qu'on ne trouve jamais le tableau qu'on cherche. Véra laissait se dérouler les images : les dernières images d'Antoine, avant de sombrer, même pas des images réelles, c'était bien lui, il s'est échappé depuis le début. Était-il possible d'avoir vécu avec un homme qui s'échappait ?

Elle n'a pas eu envie d'aller jusqu'au bout du film, trop dur aujourd'hui. Il fallait se débarrasser de toutes ces images destructrices. Elle a retrouvé le boîtier sous une chemise au col noirci. Une cassette de location, l'adresse du fournisseur figurait sur une étiquette.

– C'est vous la dame de Mr Hitchcock ? a dit le loueur en riant, avant de s'excuser.

Il avait pris l'habitude de nommer ainsi Antoine, parce qu'il lui faisait faire des recherches, jusqu'en Angleterre, jusqu'aux États-Unis, pour se procurer des cassettes peu accessibles du cinéaste. Alors, il lui avait aussi parlé d'elle ?

– Il parlait de tout et de rien, même de vous, et en bien, a repris le loueur, soudain prudent.

Elle n'a pas cherché à en apprendre davantage : il lui suffisait de savoir qu'Antoine avait parlé d'elle en bien à un inconnu, une forme d'amour lointaine.

– Je me suis fait une réflexion singulière, a fait remarquer Mlle Rotheim, après quelques jours, c'est la première fois que la maison reçoit une femme seule. C'était inimaginable du temps de mon père. Femmes interdites ici, sinon, vous imaginez la situation avec tous ces hommes célibataires et venus de partout. Mais mon père n'est plus là, soixante ans ont passé, et le monde a changé. Il y a eu des premières femmes dans tous les domaines. En somme, vous êtes la première de l'immeuble Rotheim.

C'était le tour de Véra, la corde invisible passait par elle, la corde Rotheim. Antoine l'avait lâchée, reprise et encore lâchée, Véra la reprenait, soumise à la force d'attraction Rotheim, à l'attraction de l'immeuble Rotheim, on finit toujours dans un cercle et on tourne, on tourne, les planètes le font pendant des millions d'années, on tourne avec elles, c'est vivre.

Elle ne s'installait que pour quelques semaines, quelques mois au plus, comme les migrants de l'autre siècle, mais elle sentait bien que sa place était là, dans cette chambre qu'elle égayerait facilement, dès qu'elle en aurait le courage. Remplacer le lit de fer, l'armoire en fer, mettre un peu de couleur, ce ne serait pas long.

Elle était entrée dans la filière des musées, elle gagnerait sa vie, pas cher, vacataire, mais titulaire bientôt, peut-être. Pas au Centre Pompidou, surtout pas là, n'importe où ailleurs, les musées ne manquent pas à Paris.

Joseph et Hermann Carmi avaient leur RMI et ils avaient un immeuble entier pour eux. Il était possible de l'aménager, avec simplicité et sans grands frais, a-t-elle dit, si Mlle Rotheim n'y voyait pas d'inconvénient. Ce qui avait paru insurmontable pendant des années lui paraissait enfantin, l'habitude du rewriting, a-t-elle dit en souriant, je passe derrière et tout s'arrange. Mlle Rotheim était éblouie, la première fois depuis longtemps.

Véra Carmi, assez vite, a imaginé qu'on pourrait loger, à bas prix, mais pas gratuitement, l'époque a changé, la gratuité est impensable, les nouveaux perdus de la terre, les étrangers en situation plus ou moins irrégulière, ceux qu'elle avait croisés au carrefour à côté, les moustachus groupés et solitaires, en attente de travail, pas bavards : ils lui avaient montré la direction de la rue de Cléry avec des gestes et des mots sommaires. Elle en avait l'habitude.

Le peu qu'elle savait d'eux, le peu qu'elle savait de l'immeuble Rotheim, ce qu'Antoine avait bien voulu lui dire, que Mlle Rotheim commençait déjà à lui raconter, trop contente de trouver une oreille presque neuve, tout cela donnait des idées. Nous sommes toujours dans un entre-deux-guerres, la tradition d'accueil de la maison pouvait reprendre. L'attraction Rotheim, ce n'était rien d'autre. Louise n'en revenait pas, cette Véra allait réussir ce qu'elle avait été incapable de faire depuis trente ou quarante ans, redonner vie à l'immeuble Rotheim ?

– C'est la veuve joyeuse, a dit Joseph Carmi, elle se console vite, chez nous.

– Non, a répondu Hermann, elle est active et enthousiaste parce qu'elle est très triste, c'est comme Antoine. Petite tête, mais je comprends les trucs compliqués.

– Enfin, a repris Joseph, croire qu'on peut accueillir ici, de nos jours, des migrants perdus, comme le faisait le père Rotheim, ce n'est pas de l'enthousiasme, c'est de la naïveté. Elle déchantera.

– Tout ce que vous voyez, Joseph, a dit Louise Rotheim, c'est que vous y perdriez en tranquillité. Vous voulez siroter vos petits verres tout seul.

– Si cela vous fait plaisir de rêver au passé de l'immeuble et de croire que vous pouvez lui redonner vie… Moi, je dis que ça ne se fera pas.

Mlle Rotheim a fait taire Joseph Carmi. Oui, on pouvait faire semblant d'y croire, à ce renouveau. Si cela pouvait faire du bien à Véra, il ne fallait pas casser ses envies, en ce moment. Et même à elle, Louise, cela était salutaire. Salutaire de croire encore à ce qui n'existera plus. Surtout, elle ne voulait pas se priver de sa bonne entente avec Véra Carmi. Vraiment, elle l'aimait.

Que pouvait-elle faire pour la remercier de son aide ? lui a-t-elle demandé un soir. Véra protestait, elle n'avait encore rien fait dans l'immeuble, il faudrait du temps. En attendant, ce qui lui ferait plaisir, a-t-elle dit, tout bas encore, ce serait de jeter un œil, pas longtemps, juste comme ça, par curiosité, sur les toiles de Soutine, sur le petit groom surtout, le faux, peut-être vrai. C'était une demande stupide, elle en était consciente, cette toile avait causé bien des ennuis à la famille, à Antoine surtout, le

251

groom lui avait ouvert une porte, avant de la lui flanquer au nez, sale petit groom, elle ne voulait faire souffrir personne, mais elle était curieuse de voir à quoi il ressemblait.

Ils se sont regardés tous les trois, Joseph, Hermann et Louise.

– Prends la clé, a dit Mlle Rotheim à Hermann.

Véra l'a suivi à la cave, devant la porte blindée. Il a pris son temps, Hermann, un lent, avec des tremblements de la main, avant de faire tourner le canon dentelé dans la serrure.

Les tableaux n'étaient plus ficelés, comme les avait décrits Antoine, juste protégés par une grande pièce de tissu. Véra les a dégagés.

– Je croyais qu'Antoine les avait abîmés, troués.

– Il les a un peu secoués, c'est vrai, mais ils ont résisté. Deux trois éclats de peinture par-ci par-là, il faut le savoir.

Antoine s'était vanté de leur destruction presque complète. Il n'avait pas dit la vérité, là non plus. Non, Véra, attention, si tu recommences à vouloir réviser le passé, à le récrire, tu n'es pas sortie. Elle a pris le groom sous le bras, elle voulait le voir à la lumière naturelle, là-haut. Le regarder, ce ne serait pas glisser dessus, comme font les visiteurs des musées, le regarder, ce serait voir un petit bonhomme tout rouge, sans doute, mais, surtout, dans le fond sombre, peint à touches épaisses, dans l'arrière-plan grenu, elle a retrouvé une profondeur de champ, où s'agitaient Antoine Carmi et tous les autres. Elle allait finir par éprouver un malaise, à rester plantée, les bras tendus, avec, au bout, le portrait du groom. Elle a demandé à Mlle Rotheim si elle pouvait le garder, juste pour une soirée, dans sa chambre du deuxième étage. Elle sentait que cela lui ferait du bien, une sorte de purification du passé, ou un règlement de comptes, si vous préférez.

– Accrochez-le dans votre chambre, a dit Mlle Rotheim, faites-en ce que vous voulez, c'est à mon tour de vous en faire cadeau. Rappelez-vous qu'il n'a aucune valeur marchande, comme l'a écrit Soutine à mon père.

Vrai ou faux, Soutine ou pseudo-Soutine, quelle importance, quelle différence ? Véra allait passer de longs moments à scruter ces yeux tristes et ces lèvres narquoises, à garder dans le coin de l'œil cette tache rouge lumineuse. Une œuvre d'art, c'est ce qui doit nous embellir la vie, ou l'empoisonner, c'est pareil.

CET OUVRAGE
A ÉTÉ ACHEVÉ D'IMPRIMER
PAR L'IMPRIMERIE FLOCH
À MAYENNE EN MARS 2004

N° d'éd. 140. N° d'impr. 59696.
D.L. septembre 2003
(Imprimé en France)